KB038149

하라간

쥬논 판타지 장편소설

ORIGINAL FANTASY STORY & ADVENTURE

dream
books
드림북스

하라간 5 공수 전환

초판 1쇄 인쇄 2017년 5월 15일
초판 1쇄 발행 2017년 5월 25일

지은이 쥬논
발행인 오영배
기획 박성인
책임편집 이대용
일러스트 유진
표지 · 본문 디자인 권지연
제작 조하늬

펴낸곳 (주)삼양출판사 · 드림북스
주소 서울시 강북구 도봉로 173
대표 전화 02-980-2112 **팩스** 02-983-0660
편집부 전화 02-980-2116 **팩스** 02-983-8201
블로그 blog.naver.com/dreambookss
출판등록 1999년 3월 11일 제9-00046호

ISBN 979-11-313-0659-8 (04810) / 979-11-313-0654-3 (세트)

드림북스는 (주)삼양출판사의 판타지 · 무협 문학 브랜드입니다.

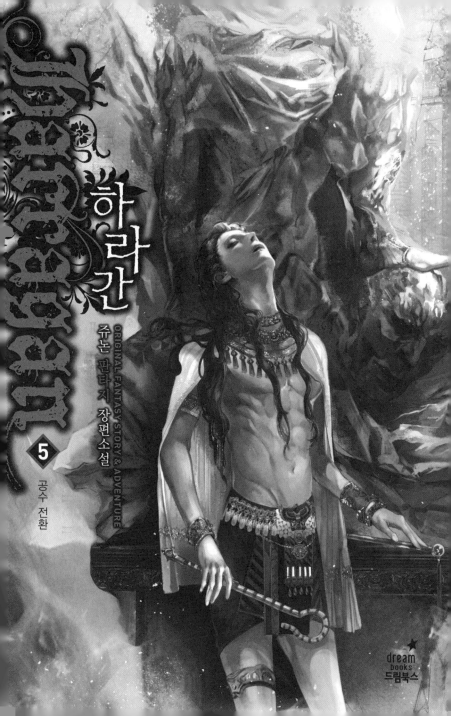

목차

사대신수

『성혈의 바하문트』
—신수: 날개 달린 사자
—상징: 공포
—속성: 흙(土), 피(血)

『둠 블러드 이탄』
—신수: 냉혹의 뱀
—상징: 파멸
—속성: 금속(金), 빛(光)

『불과 어둠의 지배자 샤피로』
—신수: 광기의 매
—상징: 탐욕
—속성: 불(火), 어둠(暗), 나무(木)

『포식자 하라간』
—신수: 투명 마수
—상징: 타락, 나태
—속성: 얼음(氷), 균(菌), 물(水)

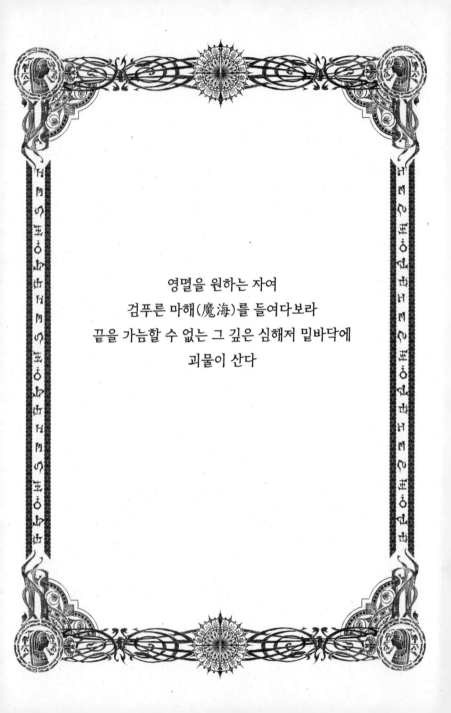

영멸을 원하는 자여
검푸른 마해(魔海)를 들여다보라
끝을 가늠할 수 없는 그 깊은 심해저 밑바닥에
괴물이 산다

중재, 그리고 회군

Chapter 1

녀석은 까마득히 오랜 세월을 살아왔다. 연해에서 태어나 해구를 거쳐 심해저에 내려오기까지 얼마나 긴 시간을 버텨 왔는지 생각조차 나지 않았다.

그 인내의 첫 번째 결실이 바로 키르샤였다. 녀석이 처음 키르샤로 진화하여 심해저 1층으로 내려왔을 때 녀석은 세상을 다 가진 기분이었다.

그러나 심해저 1층은 시작에 불과했다. 키르샤라는 존재는 해구 레벨의 마물들에게는 공포와 선망의 대상일지 모르지만, 심해저에서는 갓 걸음마를 뗀 애송이 취급을 받았다.

그래도 녀석은 실망하지 않았다. 오히려 더 강해지겠다는 의지를 불태우며 한 걸음 한 걸음 스스로를 강화시켰다. 녀석은 차츰 몸집을 키우고, 날개의 개수를 늘렸다. 이능력도 조금씩 강화시켜 나갔다. 그렇게 녀석은 심해저 1층에서 오랫동안 머무르면서 주변의 마물들을 하나씩 잡아먹었다. 그러곤 결국 키르샤의 허물을 벗고 막키르샤로 거듭났다.

레르의 진화형이 막레르!

케토의 진화형이 막케토!

버퍼의 진화형이 막버퍼!

이와 마찬가지로 키르샤도 진화를 하여 막키르샤가 될 수 있다.

레르와 막레르 사이에 엄청난 차이가 있듯이, 키르샤와 막키르샤 사이에는 감히 범접할 수 없는 격차가 존재했다. 막키르샤를 드래곤에 비유한다면, 키르샤는 고작 드래곤 해츨링에 지나지 않았다. 그것도 갓 태어난 해츨링 수준이었다.

녀석은 격렬한 진화의 과정을 밟아 마침내 막키르샤가 되었다. 그러곤 심해저 2층으로 내려와 둥지를 틀었다.

심해저 1층에서 거칠 것이 없었던 녀석도 심해저 2층에서는 제대로 기를 펴지 못했다. 녀석이 둥지를 튼 곳의 터줏대감은 센츄로케토였다. 100개의 머리에서 강력한 전기를 내뿜는 센츄로케토!

녀석은 이 강력한 마물에게 겁도 없이 덤벼들었다가 거의 잡아먹힐 뻔했다. 상대에게 꼬리와 날개를 내주고 가까스로 도망친 녀석은 냉정하게 자신을 돌아보았다.

[나는 아직 약하다. 하지만 언젠가 저 센츄로케토를 능가하고야 말 테다.]

녀석은 이렇게 다짐했다. 그리고 아주 오랜 시간에 걸쳐서 주변의 마물들을 잡아먹으며 신체를 재구성했다.

마침내 복수의 시간이 찾아왔다. 녀석은 이제 충분히 강해졌다. 자신감이 생긴 녀석은 센츄로케토에게 다시 한 번 도전장을 내밀었다.

두 마물 사이에 처절한 혈투가 벌어졌다. 심해저에 피가 낭자하게 튀고 떨어져 나간 살점이 마구 떠다녔다. 이번 싸움은 정말이지 두 번 다시 겪고 싶지 않은 악전고투였다. 그 치열한 혈투 끝에 녀석은 센츄로케토를 꺾었다.

포식은 승자의 권리!

녀석은 온몸이 피투성이가 된 채로 센츄로케토의 머리통 100개를 다 뜯어 먹었다. 그러곤 적의 사체를 발톱으로 꽉 움켜쥐고 웅대한 포효를 터뜨렸다.

[쿠어어어억—!]

그 순간 또 한 번의 격렬한 진화가 시작되었다. 막키르 샤이던 녀석의 목에서 또 다른 머리가 불쑥불쑥 자라났다. 하나둘, 늘어나기 시작한 머리는 무려 12개까지 증가했다. 보랏빛으로 화려하게 빛나던 날개는 열여섯 장으로 늘어났다. 염동력과 환각을 불러일으키는 이능력은 무려 수십 배나 증폭되었다. 덩치는 스물네 배나 커졌고, 몸통에 달린 다리는 무려 132개로 증가했다.

12개의 머리가 달린 드래곤, 다즈키르샤!

심해저 3층에서도 보기 드문 마물이 탄생한 것이다.

마해(魔海: 악마의 바다)에서는 깊은 곳으로 내려갈수록 성장 속도가 급증한다. 마해의 마물들이 기를 쓰고 심해저로 내려가는 이유가 바로 여기에 있다.

[쿠우우워워워웍!]

다즈키르샤로 진화한 녀석은 엄청난 포효를 터뜨리며 그 존재감을 사방에 알렸다.

심해저 2층의 마물들이 화들짝 놀라 사방으로 흩어졌다. 마물들은 다즈키르샤에게 잡아먹힐까 봐 숨도 제대로 쉬지 못했다.

자신감을 얻은 녀석은 긴 시간 동안 머물렀던 심해저 2층을 떠나 가장 깊은 심해저 3층으로 잠수했다.

이 깊은 마해 밑바닥은 빛 한 점 들지 않았다. 금속보다

밀도가 더 높은 검은 물살은 심해저 밑바닥의 해류 흐름을 따라 천천히 흘렀다.

[이곳이 심해저 3층인가?]

묵직한 위압감이 녀석을 짓눌렀다. 녀석은 크게 숨을 한 번 들이쉬었다가 힘찬 포효를 내질렀다.

[쿠쿠쿠워워워웍!]

강한 포효가 동심원 파문을 만들었다.

녀석은 넓게 퍼져 나가는 파문을 바라보며 몸 안의 이능력을 잔뜩 끌어 올렸다. 혹시라도 이 일대의 터줏대감이 그의 포효에 반응하여 뛰쳐나온다면 한바탕 싸움을 벌일 요량이었다.

한데 바다는 고요했다.

[뭐야? 이거]

녀석은 맥이 빠졌다.

[쿠쿠쿠워워워워웍—!]

녀석이 좀 더 도발적인 포효를 터뜨렸다. "이제부터 내가 이 영역을 접수한다. 불만 있는 녀석들은 모두 나와!"라는 뜻이 담긴 포효였다.

그래도 딱히 반응이 없었다. 이곳 심해저 3층은 무섭도록 광대하여 그 끝이 어디인지도 알 수 없었다. 아니, 이곳엔 끝이 없는 공간이 무한히 펼쳐져 있는 것 같았다.

[쳇! 심해저 3층이 이렇게 허전하고 시시한 곳인 줄 알았다면 진즉에 여기로 내려올 걸 그랬잖아? 그럼 좀 더 빨리 강해졌을 텐데.]

심해저 2층과 3층은 그야말로 노는 물이 달랐다. 심해저 3층의 고밀도 해수에서 숨을 몇 번 들이쉬고 내쉬었을 뿐인데 녀석의 몸에 활기가 가득 돌고 신체가 성장했다.

[이런 곳에서 수련을 거듭하면 엄청나게 능력을 향상시킬 수 있겠다. 이제야 여기에 내려온 것이 후회가 되네.]

녀석은 아쉽다는 듯이 입맛을 다셨다.

그때였다.

쿵! 쿵! 쿵! 쿠웅!

멀리서 묵직한 진동이 전달되었다. 해수를 따라 반복적인 동심원 파문이 일어났다. 파문이 출렁이면서 검보랏빛 색채가 번뜩였다.

[지진인가?]

녀석은 묵직한 파문의 근원지를 찾아 12개의 목을 꾸불텅 움직였다.

녀석의 시야에 저 멀리 접근하는 괴생명체가 보였다.

[저, 저건 또 뭐야?]

녀석은 처음에 '내 눈에 이상이 생겼나 보구나.'라고 생각했다. 저 멀리서 접근하는 괴생명체가 너무나 비현실적으로 거대한 탓이었다. 저건 마치 거대한 대륙이 통째로 융기하여 움직이는 듯했다.

괴생명체는 육족보행을 했다. 대륙을 떠받칠 듯한 거대한 다리 6개가 심해저 밑바닥을 쿵쿵 울리며 다가왔다.

어마어마한 크기의 괴생명체가 접근하자 녀석의 심장이 쫄깃하게 오그라들었다.

[으아아아! 저게 대체 무슨 종류의 마물이야?]

당당하게 세웠던 녀석의 꼬리는 어느새 가랑이 사이로 축 처졌다. 그도 그럴 것이, 저 거대한 육족보행 마물에 비하면 녀석은 매머드 앞의 벼룩보다도 못했다.

다행히 육족보행 괴생명체는 녀석을 거들떠보지도 않았다.

쿵! 쿵! 쿵! 쿵! 쿠웅!

괴생명체가 녀석을 내버려 두고 제 갈 길을 갔다.

[나 같은 마물은 눈에 들어오지도 않는다는 건가?]

녀석은 기가 팍 죽었다.

그때 육족보행 괴생명체 앞에 범고래처럼 생긴 생명체 하나가 등장했다. 이 범고래형 마물은 어이없게도 육족보행 괴생명체의 앞을 딱 가로막았다.

녀석(다즈키르샤)이 코웃음을 쳤다.

[야야! 이 겁도 없는 놈아, 저 거대한 포식자 앞을 무슨

용기로 가로막은 거냐? 고작 그만한 덩치로 감히 누구 앞을 막아? 나 참, 어이가 없네.]

다즈키르샤는 저 범고래형 마물이 곧 육족보행 괴생명체에게 잡아먹힐 것이라 예상했다.

Chapter 2

처음엔 다즈키르샤의 예상이 맞는 듯했다. 육족보행 괴생명체가 조그만(?) 범고래형 마물을 향해 무시무시한 음파를 터뜨린 것이다.

뿌어어어어—

어마어마한 파괴력을 가진 음파가 해저를 뒤흔들었다. 그 소리가 어찌나 컸던지 멀리 떨어져 있던 다즈키르샤가 화들짝 놀라 몸을 웅크렸을 정도였다.

[우왁! 소름 끼쳐!]

다즈키르샤는 진짜로 깜짝 놀랐다.

한데 그다음에 벌어진 일이 더욱 기가 막혔다. 어이없게도 육족보행 괴생명체가 몸을 돌려 도망치는 것이 아닌가!

[으잉?]

다즈키르샤는 24개의 눈을 동그랗게 떴다.

그가 지켜보는 가운데 육족보행 괴생명체가 괴성을 지르며 정신없이 도망쳤다. 심지어 그렇게 도망치다가 6개의 다리가 뒤엉켜 꼴사납게 나뒹굴기까지 했다.

[이게 뭔 일이래? 저 범고래처럼 생긴 녀석이 뭐라고 저 거대한 마물이 저렇게 기겁을 하며 꽁무니를 빼지?]

다즈키르샤는 12개의 머리를 동시에 갸웃거렸다.

그사이 적록색 범고래가 육족보행 괴생명체를 추격했다. 정신 줄 놓고 도망치던 육족보행 괴생명체는 상아를 높이 치켜들고 다시 울었다.

뿌우우어어어—!

그 울음에 반응이라도 하듯 심해저 동쪽 저 먼 곳에서 화답이 왔다.

쿵쿵쿵! 쿠쿠쿵!

저 멀리서 육중한 무언가가 달려왔다. 지축이 울리고 심해저에 뿌옇게 흙먼지가 일었다.

[이번엔 팔족보행이냐?]

다즈키르샤가 어이없다는 듯이 중얼거렸다. 그의 중얼거림처럼 새로 등장한 괴생명체는 8개의 다리로 걷는 팔족보행 마물이었다. 게다가 이 마물은 산맥을 연상시킬 만큼 거대한 상아가 무려 6개나 되었다.

뿌우우!

도주 중이던 육족보행 마물이 어미를 만난 새끼처럼 반갑게 달려갔다.

팔족보행 괴생명체는 새끼를 쫓는 적록색 범고래를 향해 2개의 코를 쭉 뻗었다. 그 코끝이 갑자기 1,000개로 쫙 갈라지더니, 그 하나하나로부터 마물 화살이 쏟아졌다.

투확! 투타타타타타!

물살을 헤치며 날아온 마물 화살들은 적록색 범고래를 아슬아슬하게 스치고 지나가 심해저 밑바닥에 틀어박혔다. 이어서 마물 화살의 표면에 돋아 있는 악귀의 얼굴이 아가리를 쩍 벌렸다가 해저 밑바닥을 힘껏 깨물었다.

그러자 1,000개의 마물 화살이 동시에 폭발했다.

쿠와아아앙!

심해저가 완전히 뒤집어졌다. 강력한 폭발력에 휘말려 지각이 깨졌다. 그 틈새로 마그마가 높이 분출했고, 거대한 쓰나미가 해저를 휩쓸어 버렸다.

[우와아악!]

다즈키르샤는 쓰나미에 휘말려 그대로 목이 꺾일 뻔했다. 겨우 정신을 차렸을 때 녀석의 눈에 들어온 것은 해저 지형을 뚫고 융기하는 투명한 존재였다.

완벽하게 투명해서 시각적으로는 파악할 수 없는 존재!

하지만 시커먼 심해저 바닷물이 그 존재의 주변에서 소

용돌이치면서 윤곽선이 얼핏 보였다.

[저건 또 뭐지?]

다즈키르샤가 24개의 눈을 휘둥그레 떴다.

그러는 사이 투명한 존재가 팔족보행 마물을 덮쳤다.

투화확!

팔족보행 마물이 또다시 폭발형 마물 화살을 난사했다. 도망을 치던 육족보행 마물도 몸을 돌려 어미를 도왔다.

그 순간 다즈키르샤는 12개의 입을 쩍 벌려야 했다.

[저! 저! 저!]

어마어마한 마물 화살들이 허무할 정도로 쉽게 얼어붙었다가 뒤로 튕겨져 나갔기 때문이다. 팔족보행 마물과 육족보행 마물은 자신들이 쏘았던 마물 화살에 오히려 얻어맞아 피투성이가 되었다.

그게 끝이 아니었다.

공격이 막힌 팔족보행 괴생명체는 새끼가 도망칠 시간을 벌기 위해 투명한 존재에게 육탄 돌격했다.

하지만 이 공격도 무용지물이었다. 오히려 팔족보행 마물은 투명한 존재에게 한입에 삼켜졌을 뿐이다.

[으헉! 대륙보다 더 큰 저 마물을 한입에 삼켰어?]

상상을 초월하는 광경에 다즈키르샤의 심장이 바짝 얼어붙었다. 심해저엔 비릿한 피 내음이 풍겼다가 빠르게 사라졌다.

어미가 희생을 하는 동안 새끼는 멀리 도망쳤다.

한데 또다시 놀라운 일이 반복되었다. 적록색 범고래의 머리 위 나무에 매달려 있던 상어 열매(?) 하나가 갑자기 뚝 떨어져 나와 부와악 부풀었다. 그러곤 그대로 육족보행 괴생명체로 변해 버렸다.

다즈키르샤는 12개의 머리를 휙 돌려 저 멀리 도망치던 육족보행 마물을 찾았다.

멀리 도망 중이던 육족보행 마물이 그 자리에서 신비하게 사라지고 없었다. 대신 그 육족보행 마물이 이곳으로 휙 옮겨져 왔다.

마치 육족보행 마물이 공간 이동 포탈을 통해 이곳으로 점프해 온 듯한 현상!

혹은 투명한 밧줄로 육족보행 마물을 꽁꽁 묶여 다시 잡아끌어 온 듯한 현상!

[으어어! 어떻게 이런 일이!]

다즈키르샤는 놀라다 못해 숨이 멎을 지경이었다.

절대 포식자 앞에 놓인 육족보행 마물도 정신이 쏙 빠져 아무런 저항을 못 했다. 투명한 존재가 육족보행 마물을 덮쳤다.

콰득!

육족보행 마물의 거대한 몸뚱어리가 단 한입에 으깨졌다.

투명한 존재는 으깨진 사체까지 후룩 털어먹었다. 텅 빈 공간에서 우드득! 우드득! 뼈를 씹어 먹는 소리가 끔찍하게 들렸다.

그 소리를 끝으로 심해저는 다시 적막에 빠졌다. 끔찍한 포식의 현장을 목격한 주변의 마물들은 모두 숨을 죽여 침묵했다.

소름 끼치도록 고요한 바다에 범고래형 마물이 다시 나타났다. 마물은 살랑살랑 꼬리를 흔들며 헤엄쳤다. 범고래의 머리에 돋아난 나뭇가지엔 형광빛을 발하는 상어들이 열매처럼 주렁주렁 매달려 바닷속을 유영했다.

그 모습이 마치 깜깜한 하늘에 찬란한 별이 뜬 것 같았다.

[아아아!]

다즈키르샤는 넋을 잃고 그 빛을 바라보았다.

[에효오! 여기는 내가 살 곳이 아니구나! 진짜 지옥이 이곳에 있었어.]

다즈키르샤의 입에서 푸념이 튀어나왔다. 진화한 것을 후회해 보기는 이번이 처음이었다.

Chapter 3

새벽 3시.

하라간은 오늘도 같은 시각에 일어났다. 잠에서 깬 하라간이 가장 먼저 한 생각은 '이대로 조금만 더 눈을 붙일까?' 였다.

"아니지."

하라간은 재빨리 고개를 털었다.

"게으름 부리지 말고 일어나야지."

침대에서 풀쩍 뛰어내린 하라간은 오른쪽 허공을 향해 손을 뻗었다. 늘 그래 왔듯이 하라간의 손이 가리킨 곳은 검이 걸려 있는 오른쪽 벽 방향이었다.

한데 엉뚱하게도 왼쪽에서 검이 날아왔다.

"엉?"

하라간이 눈을 동그랗게 떴다.

곧이어 하라간은 손바닥으로 자신의 이마를 탁 쳤다.

"아! 그렇지. 여긴 왕궁이 아니지. 이거 문제네, 문제야. 남부로 시찰을 나온 게 언제인데 아직도 정신을 못 차리나?"

하라간은 어젯밤에 잠이 든 장소를 착각할 만큼 정신이

혼미한 사람이 아니었다. 그런데도 며칠째 같은 실수를 반복했다.

이건 꿈에서 깰 때마다 하라간의 감각이 흐트러진 탓이었다. 하라간은 이런 일이 발생하는 원인을 정확하게 꼬집어서 설명할 수 없었다. 하지만 하라간의 내부에서 무언가가 살짝 어긋난 기분이 드는 것은 분명했다.

"뭔가 이상해. 어긋나도 단단히 어긋났어."

하라간은 찜찜한 표정을 지었다.

성인식 이후로 하라간은 늘 마해의 꿈을 꾸었다. 그런데 그게 어째 꿈이 아닌 것 같았다.

"마치 내가 매일 밤 실제로 마해 밑바닥에 다녀온 것 같단 말이지."

요새 들어 하라간은 부쩍 이런 생각을 했다. 어쩌면 그가 꾸는 꿈이 너무나 생생해서 이런 의구심이 드는 것일지도 몰랐다. 아니면 단순한 착각일 수도 있었다. 어쨌거나 하라간은 꿈에서 깨어난 직후에 잠시 동안 머리가 멍했고, 이것이 장소를 착각하는 주요 원인인 것 같았다.

쫙!

하라간은 뺨을 강하게 때렸다.

"정신 차리자, 하라간!"

화끈하게 기합을 넣은 뒤, 하라간은 검을 몸 앞으로 끌어

당겼다.

후오오옹!

하라간의 검 끝에서 뿜어진 서릿발 같은 기세가 그의 온몸을 휘감았다. 하라간은 검을 부드럽게 들어 허공에 둥근 원을 그렸다.

사악—!

하라간 전면의 공간이 동그랗게 잘려 나갔다.

스벤센 왕국의 1군단장 류리크는 둥그런 구릉에 올라 팔짱을 꼈다. 류리크의 무표정한 시선이 국경선 너머를 훑었다.

지금은 새벽 5시 30분.

아직 이른 시간이지만 국경선 너머는 대낮처럼 분주했다. 군나르 왕국의 병사들이 한창 군진을 구축 중인 까닭이었다.

류리크는 눈대중으로 적과의 거리를 가늠했다.

'군나르의 군진까지 거리는 대략 20킬로미터쯤 되겠군.'

꽤 먼 거리지만 사방이 탁 트여 있고 공기가 맑아 적진의 모습이 또렷하게 눈에 들어왔다. 게다가 류리크는 유난히 시력이 좋은 편이었다.

류리크가 군나르 진영의 배치를 머릿속에 담고 있을 때 1군단 직속 정찰참모가 다가왔다.

류리크는 뒤도 돌아보지 않고 물었다.

"군나르의 병력이 예상보다 많군. 그동안 숫자가 늘었나?"

정찰참모가 발목을 착 붙이며 대답했다.

"바로 보셨습니다. 군단장님께서 수도에 다녀오시는 동안 군나르 왕국의 병력이 대폭 보강되었습니다."

"얼마나 늘었지?"

"제가 정찰병을 보내서 파악한 바에 따르면, 국경선 앞에 배치된 적의 주력군이 150,000명 안팎입니다. 그리고 그보다 10킬로미터 뒤쪽에 배치된 후방 사단이 두세 곳 정도 있습니다."

"후방 사단의 규모는?"

"각각 50,000명 수준은 되는 것 같습니다."

1군단의 정찰참모는 토레 왕국과의 오랜 전투를 경험한 노장이었다. 특히 적의 군대 규모를 산출하는 그의 능력은 류리크도 인정할 정도로 뛰었다.

"주력군이 150,000명에 후방 사단 두세 곳이 각각 50,000명 규모라고?"

류리크는 이마를 살짝 찌푸렸다.

"쯧쯧쯧! 이거 병력만 따지면 우리가 열세군."

현재 이곳에 배치된 스벤센의 병력은 다 끌어모아도 130,000명에 못 미쳤다. 수도에서 추가 파병 중인 병력까지 합쳐도 180,000명이 간당간당했다.

'300,000 대 180,000! 거의 두 배나 차이가 나.'

또 한 가지.

류리크는 군나르 왕국이 삼십만 대군을 한 자리에 모으지 않은 점이 마음에 걸렸다.

'단순히 무력시위를 통해 협박만 할 거였다면 군나르 놈들이 삼십만 대군을 하나로 모아 놓았겠지. 그래야 압도적인 병력으로 시위를 할 수 있으니까. 그런데 군나르 왕국은 후방에 절반의 병력을 분산해서 숨겨놓았어.'

이건 적 지휘관이 진짜로 전쟁을 염두에 두고 있다는 뜻이었다. 류리크는 지금 이 상황이 마음에 들지 않았다.

'지금은 군나르 왕국과 전쟁을 벌일 타이밍이 아니야. 토레의 짐승들과 치고받는 와중에 새로운 적을 만드는 것은 곤란하다고.'

물론 그렇다고 해서 류리크가 전쟁을 두려워하는 겁쟁이는 아니었다. 다만 류리크는 철저한 실리주의자일 뿐이었다.

이런 속마음도 모르고 류리크의 부관이 언성을 높였다.

"군단장님! 말씀을 거둬 주십시오. 아군이 열세라니요? 결코 그렇지 않습니다. 우리는 용기와 자긍심으로 똘똘 뭉친 진정한 전사들이고, 적들은 사막의 나약한 샌님들에 불과합니다. 그러니 병력의 수가 적다고 해서 아군이 열세라고 할 수는 없습니다."

흥분한 부관이 콧김을 쉭쉭 내뿜었다.

류리크가 고개를 돌려 부관을 똑바로 응시했다. 뱀처럼 차가운 류리크의 눈빛이 부관의 눈을 따갑게 찔렀다.

"부관, 지금 내 앞에서 언성을 높인 것인가? 감히?"

류리크의 음성은 물안개처럼 나직하게 깔려 부관의 청각을 잠식했다.

동부 전선에서 류리크는 '피도 눈물도 없는 얼음 도살자'라 불린다. 냉혹하고 무자비한 상관의 본성을 떠올리는 순간 부관은 등골이 오싹해졌다.

"헉! 죄송합니다. 군단장님."

겁을 먹은 부관이 황급히 머리를 숙였다.

류리크는 냉랭한 눈으로 부관의 뒤통수를 노려보다가 다시 국경으로 시선을 돌렸다.

"저기 어딘가에 군나르 왕국의 후계자가 와 있다지?"

류리크가 하라간에게 관심을 보였다.

정찰참모는 이 질문이 나오기를 기다렸다는 듯이 답변했

다.

"네, 그렇습니다. 적 후계자의 이름은 하라간, 나이는 올해 18세입니다."

"18세? 아직 어리군."

"군단장님의 말씀처럼 하라간은 아직 어린 애송이에 불과합니다. 그러나 어쨌든 그 애송이가 장차 군나르 왕국을 물려받을 후계자라는 점은 분명합니다."

"흐음."

류리크는 가만히 고개를 끄덕였다. 그러곤 스쳐 지나가는 말투로 중얼거렸다.

"하라간…… 어떤 녀석인지 얼굴이나 한번 봤으면 좋겠군."

류리크의 목소리는 여전히 무채색의 차가운 톤이었으나, 군나르 왕국의 군진을 바라보는 그의 눈빛은 먹이를 노리는 뱀의 그것처럼 끈적끈적하게 변해 있었다.

멀리서 희미하게 동이 터 왔다.

Chapter 4

새벽 3시부터 6시까지.

이 3시간은 하라간이 검과 교감을 나누고 검술을 가다듬는 소중한 시간이었다. 하라간은 이 시간에 방해를 받는 것을 극도로 싫어했다.

하지만 오늘은 예외.

하라간은 30분이나 앞당겨 검술 수련을 마쳤다.

하라간이 막사 밖으로 나왔을 때 그 앞에는 라티파를 비롯한 친위대원들이 대기 중이었다. 친위대원들 옆에서 하라간의 황금빛 깃발이 바람에 나부꼈다.

"하라간 님!"

친위대원들은 하라간이 30분 일찍 막사에서 나오자 흠칫 놀랐다.

"혹시 잠자리가 불편하셨습니까? 늘 6시에 일어나셨는데 오늘은 조금 이르십니다."

라티파가 걱정스레 여쭸다.

하라간은 대답 대신 스벤센 왕국 쪽을 바라보았다.

20 킬로미터 밖, 나지막한 구릉에 모여 있는 일단의 무리가 하라간의 눈에 들어왔다. 그 가운데 하라간이 눈여겨본 대상은 바로 류리크였다. 스벤센 왕국의 1군단장 류리크!

하라간이 라티파에게 고개를 돌렸다.

"라티파, 혹시 스벤센의 지휘관에 대해서 아는 바가 있나?"

"물론입니다."

머리가 좋은 라티파는 스벤센의 주요 지휘관들을 줄줄이 읊어 댔다.

하라간은 저 멀리 구릉에 시선을 고정한 채 라티파의 말을 들었다. 그러다 라티파가 류리크에 대해서 언급하자 반응을 보였다.

"1군단장의 이름이 류리크라고? 혹시 그자의 얼굴이 말처럼 길쭉하고 눈빛이 차가운가?"

"제가 가진 정보에 따르면 그렇사옵니다. 하온데 그것을 왜 물으시는지요?"

라티파가 고개를 갸웃거렸다.

그녀는 지금 하라간이 20킬로미터 떨어진 구릉 위를 환히 꿰뚫어 보고 있으리라고는 생각하지 못했다. 그리고 그 구릉 위에 류리크가 서 있다는 점도 상상할 수 없었다. 그 멀리 떨어진 곳의 사람 외모를 구분하는 것은 인간의 상식을 뛰어넘는 일이기 때문이다.

하라간은 라티파의 질문에 대답하지 않았다. 대신 입가에 웃음을 머금은 채 레다를 돌아보았다.

"레다, 아침 수련을 시작하자."

매일 아침 레다와 창술 대련을 하는 것은 하라간의 오랜

습관이었다. 다만 오늘은 30분 일찍 그 일과가 시작되었을 뿐이다.

무술광인 레다는 하라간의 말에 활짝 웃었다.

"넵! 바로 준비하겠습니다."

레다는 서둘러 각반을 착용하고 손바닥에 붕대를 칭칭 감았다. 창을 쥔 레다의 얼굴에 흥분한 기운이 역력했다.

친위대원들은 멀찍이 물러서서 두 사람의 대련을 지켜보았다.

"들어와 봐."

하라간이 레다를 향해 손가락을 까딱거렸다.

"갑니다!"

레다가 하늘 높이 점프했다.

태양을 등지고 뛰어오른 레다는 뒤로 한껏 젖혔던 오른손을 벼락처럼 내뻗었다. 레다의 창끝에서 피어오른 창의 그림자가 부챗살처럼 퍼지며 하라간에게 내리꽂혔다.

하라간은 짧은 단창을 좌에서 우로 그어 막았다.

휘류류류—

하라간을 향해 일직선으로 내리꽂히던 레다의 공격이 블랙홀을 향해 빨려드는 운석들처럼 하라간의 창끝이 만들어낸 하나의 점으로 쭈르륵 빨려 들어 소멸했다. 그리고 그 한 점에서 날카로운 빛살이 쭈웅! 튀어나와 레다의 복부를 꿰뚫었다.

"으헙!"

레다는 소스라치게 놀랐다. 순간적으로 날카로운 창이 배를 꿰뚫고 지나간 것처럼 느껴졌기 때문이다.

하지만 레다의 배는 멀쩡했다. 눈곱만큼의 통증도 느껴지지 않았다.

그럼에도 불구하고 레다는 다음 공격을 이어가지 못했다. 실제 쇠붙이에 배가 뚫린 것처럼 등골이 서늘하고 맥이 빠진 탓이었다.

기세등등하던 레다가 주춤거리자 친위대원들이 수군거렸다.

"레다가 왜 저러지?"

"그러게? 어디 다쳤나?"

친위대원들의 눈에는 조금 전 레다의 복부를 뚫고 지나간 빛살이 보이지 않았다.

솔직히 레다도 그 빛을 눈으로 보지는 못했다. 그저 감각으로 느꼈을 뿐이다.

레다가 무기력하게 머뭇거리자 하라간이 속으로 혀를 찼다.

'이런! 내가 괜한 짓을 했구나.'

조금 전 하라간은 마나의 벽 4단계에 올라서면서 얻은

새로운 깨달음을 레다에게 실험해 보았다. 물론 파괴력은 0으로 낮춰서 레다가 다치지 않도록 배려했다.

덕분에 레다의 육체는 아무런 타격도 받지 않았다. 하지만 레다의 혼백은 엄청난 충격에 휩싸여 정신을 차리지 못했다.

"으윽!"

레다는 하라간을 향해 억지로 창을 겨누려고 하다가 다시 땅바닥에 주저앉았다.

"괜찮나?"

하라간이 한 발 다가섰다.

그러자 레다의 얼굴이 갑자기 하얗게 질렸다. 레다는 사자를 만난 어린 생쥐처럼 어깨를 움츠리고 시선을 아래로 내리깔았다. 6명의 친위대원들 가운데 가장 용맹한 여전사가 눈 깜짝할 사이에 겁쟁이로 변해 버린 것.

"이런!"

하라간은 한 발 뒤로 물러선 다음 라티파에게 손짓을 했다.

"레다가 많이 놀랐나 보네. 라티파가 부축해서 그녀를 막사로 데려가 줘. 따뜻한 물도 먹이고 좀 쉬게 하라고."

"네, 하라간 님."

쌍둥이 언니 라티파가 부지런히 동생을 챙겼다.

네페르도 달려 나와 레다를 부축했다.

여자 친위대원들이 자리를 뜨자 하라간의 시선이 남자 친위대원들에게 향했다.

삼지창과 그물을 즐겨 사용하는 융!

뚱보 우세르!

샴쉬르(둥글게 휜 칼)의 테티!

이상 3명의 친위대원들은 몸을 움찔 떨었다.

하라간이 그들에게 턱짓을 했다.

"뭐해? 레다가 저 꼴이 되었으니 너희들이 대신 내 상대가 되어 줘야지."

"네에?"

"저, 저희⋯⋯가요?"

친위대원들이 손가락으로 자신들의 얼굴을 가리켰다.

하라간이 고개를 끄덕였다.

"그래. 너희 셋."

그 말을 듣자마자 우세르는 돌이 된 것처럼 몸이 굳었다. 융의 얼굴은 하얗게 탈색되었다. 테티는 눈꺼풀을 바르르 떨었다.

"야야! 살살할 테니까 그런 표정 짓지 마. 셋 다 한꺼번에 덤비라고."

하라간 창끝을 까딱였다.

답을 한 사람은 현자 아호였다. 그녀는 마법 타워를 대표하는 4명의 현자 가운데 첫손가락에 꼽히는 여인이기도 했다.

토브욘이 아호에게 명을 내렸다.

"군나르 왕국으로 파병을 나간 그룬드를 지금 당장 복귀시켜라."

"그룬드 전하를 복귀시키란 말씀이십니까?"

아호가 깜짝 놀라서 되물었다.

토브욘의 짙은 눈썹이 꿈틀했다.

"아호! 내가 두 번 말해야 하나?"

"헉! 아니옵니다. 소신이 늙고 망령이 나서 감히 위대하시고 또 위대하신 분께 무례를 범했사옵니다. 지금 당장 그룬드 전하의 마력함을 복귀시키겠나이다."

아호는 진땀을 뻘뻘 흘리며 대답했다.

이곳 북해에서 토브욘의 명은 절대적!

위치룸의 네 현자는 망설임 없이 그 뜻을 받들었다.

잠시 후, 군나르 왕국 남부 상공에 도착한 그룬드의 마력함들은 아무런 성과도 없이 뱃머리를 돌려야 했다.

같은 시각.

군나르 왕궁의 웃전에도 새하얀 빛이 내리꽂혔다.

북부의 아홉 군주 가운데 한 명이자 '독의 제왕'이라 불리는 군나르는 눈매를 가늘게 좁혀 새하얀 빛을 노려보았다.

하얀빛이 군나르 앞에서 강하게 일렁거렸다.

잠시 침묵이 이어지고, 이어서 군나르가 고개를 끄덕였다.

"알겠소. 남부로 내려보낸 병력을 다시 회군시키리다."

그 말이 떨어지자 비로소 하얀빛이 사라졌다.

방에 홀로 남은 군나르는 검지로 탁자를 톡톡 두드리다가 회군 명령서 한 장을 작성했다. 그다음 옆에 있는 줄을 잡아당겼다.

딸랑딸랑, 종이 울리고 문밖에서 대기 중이던 수석 환관이 목청을 가다듬었다.

"위대하시고 또 위대하신 분이시여, 찾아 계시옵니까?"

"포탈을 통해 남부에 이걸 보내라. 하라간에게 즉시 돌아오라고 전해."

"네에? 아, 알겠사옵니다. 위대하시고 또 위대하신 분의 뜻을 받들겠나이다."

수석 환관은 잠시 놀라는 듯했으나, 이내 머리를 조아려 대답했다. 환관이 명령서를 받아 물러난 뒤 군나르는 손바닥으로 탁자를 내리찍었다.

가벼운 손짓 한 방에 두툼한 탁자가 그대로 박살 났다.

"오드! 오드! 이노오옴!"

군나르의 수염이 분노로 푸들푸들 떨렸다.

같은 시각, 스벤센 왕궁에서도 이와 비슷한 일이 벌어졌
다.

"우흐흐흐흐!"

거대한 버팔로(들소의 일종)를 연상시키는 거구의 스벤센
이 입술을 꽉 다물고 잇새로 으스스한 웃음을 내뱉었다. 스
벤센이 흥분을 하자 그의 아래턱에서 솟구친 뾰족한 송곳
니가 윗입술 위로 삐죽 튀어나왔다. 단단한 화강암을 깎아
서 만든 스벤센의 옥좌 팔걸이는 그의 손아귀 안에서 과자
처럼 부서져 나갔다.

"오드 아르네 솔샤르! 두고 보자. 지금은 어쩔 수 없이
네 권유를 따르지만, 조만간 이 굴욕을 되갚아 줄 것이야.
우흐흐흐흐!"

거인족의 제왕이자 '마왕'이라 불리는 스벤센이 분노에
가득찬 웃음을 흘렸다. 그러는 사이 스벤센 왕궁 중심부에
자리한 거대한 고목나무 밑에선 새하얀 늑대 한 마리가 나
타났다. 송아지 크기의 하얀 늑대는 스벤센의 회군 명령서
를 아가리에 물고 안개처럼 스르륵 사라졌다가 북쪽 국경

지대의 류리크 앞에 다시 나타났다.

아침 훈련을 마친 뒤, 하라간은 남부의 지휘관들을 이끌고 최전방의 병력을 시찰했다. 조만간 전쟁이 터질 분위기라 병사들은 초긴장 상태였다. 하라간은 아군 병사들의 어깨를 손수 두드려 주고 그들의 무기 상태를 꼼꼼히 체크했다. 조금이라도 손질이 덜된 무기는 하라간의 눈에서 벗어나지 못했다. 하라간은 병사들의 보급품도 세심하게 살폈다.

이런 종류의 군 시찰은 하라간에겐 익숙한 업무였다. 루잉 백작이던 시절 하라간은 무려 25년이 넘게 단 하루도 빼놓지 않고 병영을 점검했었다.

하지만 지금의 하라간은 고작 18세.

이 어린 나이에 병사들 한 명 한 명을 세심하게 챙기는 모습에 많은 이들이 감동을 받았다.

'오오오! 하라간 님!'

'역시 위대하시고 또 위대하신 분의 과업을 이어받으실 분이시구나!'

군나르 왕국의 지휘관들은 이런 마음으로 고개를 주억거렸다. 남부의 군단장 카우라도 하라간에게 크게 감탄했다. 하라간의 시찰이 계속될수록 군나르 군의 사기는 점점 더 올라갔다.

하지만 오후가 되자 이런 분위기에 찬물을 끼얹는 일이 발생했다.

"회군을 하라고?"

막사 안에서 하라간이 눈을 깊게 찌푸렸다.

소형 포탈을 통해 날아온 명령서는 분명 위조문서는 아니었다. 하라간의 손에 들린 서신엔 군나르의 직인이 또렷이 찍혀 있었는데, 그 직인에서 풍기는 희미한 독의 냄새를 하라간은 몇 번이고 재확인했다.

'이건 분명히 할아버님께서 보낸 명령서야. 그런데 왜 갑자기 회군을 하라는 거지? 우리가 병력을 물렸을 때 스벤센 녀석들이 와락 밀고 들어오면 어쩌려고?'

하라간의 고민이 깊어지는 순간이었다.

Chapter 6

"모두 물러나시오."

하라간은 일단 지휘관들을 막사에서 물렸다. 사람들이 자리를 비키자 하라간은 가만히 앉아 눈을 감았다.

군나르 왕국은 마법 수준이 높지 않아 수정 구슬을 통한

의사 전달이 쉽지 않았다. 기껏해야 소형 포탈을 통해 문서를 주고받는 수준인데, 지금 글로 대화를 나누기엔 시간이 부족했다.

하여 하라간은 다른 수법을 생각해 내었다.

'나와 할아버님은 독 키르샤를 공유한 상태지. 한번 이 녀석을 이용해 보자.'

하라간은 마정석 속의 마물을 매개체로 삼아 멀리 떨어져 있는 군나르와 의사소통을 해 볼 요량이었다. 하라간이 정신을 집중하자 그의 가슴속 마정석이 희미한 광채를 발했다.

후웅! 후웅!

밝아졌다 어두워졌다를 반복하던 마정석은 어느 순간 하라간의 의지를 멀리 떨어진 독 키르샤에게 전달했다.

"음?"

웃전 방 안에 홀로 앉아 있던 군나르가 그 미약한 신호를 감지했다.

아니, 엄밀하게 말해서 군나르가 직접 신호를 감지한 것이 아니었다. 군나르와 결합한 독 키르샤가 하라간의 뜻을 군나르에게 전달했다.

전혀 생각지도 못했던 현상에 군나르가 깜짝 놀랐다.

[하라간! 하라간, 너냐?]

군나르가 독 키르샤에게 물었다.

독 키르샤가 군나르의 질문을 하라간에게 전달했다.

[네, 할아버님. 저 하라간입니다.]

하라간이 같은 방식으로 답변했다.

독 키르샤를 통해 전달된 하라간의 대답이 군나르의 뇌
에 울려 퍼졌다.

[허어어! 세상에 이럴 수가!]

군나르는 기쁨과 놀라움을 동시에 느꼈다. 이런 희한한
일을 해낸 하라간이 놀랍고 자랑스러웠으며, 다른 한편으
로는 하라간의 음성을 이렇게나마 들을 수 있어서 기뻤다.

하라간이 군나르에게 물었다.

[할아버님, 회군 명령이 사실입니까?]

[그래. 사실이다.]

[어째서입니까? 할아버님께서는 이번 남부 출정을 통해
숨은 적들을 찾아내고 제가 공을 세우기를 바라셨지 않습
니까? 그런데 왜 갑자기?]

[미안하구나. 오드 아르네 솔샤르로부터 전쟁을 멈춰 달
라는 중재가 들어와서 일단 회군 명령을 내렸단다. 자세한
이야기는 네가 왕궁으로 돌아오거든 해 주마.]

의외의 대답에 하라간이 이마를 찌푸렸다.

[오드라고요? 그가 이번 일에 개입했단 말씀이십니까?]

[그래. 이 할아비뿐 아니라 스벤센에게도 오드의 중재가 전달되었을 게다. 아마도 그곳 국경 지대에 파견된 스벤센 병력도 곧 물러나기 시작할 게야.]

군나르가 씁쓸하게 대꾸했다.

북부의 아홉 왕국은 서로 독립적이었다. 오드가 이렇게 다른 왕국의 일에 끼어드는 것은 분명히 외교적인 결례인 것.

그럼에도 불구하고 오드는 전쟁을 멈추라고 권했다.

'그만큼 자신이 있단 소린가? 우리 군나르 왕국과 스벤센 왕국에 동시에 압박을 넣을 만큼 역량이 된다는 뜻이겠지?'

이번 일을 통해 하라간은 오드 아르네 솔샤르에 대해서 다시 한 번 생각하게 되었다.

'오드는 북부의 아홉 군주들 가운데 최정점에 서 있는 인물이야. 하지만 그에게 이 정도의 힘과 권위가 있었단 말인가? 자존심 강한 할아버님께서 그의 권고를 거부하지 못하실 만큼?'

하라간이 머릿속을 정리하는 동안 군나르가 한 번 더 말을 걸었다.

[하라간, 어차피 이렇게 되었으니 어쩌겠느냐? 이만 왕궁으로 돌아오너라.]

[네, 할아버님. 명을 따르겠습니다.]

하라간은 일단 군나르의 뜻을 따르기로 결정했다.

하라간이 회군을 발표하자 남부의 지휘관들이 당황했다. 하지만 군나르의 뜻이라는 소리에 다들 수긍했다.

이곳 북부에서 군주의 명령은 절대적!

그 누구도 토를 달 수 없었다.

지휘관들이 막사에서 물러난 뒤, 라티파가 한숨을 내쉬었다.

"휴우우."

"웬 한숨이냐?"

하라간의 물음에 라티파가 쓴웃음을 지었다.

"이번 전쟁은 하라간 님께서 공을 세우실 좋은 기회였는데요, 너무 아쉽습니다."

"그래. 나도 아쉽다. 하지만 어쩌겠느냐? 할아버님께서 내리신 명령이니 따를 수밖에."

"물론 위대하시고 또 위대하신 분의 명령을 거역할 수는 없지요. 하지만 하라간 님께선 모처럼 대규모 병력을 이끌고 남하하셨습니다. 그런데 칼 한 번 제대로 뽑아 보지 못하고 되돌아가는 셈이 아닙니까? 이것은 하라간 님의 권위에 해가 되는 일입니다. 하여 저도 모르게 한숨을 쉬었습니다."

라티파는 이번 회군이 못마땅한 듯했다.

사실 하라간도 아쉽기는 마찬가지였다. 하라간은 슬쩍 눈을 들어 막사 천장을 올려다보았다.

'하늘 위에서 맴돌던 토브욘 녀석들도 모두 사라졌어. 아마도 오드 아르네 솔샤르가 토브욘 왕국에도 경고를 보냈겠지. 그리고 북해의 제왕 토브욘이 오드의 경고를 받아들여 마력함을 철수시켰을 거야. 쳇! 아쉽군!'

하라간은 눈앞의 먹이를 빼앗겼단 생각에 기분이 언짢았다. 하지만 여기서 불만을 표출할 수는 없었다. 그것은 군나르의 권위에 흠집을 내는 행위였다.

"라티파, 네 충성심은 알겠다. 하지만 앞으로 그런 속마음을 겉으로 드러내지는 마라. 할아버님의 명령에 토를 다는 것은 내가 용납하지 않아."

하라간이 정색을 하자 라티파가 움찔했다.

"네. 죄송합니다. 제가 감히 무례를 범했습니다."

라티파는 곧바로 무릎을 꿇고 사죄했다.

"그래. 앞으로 조심해."

이 말을 끝으로 하라간도 더는 라티파를 추궁하지 않았다.

군나르 왕국은 건축 기술이 뛰어나기로 유명했다. 불과 일주일 만에 수십만 대군이 머물 진영을 뚝딱 지어내더니, 이번엔 그 진영을 다시 해체하고 회군 준비를 마쳤다.

스벤센 왕국의 류리크는 구릉에 올라 그 모습을 지켜보았다.

직속 부관이 조심스레 입을 열었다.

"군단장님, 군나르 녀석들이 철수 준비를 마친 것 같습니다."

"나도 보고 있다."

류리크가 무뚝뚝하게 대꾸했다.

부관이 발을 동동 굴렀다.

"이대로 녀석들을 보낼 생각이십니까? 저곳엔 군나르 왕국의 심장이나 다름없는 어린 후계자가 있습니다. 저희가 기습 공격을 해서 그 심장만 손에 넣으면……."

"부관!"

류리크는 차갑게 부관의 말을 끊었다.

뱀의 것과 닮은 류리크의 눈동자가 부관을 쏘아보고 있었다. 부관이 움찔 몸서리를 쳤다.

"군단장님, 죄송합니다. 소장이 감히 주제넘은 소리를 했습니다."

부관이 황급히 바닥에 엎드렸다.

류리크가 차갑게 뇌까렸다.

"부관, 전쟁은 없다. 위대하시고 또 위대하신 분께서 그리 명령하셨거늘, 네가 감히 그분의 명을 어기겠다는 것이냐?"

"헉! 아닙니다. 소장이 공에 눈이 멀어 헛소리를 했습니다."

부관은 이마를 땅바닥에 쿵쿵 찧었다.

류리크는 말없이 그 모습을 바라보다가 다시 전방으로 시선을 돌렸다.

저 멀리 군나르 군이 회군을 시작했다. 너른 들판에 흙먼지가 뭉게구름처럼 피어났다.

"잘되었어."

류리크는 나직이 중얼거렸다. 류리크의 목소리가 너무나도 작아서 곁에 있는 부관의 귀에도 들리지 않았다. 류리크의 독백이 이어졌다.

"지금은 군나르 왕국과 전쟁을 벌일 때가 아니야. 그러니 이렇게라도 열을 식힐 수 있어서 정말 잘되었지. 하지만 기분은 더럽군. 우리 스벤센 왕국의 판단에 따라 전쟁을 멈춘 게 아니라 외부의 압력에 의해 회군을 하게 된 것이 정말 기분 더러워."

독백을 하는 내내 류리크의 얼굴은 표정 하나 흐트러지

지 않았다. 하지만 꽉 움켜쥔 그의 주먹엔 힘줄이 굵게 돋
아났다.

마침내 하라간의 황금 깃발이 류리크의 시야에서 사라졌
다. 류리크는 등을 홱 돌렸다.

"우리도 회군한다. 이곳 국경선엔 최소한의 수비병만 남
기고 모두 동부 전선으로 복귀해."

"군단장님의 명을 받들겠습니다."

부관이 벌떡 일어나 대답했다.

3월 21일.

전쟁을 코앞에 두었던 군나르와 스벤센 왕국은 그렇게
다시 한 발 떨어졌다.

제2화

어째신의 공격

Chapter 1

남부의 토후들은 하라간에게 잘 보이고 싶어서 안달이 났다. 하라간이 남하할 때 그들이 경쟁적으로 사병을 이끌고 참전한 이유도 그 때문이었다. 덕분에 하라간의 병력은 어마어마하게 불어났었다.

그러다 하라간이 회군을 시작하자 남부의 토후들이 다시 썰물처럼 빠져나갔다. 남부 지방을 가로질러 수도로 복귀하는 사이 하라간의 병력은 다시 원래대로 줄어들어 10,000명 남짓한 수준으로 떨어졌다.

하라간의 친위대원 6명.

게브의 환관 90명.

군나르 호위대 소속 호위 무사 50명.

왕궁 직속 정예병 1,000명.

중앙군 기병대 9,000명.

하라간은 딱 요 정도의 병력만 이끌고 수도로 북상했다.

회군하는 내내 남부의 분위기는 호의적이지 않았다. 군나르 왕국의 남부 지방은 원래 부유한 토후들과 상인들이 터를 잡은 지역이었다. 대부분의 지방 토후들이 그러하듯이 이곳 남부의 토후들도 지역색이 강했다.

"우리 남부의 큰 어른은 누가 뭐래도 카팁 님이시지."

"암! 그렇고말고. 카팁 님이야말로 우리 남부인들을 중앙 정계로 이끌어 주신 우리들의 좌장이셔. 남부의 정치인들 가운데 카팁 님만큼 남부를 챙겨 주신 분이 누가 있나? 있으면 말을 해 보라고."

"아무도 없지. 원래 팔은 안으로 굽는다고 했는데, 카팁 님의 팔은 유난히 더 안으로 굽으셨었다고. 그분이야말로 우리 남부의 이익을 대변해 주신 분이셔."

"그런 카팁 님께서 갑자기 정계에서 은퇴하시다니! 이건 뭐가 잘못되어도 한참 잘못된 게야."

"맞아. 게다가 카팁 님은 하라간 님의 외조부시라고. 아직 한창이신 그분을 은퇴하시게 만들다니! 세상에 이럴 수는 없어."

남부의 토후들과 상인들은 은근히 이런 불만을 드러냈다.

이 와중에 하라간의 회군 소식이 들렸다.

"자네들, 그 소식 들었나? 하라간 님께서 아무런 성과도 없이 회군하신다며?"

"이런! 하라간 님께서 깃발을 들고 국경으로 남하하실 때 우리 남부인들이 보급품을 대고 사병을 출병시켜 힘을 보태드렸는데, 이렇게 아무런 성과도 없이 회군을 하시면 우리의 손해가 막심하잖아. 수십만 병력이 어디 애들 장난인가? 그 정도 규모의 병력이 한 번 움직이려면 비용이 얼마나 막대한데! 쯧쯧쯧!"

"어쩔 수 없는 일이지. 하라간 님께선 장차 위대하시고 또 위대하신 분의 과업을 이어받으실 분이시지만 아직은 어리시지 않은가. 이럴 때일수록 카팁 님 같은 분이 중앙 정계에서 딱 중심을 잡으시고 하라간 님을 보필해야 하는데, 카팁 님께서 갑자기 은퇴하시니 이렇게 곧바로 손해가 발생하는구먼. 쯧쯧!"

경제에 민감한 남부인들은 군사적인 움직임조차 모두 손익으로 환산했다. 그들의 눈에 비친 하라간의 참전은 결국 남부에 손해만 끼친 실패작이었다.

게브의 환관들이 이 불손한 분위기를 하라간에게 고해

바쳤다. 카팁의 손자, 손녀인 테티와 네페르가 남부인들을 대신하여 하라간 앞에 머리를 조아렸다.

"하라간 님, 송구합니다."

"부디 저 어리석은 자들을 용서해 주세요."

테티와 네페르는 하라간이 얼마나 무서운 사람인지 잘 알았다. 그들의 눈에는 어리석은 남부의 토후들이 붙잡혀 와 하라간의 손에 갈가리 찢겨 죽는 모습이 선했다.

그런데 의외로 하라간은 무덤덤했다.

"괜찮아."

"네?"

"수십만 병력을 이끌고 참전했다가 이렇게 허무하게 회군하게 되었으니 마땅히 불만이 있을 수밖에. 이런 종류의 불만은 억지로 억누르면 안 돼. 오히려 적당히 불만이 터져 나오도록 길을 열어 줘야 더 큰 탈이 나지 않는다고."

루잉 백작이던 시절을 떠올려 보면 이 정도 불만은 약과였다. 만약 그 시절 루잉이 수십만 대군을 움직였다가 아무것도 해 보지 못하고 회군을 한다면 이보다 더 큰 비난을 받았을 것이다.

"그리고 사실 나는 회군 명령을 내릴 때부터 이 정도 불만은 예상했었어. 그러니까 너희들도 신경 쓰지 마."

하라간은 이런 말로 친위대원들을 위로해 주었다.

"흑흑! 은혜로우신 하라간 님!"

"하라간 님의 자비에 감사드립니다. 흑흑흑!"

크게 감격한 테티와 네페르가 엉금엉금 다가와 하라간의 발등에 입을 맞추었다.

사실 하라간이 이렇게 너그러워진 데는 이유가 있었다.

'먹이를 다 놓친 줄 알았는데, 그게 아니었어. 후후훗! 아직 두 마리나 남아 있었지 뭐야. 후훗!'

원래 이번 출전을 통해 하라간이 노린 먹잇감은 모두 넷이었다.

첫째, 북해 토브욘 왕국의 첩자들

둘째, 마이림의 잔당들

셋째, 키약에서 암살을 시도했던 수상한 어쌔신 무리

넷째, 스벤센 왕국의 군대

이 가운데 토브욘의 마력함은 북부로 돌아갔고, 스벤센 왕국도 국경선에서 병력을 물렸다. 북부의 정점에 선 자, 오드가 개입한 탓이었다.

'오드 때문에 나는 아무런 성과도 없이 빈손으로 돌아갈 처지였지.'

그런데 하라간이 회군을 시작하면서 희미한 기척이 그의 감각에 잡혔다. 마나의 벽 4단계에 올라선 이후 하라간의 감각은 그 범위가 어마어마하게 넓어졌는데, 그 감각에 수상한 움직임이 포착된 것이다.

'전에 한번 내 곁을 살짝 스쳐 지나갔던 그 녀석의 냄새가 나. 마이림을 데리고 사라졌던 바로 그자 말이야.'

폐사원 전투에서 우세르를 따돌리고 포탈을 이용해 마이림을 빼돌린 그자가 다시 하라간의 주변에서 얼쩡거리는 중이었다.

'이번에도 포탈을 이용해서 도망치면 곤란하지. 좀 더 가까이 다가와라. 좀 더 가까이!'

하라간은 인내심을 가지고 상대의 접근을 기다렸다.

한편 하라간은 또 다른 움직임에도 신경을 썼다.

'키약에서 나를 암살하려 들었던 어쌔신들! 그놈들도 주변에 접근해 있어.'

마이림과 어쌔신 사이에 어떤 거래가 오고 갔는지 하라간은 알지 못했다. 어쌔신의 정체도 아직 정확하게 파악하지 못했다.

하지만 그런 것들은 차차 캐내면 될 일이고, 지금 중요한 것은 마이림의 잔당과 어쌔신 무리가 하라간의 주변을 배회한다는 사실이었다.

'우후훗! 이자들은 오드의 경고도 무시할 만큼 배짱이 좋은가?'

그건 아닌 것 같았다. 군나르조차 오드의 권고를 받아들이는 마당에 마이럼의 잔당들이 그걸 무시할 수는 없었다.

'아마 오드는 이들의 존재를 몰랐을 거야. 아무래도 그럴 확률이 커. 후후후후!'

덕분에 네 가지 목표 가운데 둘은 잡을 수 있을 것 같았다. 그렇다면 이번 출전이 아주 실패는 아니었다. 하라간은 기분 좋게 웃었다.

Chapter 2

회군 나흘째인 3월 24일.

하라간이 이끄는 병력은 남부 곡창 지대 한복판에 위치한 부운의 영토를 지나게 되었다.

부운은 카팁의 오른팔을 자처하는 인물이었다. 카팁이 하라간의 배필을 고를 당시 부운은 조카인 베레니케를 수양딸로 삼아 하라간에게 접근하려 들었다.

그런 부운에게 하라간의 방문은 결코 놓칠 수 없는 기회였다.

"우리 베레니케만큼 똑똑하고 어여쁜 아가씨도 보기 드물잖아? 그 아이라면 충분히 하라간 님의 마음을 사로잡을 수 있을 게야. 그렇게만 일이 풀리면 나는 장차 하라간 님의 장인이 되는 거라고. 으하하하하!"

꿈에 부푼 부운은 하라간을 성으로 모실 채비를 했다.

"이랴!"

우두두두두—

부운이 밤색 말에 올라타서 앞장섰다. 그 뒤에 마차 스무 대가 뒤따랐다. 각 마차마다 술과 음식이 가득 실려 있었다.

노예들을 부려 바쁘게 서둔 덕분에 부운은 단 30분 만에 하라간 앞에 도착했다.

"누구냣?"

게브의 환관들이 날카로운 눈으로 부운을 탐색했다.

부운이 신분을 밝히자 환관들은 그를 하라간의 친위대원들에게 안내했다. 친위대원들은 부운의 몸을 샅샅이 수색한 다음 하라간 앞에 데려갔다.

황금 천으로 둘러싸인 커다란 마차 앞, 라티파가 말에서 내려 무릎을 꿇었다. 친위대원들도 모두 무릎을 꿇었다.

부운도 덩달아 친위대원들의 행동을 모방했다.

"하라간 님."

라티파가 공손히 하라간을 불렀다.

"무슨 일이냐?"

황금 마차 안에서 하라간의 목소리가 들렸다.

라티파는 턱으로 부운을 가리켰다.

"이 지역을 다스리는 토후 한 명이 하라간 님께 직접 문안을 드리러 찾아왔습니다. 어떻게 할까요?"

라티파의 말이 떨어지기 무섭게 부운이 직접 나서서 스스로를 소개했다.

"위대하시고 또 위대하신 분의 과업을 이어받으실 분! 하라간 님! 소신은 부운이라고 하옵니다. 혹시 하라간 님께선 외조부이신 카팁으로부터 소신의 이름을 들으신 적이 있으신지요?"

이곳에 오기 전 부운은 '우선 카팁 님과의 친분을 내세워 하라간 님께 접근해 봐야지.'라는 전략을 세웠다.

하지만 이어지는 하라간의 반응이 부운의 기대에 찬물을 끼얹었다.

"부운? 처음 듣는 이름이다."

당황한 부운이 이번엔 베레니케를 팔았다.

"하오면 혹시 베레니케라는 아이는 기억하시는지요?"

"베레니케?"

"하라간 님께서 카팁의 저택을 방문하셨을 때, 그곳에서 혹시 소신의 딸을 만나시지 않으셨습니까?"

"베레니케! 으음! 그 여인이 그대의 딸이었던가?"

이번엔 제대로 된 반응이 나왔다. 부운은 비로소 얼굴을 폈다.

"그렇습니다. 베레니케가 바로 소신의 수양딸이옵니다."

"흐으음!"

"하라간 님, 긴 행군에 하라간 님의 병사들이 지치고 말들이 힘들어하고 있습니다. 부디 소신의 성으로 행차하시어 하룻밤만 머무소서. 소신이 하라간 님의 말에게 좋은 여물을 주고 병사들이 편히 쉴 곳을 마련하겠나이다."

"음!"

"마침 소신의 성에는 제 딸아이도 있습니다. 소신의 딸년이 미련하여 일전에 하라간 님의 영준하신 모습을 뵌 이후로 차마 하라간 님을 잊지 못하고 가슴앓이를 하는 중이오니 부디 한 번 소신의 성으로 납시어 어리석은 소신의 딸년에게 위로의 말 한마디만 해 주십시오. 부디 미욱한 딸을 둔 아비의 마음을 헤아려 주십시오."

부운은 땅에 납죽 엎드려 간청했다.

정성을 들이면 하늘도 감동한다는 옛말이 있다. 마침내 황금 마차 안에서 긍정적인 답변이 나왔다.

"라티파, 행군 일정을 잠시 늦추자."

"네?"

라티파의 눈가가 살짝 일그러졌다. 솔직히 그녀는 하라간이 베레니케와 엮이는 것이 내키지 않았다. 하지만 뭐라고 내색을 할 새도 없이 하라간의 말이 이어졌다.

"오늘 밤은 이 토후의 성에서 머물 것이다."

하라간이 이렇게까지 확정적으로 말했으니 별수 없었다. 라티파는 묵묵히 그 말에 따랐다.

"하라간 님의 명을 받들겠나이다."

삐익—

짧은 호각 소리와 함께 하라간의 명이 선두에 전달되었다. 행군 선두의 기수는 부운의 성을 향해 방향을 돌렸다.

"감사합니다, 하라간 님! 소신이 정성을 다해 모시겠나이다."

부운은 뛸 듯이 기뻐했다.

게브의 환관들도 재빨리 움직였다.

[이봐. 베레니케라는 아가씨를 조사해 봐. 하라간 님께서 그 아가씨에게 관심을 두신 모양이다.]

[넷. 바로 조사하겠습니다.]

환관들의 움직임이 분주해졌다.

반면 라티파는 억울하다는 듯 돌멩이 하나를 걷어찼다.

"쳇!"

알 만한 사람들은 이미 다 아는 사실이지만, 라티파는 남몰래 하라간을 연모하고 있었다. 물론 라티파는 하라간을 혼자서 독점할 수 없다는 것을 잘 알았다. 하라간은 군나르 왕국의 군주가 될 몸! 장차 수많은 여자들과 중혼을 하게 될 것이다. 하지만 그래도 라티파는 다른 여자들이 하라간에게 접근하는 것이 눈에 거슬렸다. 특히 베레니케라는 여자는 더더욱 껄끄러웠다.

이런 라티파의 속마음을 아는지 모르는지, 마차 안의 하라간은 빙글빙글 웃기만 했다. 조금 전 하라간이 부운의 성으로 가기로 결정한 것은 베레니케 때문이 아니었다. 하라간은 마차의 차광막을 살짝 들췄다.

저 밀리 우뚝 솟은 성채 하나가 하라간의 눈에 들어왔다. 바로 부운의 성이었다. 하리간은 성채 주변에 감도는 음산한 기운을 읽었다.

'사막 도시 키약에서 느꼈던 기운과 아주 비슷해. 아마도 어쌔신 무리가 저기에 함정을 파고 나를 기다리겠지? 후후후후후!'

하라간의 입에 군침이 감돌았다. 하라간은 차광막을 다시 닫고 몸을 뒤로 기댔다. 그러곤 가만히 눈을 감았다.

"부디 나를 실망시키지 마라."

나직한 독백이 하라간의 입에서 흘러나왔다.

"하라간 님이 이곳으로 오신다고?"

화장대 앞에서 베레니케가 속눈썹을 둥글게 말았다. 그

다음 연한 복숭아빛으로 볼 터치를 넣었다.

베레니케의 등 뒤, 흑인 노예 소녀 아이린이 과장된 몸짓으로 고개를 끄덕였다.

"그렇사옵니다. 부운 님께서 하라간 님을 이곳으로 모셔 오는 중이시랍니다. 아마도 2, 30분 뒤면 도착하실 것입니다."

"그래? 남부로 내려가실 때는 내가 편지를 보내도 거들떠보지 않으시더니, 회군을 하면서는 왜 슬쩍 발을 걸치시는 거야?"

베레니케는 거울 앞에서 샐쭉 입술을 내밀었다. 하지만 하라간의 방문이 싫지는 않은 듯 그녀의 입꼬리가 살짝 올라갔다.

"가발."

베레니케의 말에 아이린이 후다닥 달려가 커다란 행거를 끌고 왔다.

"여기 있습니다."

행거에는 다양한 종류의 가발 100여 개가 일렬로 걸려 있었다. 베레니케는 거울을 통해 가발들을 쭉 훑어보다가 까만색 직모 가발을 선택했다.

"이것으로 하시겠습니까?"

아이린이 냉큼 그 가발을 들어 베레니케의 머리에 얹어

주었다. 찰랑찰랑한 생머리 느낌의 직모 가발이 복숭아처럼 맵시 좋게 퍼진 베레니케의 엉덩이 바로 위까지 늘어졌다. 베레니케는 거울에 비친 본인의 모습을 요리조리 살펴보다가 생긋 웃었다.

"캬아! 청초하면서도 은근히 섹시하네. 역시 난 예뻐."

아이린이 곧바로 맞장구를 쳤다.

"너무나도 당연한 말씀이십니다. 주인님이시야말로 군나르 왕국 최고의 미녀가 아니옵니까? 아마도 하라간 님께서 이 모습을 보시면 폭발적인 반응을 보이실 것입니다."

Chapter 3

"우웃!"

폭발적 반응이란 말에 베레니케가 움찔했다. 카팁의 저택에서 하라간에게 오지게 얻어터졌던 악몽이 떠오른 탓이었다.

"허억! 죄송합니다."

말을 꺼낸 아이린도 가슴이 철렁했다. 당시 그녀의 눈앞에서 펼쳐졌던 폭발적인 광경은 아이린에게 큰 충격을 주었다.

베레니케가 입술을 꼭 깨물고 거울을 보았다.

거울 속 까만 머리카락의 미녀는 눈에 넣어도 아프지 않을 만큼 매력적이었다. 얼굴은 청순했으며, 피부는 뽀얗고 매끄러웠다. 바람에 살랑살랑 흔들리는 긴 머리카락은 남성의 마음을 뒤흔들기에 충분했다. 봉긋하게 솟은 가슴과 잘록한 허리 라인은 청순함에 섹시함을 더했다.

베레니케는 두 손으로 자신의 가슴을 받쳐 끌어모았다. 그다음 긴 생머리를 한쪽으로 몰아 길게 늘어뜨렸다.

그 동작이 하나하나가 무척이나 고혹적이었다. 베레니케는 거울 속 본인의 모습을 보면서 자신감을 되찾았다.

"그래. 거시기 달린 남자라면 내 미모에 넘어오지 않을 리 없어. 그때 하라간 님이 나를 매타작하신 것은 분명 내게 마음이 끌려서 가슴속 깊은 곳에 내재되어 있던 변태적인 본성이 흘러나왔던 것뿐이야. 결코 나를 싫어하실 리 없다고."

"주인님! 하오면 이번에도 또 하라간 님께서 주인님의 미모에 반하셔서 변태적…… 아니, 그분의 본성이 도지시면 어떻게 하옵니까? 이번에도 또 주인님을 무식하게 때리신다면! 흐윽!"

아이린이 빠르게 도리질을 쳤다.

"크윽!"

베레니케의 얼굴에도 핏기가 싹 가셨다.

부운의 성 중앙 첨탑 지붕.

까마득히 높은 탑 지붕에 사내 한 명이 우뚝 서 있었다.
팔짱을 끼고 성을 내려다보는 사내는 하얀 옷을 입고 양팔
에 토시를 착용했으며 머리엔 뾰족한 로브를 쓴 차림이었
다. 로브의 그늘이 사내의 얼굴 전체를 뒤덮어 입술과 턱
만 간신히 보일 뿐 사내의 외모는 보이지 않았다. 대신 로
브의 정중앙에 박힌 붉은 원이 사내의 소속을 짐작게 했
다.

벨커스의 추종자들!

붉은 원 문장을 징표로 삼는 비밀의 은둔자들!

천계에서 강림할 여왕을 도와 마해의 마물들을 박멸하는
것을 평생의 숙명으로 알고 살아가는 자들!

첨탑 위의 사내는 바로 그 벨커스의 추종자들 가운데 한
명이었다.

어쌔신의 눈에 저 멀리 다가오는 황금 마차가 보였다.
순간 어둡게 그늘진 로브 속에서 강렬한 야수의 눈빛이 번
뜩였다.

"드디어 오는구나!"

어쌔신은 굳게 다물었던 입술을 조그맣게 달싹거렸다.

"어서 오너라, 군나르의 어린 후계자여!"

이 말을 끝으로 첨탑 위에서 어쎄신의 모습이 사라졌다.

대신 부운의 성 곳곳에서 바쁜 움직임이 시작되었다. 어둠의 암살자들, 즉 어쎄신 무리가 만들어 내는 죽음의 움직임이었다.

덜컹, 덜컹, 덜컹.

하라간을 태운 황금 마차는 그 덫의 한복판으로 거침없이 들어섰다.

하라간이 성안으로 들어간 뒤, 갑자기 불어닥친 돌개바람이 성벽을 사납게 할퀴고 지나갔다. 장차 이 성에서 벌어질 피 보라를 예고라도 하듯이 사납게!

투명하게 퍼진 하라간의 감각은 무려 반경 40 킬로미터를 넘나들었다. 직선거리로 환산하면 지름 80 킬로미터에 해당하는 드넓은 영역이었다.

이 정도면 어지간한 규모의 도시 하나를 통째로 읽는 수준.

부운의 성은 물론이고 성 주변에 형성된 마을 전체가 하라간의 감각에 잡혔다. 성안에서 활발히 움직이는 어쎄신들도 당연히 하라간의 감각에 포착되었다.

'열여섯.'

하라간이 파악한 어쌔신은 모두 16명이었다. 과거 사막 도시 키약에서 하라간을 공격했던 어쌔신이 4명이었는데, 지금은 그 네 배를 투입한 셈이었다.

'어쌔신들의 수가 많으면 나야 좋지. 포로가 많을수록 캐낼 수 있는 정보도 많아지니까. 한데 저들이 벌이는 수작이 좀 거슬리는군.'

황금 마차 안에서 하라간은 눈을 찌푸렸다.

지금 어쌔신들은 부운의 성 외각에 빙 둘러서 '푸른 돌'을 설치하는 중이었다.

하라간은 저 푸른 돌이 어떤 역할을 하는지 잘 알았다. 저 신비로운 돌이 서로 반응하여 푸른 돔을 형성하면, 그 돔 안의 모든 마정석은 힘을 잃고 무력화된다. 마정석 속에 들어 있는 마물들도 일체 반응을 보이지 않고 연결이 끊긴다.

마물과 결합이 깨진 솔샤르는 무기력해지기 마련.

저 푸른 돌은 그만큼 치명적인 무기였다.

'어쌔신들이 단단히 작정을 했나 보군. 성 주변에 설치한 푸른 돌이 36개! 게다가 돌을 설치한 위치로 보았을 때, 이 성 전체를 푸른 돔으로 감싸 버릴 작정인가 봐. 쯧쯧쯧!'

하라간은 속으로 혀를 찼다.

만약 어쌔신의 의도대로 성 전체가 푸른 돔에 감싸진다면? 그럼 하라간의 부하들은 마물과의 연결이 끊겨 패닉 상태에 빠질 것이다.

'물론 나야 상관없지. 나는 마물에 의존하지 않고 검술만으로도 저 어쌔신들을 충분히 상대할 수 있으니까.'

굳이 검술이 없더라도 하라간은 푸른 돔의 영향을 받지 않는다. 일반 솔샤르들과 달리 하라간은 마정석을 매개체로 삼아 마물과 결합한 것이 아니었다.

그는 도플갱어!

마해의 마물을 그대로 복제해 온 특이한 솔샤르였다. 따라서 어쌔신들이 설치한 푸른 돔은 하라간에게 아무런 영향이 없었다.

하지만 하라간의 부하들은 달랐다. 친위대원들과 게브의 환관들은 어쌔신의 공격에 큰 피해를 입을 가능성이 다분했다.

하라간은 바로 이 점을 염려했다.

겉으로는 차갑게 보이지만 사실 하라간은 부하들을 아끼는 마음이 컸다. 과거 루잉 백작도 부하들을 목숨처럼 아끼던 지휘관이었고, 루잉의 스승 카일도 아주 좋은 상관이었다.

그 영향을 받은 하라간도 마찬가지. 그는 부하들이 어쌔신에게 헛되이 죽는 모습을 보고 싶지 않았다.

그렇다고 지금 나서서 어쌔신들의 덫 설치를 방해할 수도 없었다.

'마이림을 데려간 그자가 왔다!'

하라간의 감각 끝자락, 40 킬로미터 저 바깥의 경계선에서 아슬아슬하게 간(?)을 보고 있는 그자를 가까이 유인하기 위해서는 조금 더 참아야 했다.

'확 달려가서 그자의 목덜미를 잡아챌까?'

하라간의 능력이라면 단숨에 40 킬로미터를 날아가 상대의 얼굴을 확인하는 것이 가능했다.

일단 얼굴만 목격하면 끝.

하라간의 시야에 한 번 잡힌 모든 생명체에겐 눈에 보이지도 않고 손으로 만질 수도 없는 투명한 거미줄이 달라붙는다. 하라간은 이 거미줄을 잡아당겨 세상 끝에 숨어 버린 상대도 눈앞으로 데려올 수 있다.

하지만 하라간은 섣불리 행동하지 못했다.

감각의 끝자락에서 아른거리는 그자의 바로 곁에 포탈이 있기 때문이었다. 베일 속에 감춰진 그자는 공간 이동을 위한 포탈을 열어 놓은 채 제자리에서만 맴돌았다.

하라간이 그자를 향해 벼락처럼 달려가면 그자는 곧바로 포탈로 도망칠 테고, 그럼 하라간의 계획은 수포로 돌아갈 것이다.

'왜냐? 왜 좀 더 다가오지 않고 포탈 옆에서 맴도는 것이냐? 뭐가 두려워서? 나는 이렇게 무방비인데?'

하라간은 애가 탔다.

어쌔신 무리와 마이림을 데려간 수상한 자!

이 두 마리 토끼를 동시에 잡으려다 보니 생각보다 일이 꼬였다.

그렇다고 토끼 한 마리만 잡기는 아쉬웠다.

'어쩔 수 없지. 녀석이 접근할 때까지 좀 더 기다려 볼 수밖에.'

하라간은 인내심을 갖고 기다리기로 마음먹었다.

Chapter 4

물론 그 전에 부하들에게 경고를 해 주는 것을 잊지 않았다.

[라티파. 오늘 밤 안에 적들의 암습이 있을 것이다.]

[네? 그게 사실입니까? 어떤 자들이 감히!]

황금 마차 옆에서 라티파가 펄쩍 뛰었다.

[쉿! 내색하지 말고 내 말 잘 들어라.]

하라간의 경고에 라티파는 금세 표정을 차분히 했다.

[키약에서 나를 암살하려 들었던 그 어쌔신들이 지금 성 안에 포진하고 있다.]

[설마 부운이 역심을 품고 하라간 님을 성으로 유인한 것이옵니까?]

[아니, 부운이 엮인 것 같지는 않다. 하지만 일이 끝난 뒤에 취조는 해 봐야겠지.]

[그렇다면 밤까지 기다릴 필요가 있겠습니까? 현재 병력 이라면 성 전체를 장악하는 데 한 시간도 걸리지 않을 것입 니다.]

라티파는 당장에라도 공격 명령을 내려 어쌔신들을 소탕 하기를 원했다.

하라간이 고개를 가로저었다.

[그건 안 돼. 또 다른 적이 미끼를 물 때까지 기다려야 한다.]

[어쌔신 말고, 또 다른 적이 있습니까?]

라티파가 흠칫 놀랐다.

[있다. 폐사원 전투에서 마이림 님을 데려간 그자.]

[포탈을 이용해서 사라져 버린 외궁 9호 말씀이십니까?]

[그래. 그 외궁 9호가 지금 멀리서 간을 보는 중이다. 그 러니 우리는 녀석이 가까이 다가올 때까지 기다려야 해.]

[알겠습니다. 혹시 역적 무리들이 눈치를 챌 수 있으니 부하들에게 이 사실을 알리지 않고 대기시키겠습니다.]

라티파의 말대로 역적을 한꺼번에 소탕하려면 부하들에게도 이 사실을 알리지 말아야 했다. 그런데 이번엔 하라간이 반대했다.

[아니, 그래선 안 된다.]

[그럼 이 사실을 모두에게 통보하란 말씀이십니까? 그렇게 되면 어쎄신들이 눈치를 챌 수도 있습니다.]

[그래도 어쩔 수 없어. 아무것도 모른 채 어쎄신들의 공격을 받으면 아군이 큰 피해를 입을지 몰라.]

[네?]

하라간의 말에 라티파의 얼굴에 불만 어린 표정이 살짝 생겼다.

하라간은 마차 밖을 내다보지 않고서도 라티파의 마음속을 읽어 내었다.

[왜? 믿기지 않는가?]

[송구한 말씀이오나 솔직히 믿기지는 않습니다. 하라간 님께서도 아시다시피 저희는 강한 훈련으로 담금질된 군나르 왕국의 정예병들입니다. 고작 어쎄신 따위의 기습에 큰 피해를 입을 리 없습니다.]

라티파는 자신 있게 대답했다.

하지만 이어지는 하라간의 질문에 다시 표정이 굳었다.

[만약 솔샤르로서의 능력이 봉인된 채 저들과 싸운다면?]

[네에?]

[마물 없이 어쌔신과 싸운다면 말이다. 그래도 피해가 없을 거라고 자신할 수 있나? 어쌔신들은 남부 연합의 기준으로 보았을 때 모두 마나의 벽 1단계를 돌파한 자들이다. 그런 자들과 마물 없이 싸울 수 있는 무사가 몇 명이나 될까?]

[솔샤르의 능력이 봉인된다뇨? 그게 무슨 말씀이십니까?]

라티파가 황급히 되물었다.

라티파는 푸른 돌에 대해서 알지 못했다. 군나르 왕국에서 푸른 돌의 비밀을 알고 있는 사람은 하라간과 군나르, 그리고 칼리프, 딱 세 사람뿐이었다.

하라간이 대답을 회피했다.

[자세한 이야기는 나중에 해 주지. 우선 이 두 가지만 명심해. 오늘이 가기 전에 어쌔신 16명이 습격을 해 올 거야. 그리고 그때 이 성 전체가 푸른 돔에 둘러싸일 것이고, 그 돔 안에서 모든 솔샤르들은 마물과 결합이 끊겨 당황하게 될 거라고.]

[그게 정말입니까?]

라티파의 얼굴이 딱딱하게 경직되었다. 그녀는 마물이 없는 전투는 상상해 본 적이 없었다. 라티파뿐 아니라 대부분의 솔샤르들도 마물과 연결이 끊기면 크게 당황해서 손발이 어지러워질 것이 뻔했다.

[그래서 내가 미리 알려 주는 거야. 마음의 준비를 단단히 하고, 전투가 벌어지면 나와 레다 뒤에 몸을 숨겨. 성 전체를 뒤덮은 푸른 돔이 깨져서 마물과 다시 연결되기 전까지는 각자 알아서 목숨을 챙기라고.]

무술광인 레다는 마나의 벽 1단계를 돌파한 실력자였다. 그녀라면 마물이 없어도 어쎄신들의 공격을 거뜬히 막아 낼 만했다.

그 말을 끝으로 하라간은 뇌파로 나누는 대화를 끊었다.

대신 라티파가 분주하게 뇌파를 날렸다.

융이 움찔 몸을 떨었다. 우세르는 열심히 먹던 빵을 땅에 뚝 떨어뜨렸다. 테티와 네페르가 두 눈을 껌뻑거렸다.

게브의 환관들도 라티파의 말에 침을 꿀꺽 삼켰다.

왕궁의 부대장과 기병대장도 충격을 받은 듯했다.

그렇게 하라간 일행 전체가 싸늘한 침묵에 잠겼다.

오직 레다만이 아무런 표정 변화가 없었다. 라티파가 레다에게는 어쎄신들의 암습 사실을 알리지 않았기 때문이다.

'레다에게는 차마 말할 수 없어. 내 동생이지만 세상에 그녀만큼 속마음이 얼굴에 그대로 드러나는 사람도 없거든.'

레다에게 어쌔신 이야기를 했다가는 당장 그놈들과 혈투를 벌이겠다면서 난리 법석을 떨 것이 뻔했다. 그래서 라티파는 레다를 건너뛰었다.

'게다가 레다라면 충분히 견뎌 낼 수 있을 거야. 마물이 없어도 어쌔신들의 공격을 거뜬히 막아 낼 거라고.'

라티파는 쌍둥이 여동생의 실력을 믿었다.

먼 지붕 위에서 하라간 일행을 감시하던 어쌔신 한 명이 고개를 갸웃거렸다.

"뭔가 이상한데?"

"뭐가 이상해?"

곁에 있던 동료 어쌔신이 물었다.

처음 말문을 연 어쌔신이 심각한 표정을 지었다.

"하라간을 호위하는 녀석들의 움직임이 갑자기 경직되었어. 뭔가 부자연스러워졌다고."

"혹시 눈치를 챈 걸까?"

"그건 아니겠지만…… 혹시 모르니까 좀 더 신중하게

일을 벌여야 할 것 같아."

"신중하게 어떻게?"

"작전 A뿐 아니라 B도 함께 준비한다."

"헉! 작전 B까지?"

작전 B는 일이 실패할 경우를 대비한 최후의 수단이었
다. 게다가 작전 A와 달리 B는 아직까지도 제대로 통제가
되지 않아 어떤 결과나 나올지 알 수 없었다.

하지만 어쩔 수 없는 일.

사막 도시 키얍에서 벌어졌던 실수를 되풀이하는 것보다
는 작전 A와 B를 함께 펼치는 편이 더 나았다.

Chapter 5

같은 시각.

부운의 성 동쪽 40 킬로미터 지점에선 아이다가 한창 방
황을 하는 중이었다.

아이다는 동북부 산악 지대에 위치한 룬드 왕국의 아홉
번째 공주였다. 원래 그녀는 룬드를 다스리는 퀸 잉그리드
의 아홉 번째 딸이었으나, 이런저런 이유로 인해 6명의 딸
들이 죽어 지금은 세 번째 공주가 되었다.

"그런데 이제 나까지 죽어서 2명만 남게 생겼단 말이지."

은빛 갑옷을 입은 아이다는 신경질적으로 손톱을 물어뜯었다.

허허벌판에서 손톱을 뜯으며 이리저리 서성서리는 은빛 갑옷 아가씨와, 그 옆 황금 테두리 안에서 푸르게 일렁거리는 공간 이동 포탈이 참으로 묘한 대조를 이루었다.

아이다는 불안한 표정으로 포탈에 발을 살짝 들이밀었다가, 다시 고개를 가로저으며 밖으로 나오기를 수차례 반복했다.

"포기하고 그냥 룬드로 돌아가?"

포탈에 발을 살짝 담그면서 아이다는 이렇게 중얼거렸다. 하지만 그녀는 차마 빈손으로 돌아갈 용기가 나지 않았다.

"아니지. 아니지. 하라간을 데려오라는 퀸 잉그리드의 명령을 어기고 나만 홀로 돌아간다면 퀸께서 내 머리통을 쭉 뽑아서 그대로 해체해 버리실 거야. 흐흐흑! 어쩜 좋아."

어머니인 퀸에게 머리통이 뽑히는 장면을 상상하자 아이다는 식욕이 싹 사라졌다. 결국 아이다는 다시 포탈에서 발을 빼어 부운 성 방향을 바라보았다.

"역시 하라간을 납치할 수밖에 없어. 퀸의 명령을 차마 어길 수는 없다고."

실제로 아이다는 부운 성을 향해 몇 발 이동했다. 하지만 중간에 푹 주저앉아 두 손으로 얼굴을 감쌌다.

"흐윽! 안 돼! 만약 내가 하라간을 용암성으로 데려갔다가 퀸께서 하라간에게 푹 빠지신다면? 룬드의 지배자이시자 북부의 아홉 군주 가운데 하나이신 위대한 퀸 잉그리드께서 하라간의 말이라면 다 들어주는 그런 처지로 전락하시게 된다면 나는 룬드의 역사를 망가뜨린 대역 죄인이 되는 거야. 나 하나 살자고 우리 룬드 왕국을 나락으로 처박을 수는 없어. 흐흐흑!"

아이다가 하라간을 납치하지 못하면 그녀는 퀸에게 찢겨 죽을 것이 뻔했다.

아이다가 하라간을 납치해 가면 그다음 퀸의 반응이 염려되었다.

아이다는 이러지도 못하고 저러지도 못하는 난감한 처지였다.

'이런 쌍년! 니가 우리 룬드 왕국을 말아먹을 셈이냐? 그러게 왜 하라간의 영상을 퀸께 보여 줬어? 이 쌍년아. 그냥 발가벗고 나가 뒈져라.'

큰 언니 시노브의 걸쭉한 욕설이 아직까지 아이다의 귀

에 맴돌았다.

'아이다, 하라간을 데려오지 못하면 퀸께서 널 죽이겠지. 하지만 하라간을 우리 룬드 왕국으로 데려오는 순간 넌 내 손에 죽어.'

넷째 언니 오스트란드는 아이다에게 이렇게 경고했다. 오스트란드의 냉혹한 눈빛이 아이다의 머릿속에서 떠나지 않았다.

"아이, 씨팔! 나보고 어쩌라고? 나보고 어쩌란 말이야? 아우, 짜증 나."

머리카락을 벅벅 긁은 아이다는 마침내 결심을 굳혔다.

"그래. 이래도 죽고, 저래도 죽는 거야. 그러니 두 눈 딱 감고 하라간을 납치하자. 그다음 퀸께 데려가는 거지. 그럼 일단 내 목숨은 건질 수 있잖아. 그다음 퀸의 반응을 살피는 거야. 하라간을 바라보는 퀸의 눈빛이 어떻게 변하는지 유심히 지켜보다가 여차하면 하라간의 목을 따 버리는 거지. 물론 그다음엔 내가 퀸의 손에 천 갈래 만 갈래로 찢겨 죽겠지만, 어쩔 수 없잖아. 룬드 왕국을 위해서 이 한 몸 바쳐야 한다면 바쳐야지."

단호하게 결정을 내리자 한결 마음이 편했다. 아이다는 포탈을 떠나 부운 성 방향으로 빠르게 이동했다.

때는 이미 밤이라 하늘엔 별들이 총총히 떠 있었다.

"온다!"

하라간의 눈이 반짝 빛났다. 입 안엔 침이 살짝 고였다.

"하라간 님, 무엇이 온다는 것입니까?"

하라간보다 한 계단 아래에 앉아 있던 부운이 고개를 갸웃거렸다. 가장 높은 상석, 맛있는 산해진미가 차려진 탁자에 앉아 무희들의 춤을 물끄러미 구경하던 하라간이 갑자기 이상한 말을 하니 부운이 되물을 수밖에.

하라간은 대답 대신 히죽 웃었다. 그는 부운에게 시선도 주지 않았다.

머쓱해진 부운이 다시 한 번 하라간에게 말을 걸었다.

"하라간 님, 제 수양딸 베레니케가 지금 한창 단장 중이옵니다. 곧 있으면 그 아이가 와서 하라간 님의 시중을 들 것이니 오늘 밤 마음껏 회포를 푸소서. 하하하!"

부운은 하라간이 베레니케라는 이름에 반응을 보일 것이라 예상했다.

막상 하라간은 어쌔신과 아이다에게 온 신경이 쏠려 있어 부운의 말을 귓등으로 흘렸다. 더더욱 머쓱해진 부운이 헛기침을 했다.

"험험! 험! 험! 허허허! 무희들이 정말 춤을 잘 추지요? 혹시 무희들 가운데 마음에 드는 아이가 있으십니까?"

이번에도 하라간은 대답이 없었다.

대신 하라간의 양옆에 자리한 라티파와 레다가 부운을
향해 싸늘한 눈빛을 던졌다.

"어허험! 험! 이거야 원."

부운이 헛기침과 함께 시선을 외면했다.

그러는 사이 속이 훤히 비치는 망사로 가슴과 하복부만
가린 무희들이 무대에서 내려와 빙글빙글 춤을 추면서 하
라간에게 다가왔다.

왕궁 부대장과 기마대장의 테이블 앞을 차례로 지나친
무희들은 계단을 하나씩 오르면서 이 지역 토후들 앞에서
엉덩이를 살랑살랑 흔들더니, 이윽고 부운 앞에서 야한 춤
을 추다가 다시 하라간이 있는 곳까지 올라왔다.

무희들이 가장 상석에 도달하자 악사들이 더욱 빠르고
경쾌하게 악기를 연주했다. 무희들은 그 음악에 맞춰 가슴
을 좌우로 흔들고 허리를 빙글빙글 돌리며 마치 성행위를
연상시키는 끈적끈적한 춤을 선보였다.

하라간의 시선이 흔들리는 무희의 가슴에 고정되었다.

무희 한 명이 매혹적으로 웃었다. 그녀는 보란 듯이 테
이블을 타 넘어 하라간에게 접근했다.

[온다.]

하라간의 뇌파가 라티파의 뇌에 벼락처럼 경고를 주었

다.

라티파가 눈에서 빛이 번쩍 터졌다.

그 순간 계단 아래에 베레니케가 등장했다. 앞머리를 일
자로 자른 까만 생머리 가발을 쓴 베레니케는 뽀얀 어깨를
드러낸 튜닉으로 미끈한 몸매를 강조하며 사뿐히 다가와
하라간이 앉아 있는 계단 바로 아래쪽에 섰다.

"하라간 님, 소녀 베레니케이옵니다."

베레니케가 왼쪽 머리카락을 귓바퀴 뒤로 넘기며 공손히
말을 걸 때였다. 어쌔신 무리가 성벽 둘레에 파묻어 놓은
푸른 돌들이 일제히 빛을 내뿜었다.

후오옹! 후오오오옹! 후오오옹—!

36개의 푸른 돌이 동시에 빛을 뿜자 그 빛에 반사되어
성벽이 푸르게 빛났다. 새까만 밤하늘을 향해 치솟은 푸른
빛은 하늘 꼭대기에서 서로 만나 하나의 반구, 즉 돔을 형
성했다. 신비로운 광채의 돔이 부운의 성 전체를 감싸자
연회장 곳곳에서 탄성이 터졌다.

"와아! 이건 또 뭐야?"

"허어! 역시 부운 님은 대단하셔. 언제 이런 화려한 연출
을 준비하셨담?"

연회에 초대된 지역 토후들이 부운을 칭송하는 사이, 하
라간에게 접근한 무희가 망사로 만든 젖가리개를 확 벗어

던졌다.

Chapter 6

출렁!

무희의 탄력 있는 가슴이 유혹적으로 흔들리며 드러났다. 무희의 매끄러운 손은 하라간의 목을 끌어안았다.

"흐응! 하라간 님!"

무희가 콧소리를 냈다.

유혹적으로 안겨 드는 무희를 향해 하라간이 히죽 웃었다. 그러곤 무희의 손목을 붙잡아 그대로 꺾어 버렸다.

우둑!

무희가 두 눈을 부릅떴다. 놀랍게도 무희의 입에선 아무런 비명도 나오지 않았다. 그저 윗니로 입술을 꽉 깨물고 하라간을 향해 왼손을 휘두를 뿐이었다.

"너도 어쌔신이구나!"

하라간이 차갑게 뇌까렸다.

무희의 손끝에서 퓽! 튀어나온 날카로운 손톱이 하라간의 목을 향해 떨어졌다. 그 손톱 끝에는 신경을 마비시키는 독이 발라져 있었다.

하지만 이번 공격도 실패.

하라간은 무희의 왼손을 붙잡아 오른손과 똑같이 꺾어 버렸다.

양손이 봉쇄되자 무희가 입을 쩍 벌렸다.

퓨퓨퓻!

무희의 빨간 혀 위에서 뾰족한 마비 침이 쏘아졌다.

하라간은 날아오는 독침을 이빨로 받아 와득 깨물어 부순 뒤, 무희의 머리채를 붙잡아 그대로 테이블에 내리찍었다.

단 한 치의 망설임도 없는 과격한 동작!

코뼈 으스러지는 소리와 함께 테이블이 박살 났다. 잘 차려진 음식이 사방으로 튀었다.

"뭐야?"

깜짝 놀란 부운이 자리에서 벌떡 일어섰다.

"저! 저!"

계단 아래에선 베레니케가 두 눈을 크게 떴다.

하라간은 어느새 검을 뽑아 무희의 배를 푹 쑤셨다. 그 다음 검을 빙글빙글 비틀어 무희의 배 속 장기들을 찢어 버렸다.

꾸륵 소리와 함께 무희의 배에서 피거품이 나왔다. 계단 옆 기둥 뒤에서 하얀 옷을 입은 어쌔신들이 슝슝 튀어나와 하라간을 덮쳤다. 허공에 붕 뜬 상태에서 두 다리를 바짝 접고 두 팔을 독수리 날개처럼 활짝 벌려 날아든 어쌔신 한 명이 팔뚝에 찬 단검 두 자루를 라티파에게 날렸다.

어쌔신들의 목표는 하라간을 납치하는 것!

그러기 위해서는 우선 하라간의 부하들을 죽이는 것이 수였다.

평소의 라티파라면 마물을 소환하여 단검을 막았을 것이다. 그러다 마물이 반응하지 않으면 당황해서 허둥거리다가 어이없이 목숨을 잃었을 터.

하나 지금의 라티파는 미리 마음의 준비를 해 놓았다. 단검이 날아오자마자 마물에 의존하지 않고 몸을 피한 것이 그 증거였다.

어쌔신이 허공에서 손끝을 휙 틀었다.

일직선으로 날아오던 단검 두 자루가 허공에서 방향을 틀어 끝까지 라티파를 추격했다.

"흥! 어딜 감히!"

기다렸다는 듯이 레다가 끼어들었다.

창을 허리에 끼고 몸을 날린 레다는 곡선을 그리며 날아온 단검 두 자루를 창대로 쳐 냈다. 단검에 어린 푸르스름한 빛이 레다의 창이 만들어 낸 빛과 부딪쳐 힘없이 소멸되었다.

'으응?'

로브 그늘 속, 어째신의 눈이 곤혹스럽게 물들었다. 라티파와 레다의 행동이 그의 예상을 깨뜨렸기 때문이다.

그사이 하라간이 허공에 퉁겨 오른 단검을 검 끝으로 툭 쳤다.

그러자 단검이 180도 빙글 돌아 어째신을 향해 다시 쏘아졌다.

빠앙—

단검이 지나가고 한참 뒤 공기 찢어지는 소리가 들렸다. 그에 앞서서, 폭발적으로 날아간 단검이 어째신의 입을 뚫고 목 뒤로 빠져나왔다. 단검 날아가는 속도가 어찌나 빨랐던지 어째신은 그 궤적을 제대로 파악하지도 못했다.

선제공격을 시도했던 무희가 두 손목이 부러지고 검에 배를 찔려 고꾸라진 것과 거의 동시에 두 번째 공격을 감행한 어째신도 자신의 단검에 입이 찔려 추락했다.

"하라간을 잡아랏!"

연회장 곳곳에서 뛰쳐나온 어째신들이 벌떼처럼 하라간에게 달려들었다.

"막앗! 반역이다!"

부운이 악을 썼다.

부운을 섬기는 솔샤르들이 황급히 마물을 불러내어 어째

신들을 막으려고 들었다. 하지만 가슴속 마정석에서 빠지직 스파크가 튀면서 도리어 충격만 받았을 뿐 마물은 소환되지 않았다.

하얀 복장의 어쌔신들은 당황한 솔샤르들의 목을 단검으로 석석 베면서 파고들었다. 그러곤 하라간이 서 있는 계단 밑에 발을 디뎠다.

사방에서 어쌔신들이 모여들자 베레니케가 화들짝 놀랐다. 마물 일리아를 불러내려다 실패한 베레니케는 어쌔신의 접근에 황급히 옆으로 몸을 굴렸다. 그러면서 시녀 한 명의 손목을 낚아채 어쌔신 앞에 던져 주는 것을 잊지 않았다.

"아악!"

어쌔신이 휘두른 단검에 시녀의 가슴이 피로 물들었다.

그사이 베레니케는 엉덩이를 땅에 붙인 채 게걸음으로 몸을 피했다.

다행히 어쌔신은 베레니케를 노리지 않았다. 시녀의 가슴을 쪼갠 다음 곧바로 계단을 뛰어 올라와 하라간을 생포하려 들었다.

"요오옷!"

레다가 우렁찬 기합과 함께 창을 휘둘렀다. 그녀의 창에서 일어난 환상적인 빛이 방패처럼 둥글게 뭉쳐 어쌔신 3

명의 공격을 한꺼번에 막았다.

레다의 뒤에서 몸을 웅크린 융이 갑자기 그물을 던져 어쌔신 한 명을 낚아챘다. 융과 테티가 함께 그물을 잡아당겨 어쌔신을 땅에 자빠뜨렸다. 곧이어 날아온 레다의 창이 뒤로 자빠진 어쌔신의 이마를 관통했다. 세 사람은 손발이 척척 맞았다.

동료의 죽음에 어쌔신들이 분노했다.

"요년!"

어쌔신 4명이 한꺼번에 레다에게 달려들었다.

레다는 창을 연속해서 뿜어내 3명의 공격을 막았다. 어쌔신의 공격 하나하나에 강렬한 에너지가 담겨 있어 무기가 부딪칠 때마다 레다의 손바닥이 찢어지고 피가 흘렀다.

"크윽!"

레다는 이를 악물고 버텼으나, 혼자서 상대하기엔 역부족이었다. 결국 레다는 어쌔신 한 명을 놓치고 말았다.

동료 3명이 레다의 손발을 묶는 사이 어쌔신 한 명이 허공으로 몸을 띄워 레다의 머리 위로 뚝 떨어져 내렸다.

그때 환관들이 도움을 주었다.

게브의 환관들은 비록 마나의 벽을 돌파하지는 못했지만 평소 무술 훈련을 게을리하지 않았다. 그런 환관 대여섯이 함께 칼을 휘두르자 어쌔신의 공격을 막을 수 있었다. 뒤로 튕겨 나간 어쌔신의 단검이 방향을 잃고 건물 기둥에 처박혔다.

가까스로 목숨을 건진 레다가 다시 창을 휘둘러 방어 태세를 잡았다.

레다가 어쌔신 4명을 상대로 간신히 버티는 동안 하라간은 벌써 어쌔신 5명을 죽였다. 하라간을 생포하려고 달려들었던 5명의 어쌔신들은 자신들이 어떻게 죽는지도 알지 못했다. 그저 하라간의 검에서 순백의 빛이 뿜어졌고, 그 순간 어쌔신들이 머무르던 공간 전체가 갈라지면서 그들의 목과 몸통, 팔다리가 그대로 잘려 바닥에 후두둑 떨어졌다.

"저, 저!"

그 비현실적인 광경에 연회장에 침묵이 흘렀다. 이어서 피비린내가 진동하면서 무희들이 비명이 귀청을 찢었다.

연회장 상공은 여전히 푸른 돔으로 막혀 있었다.

연회장 바깥쪽에서 대기 중이던 어쌔신들이 부운의 부하들을 차례로 베어 넘기며 포위망을 좁혔다. 부운의 부하들은 마물이 뜻대로 소환되지 않자 허둥거리기만 했다. 그러다 하나둘 허무한 죽음을 맞았다.

Chapter 7

성에서 소란이 일자 아이다의 발걸음이 빨라졌다.

아직 거리가 멀어 성에서 무슨 일이 벌어지는지 아이다는 알지 못했다. 하지만 부운의 성 전체를 감싼 푸른 반구는 아이다의 눈에도 잘 보였다.

"저건 또 뭐야?"

다급해진 아이다가 손가락을 딱 튕겼다. 마법이 만들어 낸 한 줄기 바람이 아이다의 등을 떠밀어 쾌속하게 성으로 튕겨 보냈다. 은빛 갑옷의 아이다는 벼락처럼 거리를 좁히며 성에 접근했다.

"온다. 온다! 드디어 온다!"

하라간이 활짝 웃었다. 이 상태라면 그가 목표로 삼은 두 마리 토끼를 모두 잡는 것이 가능했다.

[라티파! 내가 푸른 돔을 깨 버릴 테니 그사이에 어쌔신들을 박살 내라.]

하라간은 이 한마디와 함께 테이블을 박찼다.

[넷! 하라간 님!]

뒤에 남은 라티파가 각오를 다졌다.

앞을 가로막은 어쌔신 한 명의 목을 벤 뒤, 하라간은 단숨에 성벽까지 날아가 땅에 박힌 푸른 돌을 뽑았다.

파직! 파지지지직!

돌 하나가 뽑히자 성 전체를 감싼 푸른 돔 한 귀퉁이가 찢어질 듯 출렁거렸다.

하라간은 중력을 거스르듯 성벽 안쪽을 밟고 달리며 푸른 돌 5개를 추가로 뽑아냈다. 36개의 돌 가운데 6분의 1이 뽑혀나가자 마법의 돔 전체가 뒤흔들렸다. 이윽고 축을 잃은 푸른 돔이 얇은 유리 조각처럼 와장창 깨지면서 사방으로 빛의 파편을 토해 놓았다.

그 즉시 솔샤르의 심장 부위에 박힌 마정석이 기능을 되찾았다.

"드디어 봉인이 풀렸구나!"

라티파가 오른손을 번쩍 들었다.

"감히 하라간 님의 목숨을 노린 놈들이다. 저 대역무도한 역적들을 박살 내라!"

"와아아! 박살 내라!"

하라간의 친위대원들이 봇물 터지듯이 사방으로 뛰쳐나갔다.

선공은 라티파로부터 시작되었다. 뿌드드득 소리와 함께 라티파의 몸이 신체 변형에 들어갔다.

해구 1층에서 서식하는 여성형 마물 브디스의 등장!

라티파와 결합한 브디스는 그 존재감을 드러냄과 동시에

고개를 하늘로 들고 긴 포효를 터뜨렸다. 그러곤 적들을 향해 무려 3미터나 되는 거대한 아가리를 쩍 벌렸다.

콰르르르—

브디스의 커다란 입에서 쏟아져 나온 시커먼 바닷물이 어쌔신들을 휩쓸어 저 멀리 날려 보냈다.

레다의 온몸도 시커멓게 번들거리는 흑색 갑옷처럼 변했다. 그 딱딱한 껍질 사이로 돋아난 44개의 투창이 어쌔신들을 겨냥했다.

"죽엇!"

레다의 분노가 담긴 투창은 벼락처럼 뻗어 전방의 어쌔신들을 쓸어버렸다.

"으악!"

"컥!"

마물 투창에 꿰뚫린 어쌔신들이 자신도 모르게 짧은 비명을 흘렸다.

원래 어쌔신들은 아무리 지독한 고통을 겪어도 신음을 흘리지 않도록 훈련된 자들이었다. 하지만 몸에 박힌 마물 투창이 아가리를 벌려 그들의 내장을 물어뜯고 속에서부터 살을 갉아먹기 시작하자 꽉 다문 어금니 사이로 저절로 신음이 터졌다.

라티파와 레다 자매가 활약하는 동안 융도 가만있지 않

앉다. 전방을 향해 뻗은 융의 두 팔이 네 갈래로 갈라지는가 싶더니 그 갈래 하나하나가 커다란 전기뱀장어의 머리처럼 변했다. 고개를 빳빳이 치켜든 4개의 마물 머리 사이에서 전하가 번뜩이고 전자가 거세게 날뛰었다.

쩌저저저적!

전자의 위상이 하나로 일치된 순간, 강력하게 강화된 전기가 어쌔신 한 명의 가슴을 그대로 지져 버리며 100미터 밖으로 날려 버렸다.

성벽을 뚫고 날아간 어쌔신은 이미 새카맣게 타서 재가 된 상태.

연해 3층 레벨의 마물 막케토의 전기 공격에 성벽에도 구멍이 뻥 뚫렸다. 그 구멍 주변의 벽돌도 새카맣게 그을려 타들어 갔다.

친위대원들에 이어서 게브의 환관들도 역습을 감행했다. 성안 곳곳에서 환관들이 신체 변형에 돌입한 것이다. 마물로 변한 환관들은 몇 명 남지 않은 어쌔신 무리를 거칠게 몰아붙였다.

궁지에 몰린 어쌔신 한 명이 버럭 소리를 질렀다.

"안 되겠다. 작전 B를 개시한다!"

푸른 돌을 이용하여 솔샤르들을 무력화시킨 다음 하라간을 생포하는 것이 어쌔신들의 작전 A라면, 작전 B는 자멸까지도 염두에 둔 극단적인 선택이었다.

평소라면 어쌔신들도 작전 B를 망설였을 것. 하지만 그들은 이미 전멸에 가까운 타격을 입은 상황이었다. 지금 전투가 가능한 어쌔신은 단 2명뿐이었다.

'어차피 이번 작전은 실패다. 그렇다면 전멸하기 전에 작전 B를 개시해야 해.'

이렇게 판단한 어쌔신은 손목에 착용한 팔찌를 잡아 뜯었다. 동료 어쌔신도 동시에 팔찌를 뜯어 봉인을 해제했다.

2개의 팔찌가 완전히 끊어지자 연회장 밖에서 퍼퍼펑! 폭음이 터졌다. 꽝음과 함께 하얀 연기가 치솟아 사람들을 깜짝 놀라게 만들었다.

"무슨 개수작이냣?"

환관 한 명이 어쌔신 생존자들을 향해 가슴을 확 열었다. 멀쩡하던 환관의 가슴에 지름 30 센티미터 크기의 구멍이 뻥 뚫리면서 그 속에서 시뻘건 불덩이가 훅 튀어나왔다.

적을 향해 지옥의 불덩이를 쏘아 내는 연해 2층의 마물, 버퍼의 등장이었다.

어쌔신 2명은 이글거리는 불덩이를 피해 좌우로 갈라졌다. 환관이 쏘아 낸 불덩이는 그중 오른쪽 어쌔신을 쫓아 허공에서 방향을 틀었다.

그때였다.

하얀 연기를 뚫고 연회장 안으로 뛰어들어 온 시커먼 구체가 그대로 불덩이를 들이받았다.

퍼펑!

불덩이의 방향이 90도로 꺾이면서 연회장 천장을 가격했다.

불덩이와 부딪친 구체는 반대 방향으로 날아가 연회장 바닥에 거칠게 처박혔다가 고무공처럼 다시 튀어 올랐다.

허공에 떠오른 구체가 풍선처럼 부우우욱 몸을 부풀렸다.

"넌 또 뭐냐?"

환관이 구체를 향해 가슴을 쫙 벌렸다. 뻥 뚫린 환관의 가슴에서 시뻘건 불덩이가 쏘아져 구체를 때렸다.

불덩이와 맞부딪친 구체는 충돌의 순간 핑그르르 몸을 돌려 불덩이를 멀리 튕겨 낸 다음, 다시 제자리로 돌아왔다.

그사이 구체의 크기는 3.5미터까지 부풀어 버렸다.

"이놈이!"

화가 난 환관이 다시 한 번 불덩이를 쏘려고 기를 썼다. 그는 마지막 한 방울 남은 에너지까지 쥐어짰다.

옆에서 융이 말렸다.

"그만둬! 저건 상대의 에너지를 흡수해서 몸집을 키우는 변종 마물이다."

"변종 마물!"

환관이 흠칫했다.

주변 사람들도 모두 눈을 동그랗게 떴다.

북부에서는 솔샤르와 계약하지 않고 인간 세상에 들어온 마물을 변종 마물이라 부른다. 사막 도시 키약에서 등장했던 그 변종 마물이 이곳 부운의 성에 나타난 것이다. 키약에서 변종 마물과 싸워 본 경험이 있는 융이 앞에 나섰다.

네 갈래로 갈라진 융의 손끝에서 시퍼런 전하가 번뜩였다. 융은 그 전하를 참고 모으다가 한꺼번에 발사했다.

쩌저저정!

융과 변종 마물 사이에 시퍼런 빛의 기둥이 생겼다. 그 기둥 표면을 타고 날아간 전기 에너지가 변종 마물을 그대로 강타했다.

그게 끝이 아니었다. 오직 이 순간만 기다렸다는 듯이 네페르가 손바닥을 뒤집었다.

"지옥으로 꺼져 버렷!"

푸확!

변종 마물이 떠 있는 바로 아래 대리석이 터져 나가더

니, 그 자리에서 시뻘건 용암이 솟구쳤다. 분수처럼 튀어나온 용암은 변종 마물을 한 겹 뒤덮고는 용광로 속 쇳물처럼 발갛게 달아올랐다. 뜨거운 용암 속에서 지글지글 소리가 들렸다.

과거 키약에서 융과 네페르는 이와 같은 콤보 공격으로 변종 마물을 제압했었다. 오늘도 그들의 연합 공격이 제대로 먹혔다.

아니, 먹히는 것처럼 보였다.

Chapter 8

"아싸!"

네페르가 두 주먹을 불끈 쥐고 만세를 부른 사이, 용암에 한 겹 코팅된 변종 마물 뒤에서 시커먼 구체 하나가 더 등장했다.

새로 등장한 변종 마물은 아가리를 쩍 벌리더니, 용암으로 코팅된 동료 변종 마물을 한입에 집어삼켰다.

"어엉?"

"이건 또 뭐야?"

네페르의 눈이 휘둥그레졌다.

융도 머리를 한 방 얻어맞은 사람처럼 멍하게 넋을 놓았다.

그사이 동료를 잡아먹은 변종 마물은 지름 5미터 크기로 몸집을 키웠다. 그러곤 허공에서 핑그르르 회전하면서 아가리를 쩍 벌렸다.

변종 마물의 입에서 튀어나온 분홍색 혀가 아나콘다처럼 길게 휘어져 사람들을 하나씩 낚아챘다.

"아악! 살려 줘!"

물컹한 혀에 휘감긴 악사 한 명이 비명을 지르며 딸려 올라가 변종 마물의 입속으로 들어갔다.

와득!

허공에서 피가 튀었다.

이어서 게브의 환관 한 명이 변종 마물의 혀에 휘감겨 흉측한 입속으로 딸려 들어갔다. 연해 1층 레벨의 포르키스와 결합한 환관은 딱딱한 껍질로 온몸을 둘러 방어했으나, 변종 마물의 아가리는 그 껍질 전체를 집어삼키고는 와그작와그작 씹어 먹었다.

그렇게 포식을 거듭하면서 변종 마물은 지름 6미터 크기로 자라났다.

융과 네페르는 그때까지도 멍하게 서 있었다.

"융! 네페르! 정신 안 차려?"

레다가 뒤에서 호통을 쳤다.

막레르와 결합한 레다는 융과 네페르를 스쳐 지나가면서 투창 44개를 동시에 발사했다. 강한 회전력이 걸린 투창이 공기를 가르며 쏘아져 나가 변종 마물을 공격했다.

끄어어!

변종 마물은 아가리를 쩍 벌리며 날아든 투창 몇 자루를 혓바닥으로 휘감아 입속에 처넣었지만, 44개의 투창 전체를 먹어치우지는 못했다. 강한 회전력이 걸린 투창들이 변종 마물의 시커먼 몸뚱어리에 푹푹 틀어박혔다.

그때 세 번째 변종 마물이 등장했다. 6 미터 크기로 부푼 변종 마물 등 뒤에 숨어서 등장한 세 번째 변종 마물은 아가리를 270도까지 과격하게 벌리더니 고무처럼 아가리를 쭉 늘려 두 번째 변종 마물을 잡아먹었다.

지름 3 미터짜리 변종 마물이 자신보다 덩치가 훨씬 큰 지름 6 미터의 동료를 잡아먹는 모습이 참으로 기괴해 보였다. 그 해괴한 장면에 놀라 레다도 잠시 멈칫했다.

동료의 몸뚱어리와 함께 레다의 마물 투창까지 한입에 집어삼킨 세 번째 변종 마물은 "꺼억!" 트림을 하고는 그 몸집을 지름 7 미터까지 키웠다.

"이런! 더 커졌잖아!"

재빨리 정신을 차린 레다가 온몸에서 투창을 일으켰다.

까맣게 번들거리는 레다의 피부 곳곳에서 뾰족한 투창 44개가 다시 돋아났다.

그때 네 번째 변종 마물이 등장했다.

세 번째 변종 마물의 뒤에 숨어서 등장한 네 번째는 아가리를 거의 360도, 극한 중의 극한까지 한껏 벌려 동료를 통째로 삼켰다.

"어엉?"

막 투창을 날리려던 레다가 깜짝 놀라 눈을 깜빡였다.

그사이 동료를 삼켜 버린 네 번째 변종 마물이 몸집을 8미터까지 부풀리며 핑그르르 자전했다.

휘리리릭!

네 번째 변종 마물의 아가리에서 튀어나온 기다란 혀가 솔샤르 몇 명을 낚아채 그대로 씹어 먹었다. 그뿐만이 아니라 변종 마물은 어쌔신 2명까지 한 혀로 칭칭 감아 꿀꺽 삼켰다.

어쌔신들은 저항도 하지 않고 변종 마물의 먹이가 되어 주었다.

콰득! 와드득!

변종 마물의 시커먼 입 주변에 핏물이 튀었다. 어쌔신을 잡아먹은 변종 마물은 허물을 한 번 탈피하더니 지름 9미터 크기로 커졌다.

라티파와 결합한 마물 브디스가 변종 마물을 향해 바닷물을 확 쏘아 냈다.

끄어어!

변종 마물은 9 미터 크기의 아가리를 쩍 벌려 쏟아지는 바닷물을 그대로 다 받아 마셨다.

레다가 투창 44개를 한꺼번에 쏘았다.

변종 마물의 아가리에서 튀어나온 분홍색 혀가 투창 열댓 자루를 한 방에 휘감아 입속으로 가져갔다. 나머지 투창들은 변종 마물의 몸 곳곳에 내리꽂히더니 강하게 안쪽으로 파고들었다. 그와 동시에 투창에서 튀어나온 마물의 아가리가 변종 마물의 피부를 물어뜯기 시작했다.

하지만 이미 덩치가 커 버린 변종 마물은 이 정도 공격은 끄떡없다는 듯이 혀를 뻗어 몸에 박힌 투창을 하나씩 뽑아내더니 그 투창을 입으로 가져가 와드득 씹어 먹었다.

이어서 다섯 번째 변종 마물의 등장!

새로 등장한 변종 마물은 크게 몸을 부풀려 네 번째 변종 마물을 집어삼킨 뒤 한입에 꿀꺽 소화를 했다.

부와악!

다섯 번째 변종 마물의 크기가 10 미터로 확대되었다.

"허!"

레다는 어이가 없었다.

"세상에 뭐 이딴 게 다 있어."

융도 기가 막혔다.

소화를 끝낸 다섯 번째 변종 마물이 핑그르르 회전했다. 이번엔 자전만 한 것이 아니라 몸까지 함께 날렸다.

10미터 크기의 거대한 마물이 이리저리 튀어 다니자 연회장 안은 아수라장이 되었다. 변종 마물에 들이받혀 건물 기둥이 부서지고 천장이 주저앉았다. 벽에 금이 쩍쩍 가고 바닥이 움푹 팼다. 그 와중에 분홍빛 혀가 이리저리 날아다니며 사람들의 허리를 낚아챘다.

"으아아악!"

"살려 줘!"

사람들은 비명을 지르며 발버둥 쳤다.

하지만 한번 변종 마물의 혀에 휘감기면 끝. 아무도 살아남지 못했다.

심지어 변종 마물은 시체까지 입속으로 가져갔다. 녀석은 바닥에 널브러진 어쌔신의 시체들을 주로 노렸는데, 그렇게 어쌔신의 시체를 씹어 먹을 때마다 몸집이 점점 더 커졌다.

마침내 지름 14미터로 부푼 변종 마물이 연회장 전체를 박살 내며 아가리를 쩍 벌렸다.

쓔와아아아아━━━━압!

14 미터 크기의 아가리가 숨을 들이쉬자 강한 흡입력이 발생했다.

"으어어어어!"

"으아앗! 안 돼!"

사람들이 그 강력한 흡입력을 견디지 못하고 빨려 들어가 변종 마물의 아가리 속으로 사라졌다.

몇몇 환관들이 대리석 기둥을 붙잡고 버텼지만 소용없었다. 어느새 다가온 분홍색 혀가 환관들의 허리를 휘감아시키면 아가리 속으로 쳐넣었다.

그렇게 포식을 거듭할수록 변종 마물은 점점 더 몸집이 불었다.

제3화

퀸 잉그리드를 만나다 Ⅰ

Chapter 1

포식을 통해 몸집을 부풀리는 변종 마물을 보면서 라티파는 절망했다. 저 괴물을 어떻게 잡아야 할지 마땅한 방안이 떠오르지 않았다.

그 와중에도 변종 마물은 점점 더 커졌다.

지름 15 미터, 16 미터, 17 미터…….

마침내 지름 18 미터에 도달한 변종 마물이 네페르를 향해 혀를 뻗었다.

"안 돼!"

융이 네페르의 앞을 가로막았다.

쩌저저적!

융의 양손에서 뿜어진 시퍼런 전하의 기둥이 변종 마물의 혀를 강하게 후려쳤다. 마물의 분홍빛 혀가 전기에 감전되어 스파크가 화려하게 튀었다.

끄어어어!

화가 난 변종 마물은 18 미터나 되는 덩치를 번쩍 날려 융을 콰앙! 내리찍었다.

"위험해!"

이번엔 테티가 융과 네페르의 허리를 끌어안고 옆으로 몸을 날렸다. 세 사람이 가까스로 빠져나간 뒤, 변종 마물의 거대한 아가리가 대리석 바닥을 그대로 깨물어 와득 한 입에 삼켰다. 멀쩡하던 바닥에 무려 10 미터가 넘는 크기의 웅덩이가 팼다.

"크윽!"

"이런 괴물!"

아군의 피해가 걷잡을 수 없이 커졌다. 라티파가 발을 동동 굴렀다. 레다는 어금니를 꽉 물었다.

그 즈음 하라간은 부운의 성을 떠나 동쪽 황무지를 가로지르는 중이었다. 하라간의 감각에 아이다가 가까이 접근하는 것이 느껴졌다.

'외궁 9호! 이제 넌 내 손에서 빠져나가지 못한다.'

하라간의 눈에서 무서운 광채가 뿜어졌다.

그때였다.

부운의 성에서 강렬한 폭음이 터졌다. 뒤이어 저주파수의 낮은 진동이 지축을 울렸다. 하라간의 예리한 감각에 성안 연회장을 뚫고 솟구친 거대한 변종 마물이 잡혔다. 하라간은 그 짧은 찰나에 변종 마물의 무력이 얼마나 강한지 가늠해 내었다.

'레다와 라티파가 상대하기엔 벅차다!'

짧은 망설임!

'레다를 믿고 외궁 9호를 잡는 데 집중하느냐? 아니면 친위대원들부터 돌보느냐?'

하라간은 지극히 짧은 고민 끝에 친위대원들을 택했다. 과거 루잉 백작이던 시절 하라간은 부하들을 제 몸 돌보듯이 아꼈다. 그 성향이 하라간의 행동에도 영향을 미쳤다.

'외궁 9호를 붙잡아 마이림의 잔당들을 소탕하는 일도 중요하지만, 부하들의 생명을 구하는 것은 그보다 더 중하지.'

마침내 하라간이 발걸음을 멈췄다.

"에효!"

짧은 한숨과 함께 등을 돌린 하라간은 온 마음을 하나로 모아 하늘에서 땅까지 일직선으로 팔을 휘둘렀다.

마나의 벽 4단계의 경지!

눈에 보이지 않는 마음의 검이 까마득히 높은 하늘 꼭대기부터 시작하여 부운의 성까지 일직선으로 내리꽂혔다.

하라간의 검은 공기를 가로지르지 않았다. 물체를 베면서 지나가지도 않았다. 그저 하늘부터 부운의 성까지 일직선으로 이어진 공간 그 자체를 원기둥 모양으로 도려냈을 뿐이다.

스삭—!

마음의 검이 훑고 지나간 공간 안에 머물렀던 모든 사물은 공간과 함께 도려내졌다. 그 공간에 머물던 공기가 도려내지고, 연회장 지붕이 말끔하게 도려내지고, 지름 18미터나 되는 거대한 변종 마물이 그대로 도려내졌다.

심지어 변종 마물이 떠 있던 자리 아래 대리석 바닥까지 동그랗게 원기둥 모양으로 잘려 나갔다.

막레르의 투창마저 통하지 않았던 강력한 변종 마물이 거짓말처럼 세상에서 사라졌다. 대신 변종 마물이 머물렀던 자리엔 뱀처럼 기다란 분홍 혀가 피를 철철 흘리며 펄떡펄떡 날뛸 뿐이었다.

"뭐야?"

융이 눈을 동그랗게 떴다.

"허어!"

죽음을 각오했던 테티가 입을 쩍 벌렸다.

맥이 풀린 네페르는 바닥에 철퍽 주저앉았다.

"아! 하라간 님!"

"하라간 님이 도와주셨구나!"

라티파와 레다는 동시에 탄성을 질렀다.

[언니, 이건 분명히 하라간 님께서 행하신 일이야.]

[맞아. 그렇지 않고서는 저 무서운 변종 마물이 갑자기 사라질 리 없지.]

라티파 자매는 서로 얼굴을 바라보며 고개를 끄덕였다.

검을 한 번 휘둘러 부하들을 구해 낸 하라간은 다시 몸을 돌려 발걸음을 재촉했다. 다행히 외궁 9호는 다른 데로 도망치지 않았다. 지금 이 순간에도 하라간을 향해서, 아니 부운의 성을 향해서 달려오는 중이었다.

"홋! 도망치지도 않고, 기특하네."

하라간은 기쁜 마음으로 상대를 마중 나갔다.

그때 변고가 생겼다.

하라간을 향해 달려오던 외궁 9호, 즉 아이다의 바로 옆에 시퍼런 광채가 어린 것. 바닷물처럼 푸르게 일렁이던 광채는 이내 소용돌이를 치면서 2미터 크기로 확대되었다.

하라간이 발을 쾅 굴렀다.

"이런! 포탈이다!"

외궁 9호의 옆에 형성된 빛무리는 분명 공간 이동을 위한 포탈이었다. 하라간은 한 줄기 불안감을 느꼈다.

"젠장! 작년 10월에도 공간 이동 포탈 때문에 외궁 9호와 마이림을 놓쳤지! 이번에도 또 닭 쫓던 개가 될 수는 없어."

지금 하라간과 외궁 9호 사이의 거리는 약 5 킬로미터!

눈앞에 보이는 저 언덕만 넘으면 외궁 9호를 맞닥뜨릴 거리였다. 그 와중에도 공간 이동 포탈은 점점 더 또렷한 광채를 내뿜었다. 아직 거리가 멀어 눈으로 볼 수는 없지만 하라간은 포탈이 완성되는 모습을 감각으로 느꼈다.

"안 돼! 포탈이 열린다!"

마음이 다급해진 하라간이 검으로 원을 그렸다.

Chapter 2

하라간의 정신이 검의 궤적을 따라 마음의 검을 휘둘렀다.

스스삭—!

하라간의 검이 겨눈 대상은 외궁 9호가 아니었다. 하라간은 이대로 외궁 9호를 죽일 생각이 없었다.

'그랬다가 마이림 고모할머니의 행적을 놓치면 두고두

고 찜찜할 거야. 어떻게든 녀석을 생포해서 마이림을 붙잡아야지.'

그래서 하라간은 마음의 검으로 빈 공간을 도려냈다. 외궁 9호를 직접 겨누는 대신, 자신과 외궁 9호 사이의 공간을 썽둥 베어 버린 것!

그다음 5 킬로미터 저편의 공간과 하라간이 서 있는 이쪽 공간을 그대로 이어붙였다.

쿠쾅!

멀쩡하던 공간이 사라지고, 물리적으로 5 킬로미터나 떨어져 있던 두 공간이 맞붙으면서 지축이 충돌했다. 거친 황무지 표면을 따라 땅이 쩌저적 으깨졌다. 동산이 우르르 뒤흔들렸다. 중간에 끼었던 공기층이 갑자기 사라지면서 순간적으로 진공이 발생했고, 주변 공기가 그 진공을 향해 맹렬히 쏟아져 들어왔다.

우두둑! 쿠콰콰콰쾅!

천둥소리와 함께 황무지 허허벌판에 강한 충격파가 터졌다. 멀리 떨어진 부운의 성까지 지진의 여파에 휘둘려 성벽이 우르르 흔들리고 뾰족한 탑들이 옆으로 쓰러졌다. 온 황무지에 뿌연 모래 먼지가 상공 수 킬로미터 높이로 솟구쳤다.

"어멋!"

아이다가 화들짝 놀랐다.

갑자기 터진 지진 때문에 놀란 것이 아니었다. 하라간이 공간을 베어 내기 직전, 아이다 바로 옆에 공간 이동 포탈이 열리고, 그 포탈 안에서 미끈한 손 4개가 불쑥 튀어나왔다. 아이다는 바로 그 4개의 손 때문에 기겁을 했다.

푸른 포탈에서 튀어나온 새하얀 손이 아이다의 뒷목을 낚아채 꽉 움켜쥐었다. 뒤이어 튀쳐나온 또 다른 손이 아이다의 허리를 붙잡아 번쩍 들었다가 그대로 땅바닥에 패대기쳤다.

쿠웅!

"아얏! 쌍!"

반사적으로 욕을 퍼부으며 벌떡 일어난 아이다의 눈에 포탈이 활짝 열리는 모습이 보였다. 푸르른 포탈 안에서 2명의 여인이 튀쳐나왔다.

아이다가 당황했다.

"시노브 언니! 오스트란드 언니!"

아이다 바로 옆에 포탈을 열고 손을 뻗어 아이다를 패대기친 장본인은 다름 아닌 아이다의 두 언니, 시노브와 오스트란드였다.

찬란하게 빛나는 금빛 갑옷을 입은 여자가 아이다의 큰언니 시노브!

깡마르고 창백한 얼굴에 눈가에 다크서클이 짙게 내려앉은 여자가 아이다의 넷째 언니 오스트란드!

두 언니의 등장에 아이다가 주춤 물러섰다.

"시노브 언니, 오스트란드 언니! 여기까지 어떻게 왔어?"

매사에 자신만만한 아이다였지만 지금은 그 자신감이 모두 사라지고 없었다. 언니들을 바라보는 아이다의 눈빛이 불안하게 흔들렸다.

오스트란드가 얼음기 풀풀 풍기는 차가운 목소리로 물었다.

"아이다, 너 여기서 뭐하냐? 언니들이 분명히 경고했지? 군나르 왕국 쪽으론 눈길도 주지 말라고 경고했어, 안 했어?"

"언……니!"

아이다의 목소리가 가늘게 떨렸다.

이번엔 시노브가 아이다를 다그쳤다.

"아이다, 너 설마 우리의 경고를 귓등으로 흘린 거냐? 그래서 하라간인지 뭔지 하는 계집애 같은 애송이를 납치하려고 이곳에 온 거야?"

시노브가 아이다에게 성큼 다가왔다.

화들짝 놀란 아이다가 주춤 뒷걸음질 쳤다.

"어디가? 이리 와. 이리 와서 우리 이야기 좀 하자. 아이다! 아이다!"

시노브는 점점 더 빠르게 아이다에게 접근했다.

아이다가 허둥지둥 뒷걸음질 속도를 높였다.

"큰 언니! 큰 언니! 내 말 좀 들어 봐. 이건 오해야. 아니야. 난 하라간을 납치해서 퀸께 데려가려고 여기에 온 게 아니라고."

하지만 아이다의 변명은 씨알도 먹히지 않았다.

황금 갑옷을 입은 시노브가 갑자기 쭉 늘어난 것처럼 보였다. 가속 마법을 사용하여 순간적으로 간격을 좁힌 것이다.

"요, 썅년!"

걸쭉한 욕설과 함께 시노브의 하얀 손이 아이다의 목을 움켜쥐었다.

"크, 큰언니! 컥!"

목이 잡힌 아이다가 몸을 비틀었다.

하지만 그보다 한발 앞서 오스트란드가 오브(Orb)를 흔들었다.

마법의 힘에 의해 몸이 꽁꽁 묶인 아이다는 두 언니가 이끄는 대로 힘없이 딸려 갔다.

오스트란드가 시노브를 재촉했다.

"큰언니, 서둘러. 우리가 군나르 왕국에 온 사실이 퀸의 귀에 들어가면 우린 끝장이야."

"알아. 그 전에 빨리 돌아가야지. 이 쌍년을 꽁꽁 묶어서 말이야."

두 자매가 막냇동생 아이다를 구박하며 포탈로 들어가고 있을 때, 하라간이 마음의 검으로 공간 자체를 잘라 냈다.

쿠와앙!

귀청을 찢는 폭음과 함께 지축이 충돌했다. 하라간과 세 자매 사이에 순간적으로 진공이 발생하면서 시노브와 오스트란드의 몸이 하라간 쪽으로 확 딸려 갔다.

"아악!"

시노브가 자지러졌다.

"꺄악!"

오스트란드도 비명을 질렀다.

두 자매는 지금 그녀들에게 무슨 현상이 벌어지고 있는 것인지 파악하지 못했다. 그저 본능적으로 위기감을 느꼈을 뿐이다.

강하게 딸려 가는 와중에 오스트란드가 오브를 휘둘러 마법의 벽을 쳤다. 그사이 시노브가 아이다와 오스트란드의 허리를 낚아채 포탈로 던졌다.

하라간이 공간을 접고 5 킬로미터 동쪽으로 넘어왔을

때, 시노브 자매는 포탈 안으로 3분의 2쯤 들어간 상태였
다.

"놓치지 않는다!"

화가 난 하라간이 부웅 몸을 날렸다.

"으하학!"

깜짝 놀란 시노브가 뒤도 돌아보지 않고 두 동생을 포탈
안으로 욱여넣었다. 그다음 본인도 젖 먹던 힘을 다해 몸을
가속했다.

그렇게 시노브가 가까스로 포탈 안으로 들어왔을 때, 뒤
에서 뻗어온 무언가가 그녀의 발목을 꽉 움켜잡았다.

"으악!"

순간적으로 시노브의 머리카락이 쭈뼛 섰다.

공간 이동 포탈 안쪽, 즉 룬드 왕국으로 복귀한 오스트란
드가 시노브의 팔을 꽉 붙잡아 끌어당겼다. 마법력에 의해
온몸이 꽁꽁 묶인 아이다는 바닥에 얼굴부터 처박았다. 아
이다의 고운 얼굴에서 코피가 줄줄 흘렀다.

"끄응차!"

오스트란드는 죽을힘을 다해 언니를 잡아당겼다.

발목이 붙잡혀 움찔움찔하던 시노브가 엄마의 자궁을 박
차고 세상에 나오는 갓난아기처럼 쑥 빠져나왔다. 덕분에
오스트란드는 시노브를 끌어안은 채 땅바닥에 나뒹굴었다.

하지만 아직 일은 끝나지 않았다. 포탈을 통해 룬드 왕국으로 넘어온 사람은 시노브만이 아니었다. 시노브의 등 뒤에서 하라간이 그 모습을 드러냈다.

"아아아악!"

오스트란드가 자신도 모르게 비명을 질렀다.

"우악!"

덩달아 시노브도 자지러졌다.

때아닌 비명에 철갑옷으로 중무장한 룬드의 기사들이 우르르 달려 나왔다. 그들은 세 공주를 보호하며 하라간을 둥글게 에워쌌다.

Chapter 3

처처척!

철갑옷 기사들이 창끝으로 하라간을 겨눴다.

"흐음!"

적진에 홀로 포위되고도 하라간은 긴장하지 않았다. 그의 두 눈은 오로지 아이다에게 고정되어 있었다.

"이야, 반갑네. 외궁 9호가 여자였어?"

하라간이 입을 여는 순간 이미 눈에 보이지도 않고 손으

로 만질 수도 없는 거미줄이 아이다에게 달라붙었다. 이제
아이다는 세상 그 어디에도 숨지 못한다. 아무리 발버둥 쳐
도 하라간의 손아귀에서 벗어날 수 없다.

"하, 하라간!"

아이다가 소스라치게 놀라 말을 더듬었다.

"뭣? 하라간?"

"이자가 하라간이라고?"

시노브와 오스트란드가 동시에 벌떡 일어났다.

판단은 오스트란드가 좀 더 빨랐다. 오스트란드는 퀸이
머무는 용암성 방향을 힐끗 곁눈질한 다음, 황급히 공격 명
령을 내렸다.

"저자를 잡앗! 소란 떨지 말고 신속하게! 반항하면 죽여
도 좋다."

"빨리 서둘러! 어서!"

시노브도 기사들을 재촉했다. 두 공주의 얼굴엔 다급한
기색이 역력했다. 그녀들은 퀸 잉그리드가 눈치채기 전에
하라간을 없애야 한다고 판단했다.

처처척!

중무장한 룬드 왕국의 기사들이 하라간에게 바짝 다가들
었다.

하라간은 기사들을 보고 있지 않았다. 그의 눈은 오른쪽

건물과 건물 사이, 내리막 계단으로 향했다. 용암성이 위치한 바로 그 방향이었다.

우르릉!

용암성 쪽에서 얼핏 천둥소리가 났다. 묵직한 무언가가 돌을 긁는 소리 같기도 했다. 혹은 육중한 철문이 열리는 소리와도 흡사했다. 사람들 귀에는 그 소리가 포착되지 않았지만 하라간에게는 똑똑히 들렸다.

이어서 스르륵, 스르륵!

돌에 비늘 같은 것이 스쳐 지나가는 소리가 뒤따랐다.

스륵! 스륵! 스륵! 스륵! 슑! 슑! 슑! 슑! 슑!

소리의 간격은 점점 더 빨라졌다. 더불어 소리의 크기는 점점 더 증폭되었다. 이제 다른 사람들의 귀에도 그 소리가 들렸다.

"아아앗!"

시노브의 얼굴이 하얗게 탈색되었다.

"퀸! 퀸께서 오신다!"

오스트란드는 두 손으로 자신의 머리카락을 꽉 움켜쥐었다.

"망했다!"

아이다는 망연자실하여 땅에 철퍽 주저앉았다.

슑! 슑! 슑! 슑! 슑—!

그 와중에도 비늘 부딪치는 소리는 점점 커지고 다급해졌다. 단지 소리뿐 아니라 거대한 '존재'가 빠르게 접근 중이라는 느낌이 확 들었다. 존재가 본체를 드러내기 전에 그 존재가 풍기는 기세가 아지랑이처럼 먼저 뻗어 왔다.

기세는 뜨겁고 강렬하면서도 난폭했다.

"크헙!"

"끅!"

철갑 기사들이 그 기세를 견디지 못하고 픽픽 무릎을 꿇었다. 시노브와 오스트란드, 아이다는 황급히 자리에 엎드려 복종을 표시했다.

하라간의 눈가에 가느다란 경련이 일었다.

피부를 따갑게 만드는 저 난폭한 기세 때문에 경련이 일어난 것이 아니었다. 하라간의 입이 좌우로 살짝 벌어지고, 그 사이로 침이 고인 모습이 드러났다.

슭슭슭! 슭슭슭슭—!

하라간이 집요하게 지켜보는 가운데 비늘 긁히는 소리가 더 빨라졌다. 뜨거운 열기가 확 몰아치고, 이어서 거대한 존재가 그 본체를 드러냈다.

"오오오! 퀸이시여!"

시노브가 돌바닥에 이마를 쿵 찧었다.

"퀸이시여!"

"퀸의 아홉째 딸 아이다가 퀸의 존체를 알현하나이다."

오스트란드와 아이다가 시노브와 마찬가지로 이마를 바닥에 찧으며 퀸에게 머리를 조아렸다.

"퀸의 넷째 딸 오스트란드가 퀸의 존체를 알현하나이다!"

"퀸의 첫째 딸 시노브가 퀸의 존체를 알현하나이다!"

철갑 기사들도 무기를 손에서 놓고 일제히 바닥에 머리를 처박았다.

오직 하라간만이 오롯이 서서 퀸을 마주 보았다.

가파른 계단을 날듯이 기어서 올라온 퀸은 온몸이 붉은 비늘로 뒤덮여 있었다. 하라간이 지켜보는 가운데 어마어마하게 기다란 퀸의 동체가 단단한 돌계단을 뭉개며 S자를 그리며 올라왔고, 그 동체에 달라붙은 네 장의 커다란 날개가 크게 펄럭이며 근접한 탑을 부숴 버렸다.

콰르르르!

탑이 무너지면서 벽돌이 쏟아져 주변을 엉망으로 만들었다.

하지만 아무도 피할 엄두를 내지 못했다. 다들 퀸의 기세에 사로잡혀 사시나무처럼 몸을 떨었다. 시노브를 비롯한 3명의 공주도 예외일 수 없었다.

"호오?"

하라간은 흥미로운 눈으로 퀸을 훑었다.

성인 남자 30명이 손을 잡고 둘러싸야 겨우 한 바퀴 감을 수 있을 정도로 굵은 몸통은 상체로 갈수록 급격히 가늘어지다가 여자 허리처럼 잘록하게 줄어들었다. 그 위치부터 비늘의 개수가 점점 줄어들더니 퀸의 상체엔 사람의 맨살이 고스란히 드러났다. 잘록한 퀸의 허리 위로는 자그마한 멜론 2개를 매달아 놓은 듯한 풍만한 가슴이 탄력 넘치게 출렁거렸고, 다시 그 위로는 일자 쇄골이 매혹적인 모습을 뽐냈다. 퀸의 팔은 가느다랗고 미끈했으며, 얼굴은 화사했다. 길게 구불거리는 퀸의 머리카락은 붉은색으로 반짝였다.

"재미있는 모습이네?"

하라간이 히죽 웃었다.

퀸은 동체를 곧게 세워 까마득한 높이에서 하라간의 얼굴을 굽어보았다. 잠시 고개를 갸웃거리던 퀸이 입을 쩍 벌려 뾰족한 송곳니를 드러냈다.

"이만?"

퀸의 눈에는 하라간이 이만으로 보였다.

"이만! 이만! 이마아아—안!"

퀸의 입에서 난폭한 쇳소리가 터졌다. 이윽고 퀸의 거대한 동체가 하늘에서 거꾸로 쏟아져 내리며 하라간을 그대로 덮쳤다.

"아아!"

"다행이다."

"휴우우!"

그 모습을 보면서 룬드 왕국의 세 공주가 동시에 안도의 한숨을 내쉬었다.

시노브와 오스트란드, 아이다가 가장 우려하던 시나리오는 퀸 잉그리드가 하라간에게 마음을 빼앗겨 모든 것을 바치는 것이었다. 그 순간 룬드 왕국은 군나르 왕국의 속국이 되는 셈이기 때문이다.

하지만 퀸은 하라간을 보자마자 공격했다. 그렇다면 3명의 공주가 걱정하던 최악의 상황은 벗어났다.

물론 아직 안심할 때는 아니었다. 시노브 등은 하라간을 죽인 후 퀸이 폭주를 할까 봐 마음이 조마조마했다.

[그래도 퀸께서 하라간을 섬기는 것보다는 낫지.]

[맞아, 언니. 그것보다는 나아.]

[일단 최악의 상황은 피했어.]

세 공주는 서로 시선을 맞추며 고개를 주억거렸다.

그 순간에도 퀸의 동체는 계속 하강 중이었다.

하라간은 퀸을 올려다보며 잠시 망설였다.

'저걸 한입에 삼킬까?'

솔직히 하라간은 그동안 많이 굶주렸다. 이 세상에 본격적으로 올라온 이후로 성에 차는 포식을 해 본 적이 없어서 늘 불만이었다. 물론 몇 차례 마물을 섭취한 적은 있었다. 하나 그런 피라미만으로는 위에 기별도 가지 않았다.

그런 허접한 마물들에 비해 지금 하라간의 눈앞에 등장한 상대는 키르샤였다. 심해저에 서식하는 제대로 된 마물 키르샤!

'비록 만족스럽진 않지만, 이 정도만 해도 감지덕지지.'

하라간은 군침을 꿀꺽 삼켰다.

Chapter 4

"끼이야아아아아악―!"

그사이 퀸의 쩍 벌어진 입이 하라간의 코앞까지 달려들었다.

이제 하라간도 결단을 내릴 때가 되었다.

'이걸 한입에 삼켜? 말아?'

고민은 길지 않았다. 하라간은 단숨에 퀸을 잡아먹기보다는 다른 선택을 했다.

'요 키르샤를 이용해서 할아버님의 마물에게 전투 경험

을 쌓게 해 주자.'

이것이 하라간의 선택이었다.

군나르의 마물인 독 키르샤는 아직 제대로 된 전투 경험이 없었다. 하라간은 이번 기회에 독 키르샤에게 좋은 경험을 쌓게 해 주기로 마음먹었다. 더불어서 하라간은 '그 경험이 계기가 되어 혹시 독 키르샤가 진화를 하지 않을까?' 하는 기대도 가졌다.

'할아버님의 마물이 얼른 더 강해져야 내가 안심을 하지.'

결심이 서기 무섭게 하라간의 신체가 변형에 들어갔다.

우두두둑!

우선 하라간의 피부에 황갈색 비늘이 빼곡하게 돋아나 갑옷처럼 둘러졌다. 동시에 하라간의 이마가 세로로 쭉 찢어지며 제3의 눈이 형성되었다. 이 세 번째 눈은 그 속에 뇌전을 품은 듯 시퍼렇게 일렁거렸다.

부와악 커진 하라간의 몸뚱어리엔 총 8개의 발이 돋아났는데, 그 굵고 단단한 발 하나하나마다 범선의 닻보다 더 큰 발톱 4개씩이 자랐다.

하라간의 입은 길쭉하게 변형되어 쩍 벌어졌다. 그 입 안에서 금방이라도 지독한 불덩이가 튀어나올 듯했다. 턱에서 일자로 자라난 수염은 바닥에 닿을 정도로 길게 늘어졌으며, 하라간의 이마 양쪽엔 무려 10 미터 길이의 뿔이 돋았다. 구불구불한 형태의 뿔 사이에서 파지직! 파지직! 전기가 형성되어 전기 구름을 만들었다.

하라간의 등에선 무려 100 미터나 되는 거대한 날개가 돋아나 세차게 펄럭거렸다.

크아앙!

군나르의 마물 독 키르샤의 포효가 룬드 성 전체를 떨어 울렸다.

난데없는 키르샤의 등장에 시노브와 오스트란드, 아이다가 소스라치게 놀랐다.

"키, 키르샤!"

"하라간이 어떻게?"

"이럴 수가!"

벼락처럼 커진 하라간은 밑에서부터 위로 머리를 솟구치며 퀸 잉그리드의 동체를 물어뜯었다. 그러곤 그 큰 날개를 펄럭여 상승 압력을 강하게 높였다.

끼야아악—!

위에서부터 아래로 내리찍던 퀸 잉그리드가 깜짝 놀라 몸을 뒤틀었다.

하지만 이미 퀸의 몸뚱어리는 하라간에 의해 거꾸로 뒤집힌 상태. 하라간은 퀸의 동체를 아가리로 꽉 문 상태에서

8개의 발로 상대방을 꽉 붙잡았다.

하라간을 덮치던 퀸이 힘에서 밀려 뒤로 나동그라졌다.

콰우우—!

하라간은 퀸 잉그리드를 치받아 그대로 땅에 내팽개쳤다.

끼야아아악!

퀸의 기다란 동체가 허공에 붕 떴다가 그대로 땅에 처박혔고, 이어서 가파른 내리막 계단을 따라 쭉 미끄러져 내려갔다.

하라간은 상대의 동체에 올라타 발톱으로 할퀴고 아가리를 쩍 벌려 극독을 내뿜었다.

"저, 저!"

"아악! 퀸이시여!"

룬드 왕국의 공주들이 비명을 질렀다.

눈 깜짝할 사이에 퀸을 자빠뜨린 하라간은 상대의 몸을 썰매처럼 타고 돌계단을 빠르게 내려갔다.

끼야아악!

퀸이 발버둥 치며 저항했다. 퀸의 기다란 꼬리가 첨탑을 칭칭 휘감아 무너뜨리고, 집을 짓뭉갰다.

파직! 파지직!

하라간의 두 뿔 사이에서 강한 전기가 튀어나와 퀸의 가슴을 지졌다. 동시에 하라간은 극독을 한 번 더 내뿜어 퀸을 중독시키려 들었다.

끼야악!

분노한 퀸이 네 장의 날개를 펄럭여 몸을 뒤집으려 시도했다. 그러면서 기다란 동체를 꿀렁여 하라간의 몸체를 칭칭 휘감는 것도 잊지 않았다.

하라간은 상대가 몸을 감건 말건 신경 쓰지 않았다.

파직! 파지직!

퀸의 가슴을 한 번 더 전기로 지진 다음, 퀸의 어깻죽지를 꽉 물고 좌우로 세차게 휘저었다.

크왕! 크와앙!

촤라라라락!

두 키르샤가 내뿜는 거센 포효와 비늘 부딪치는 소리가 사방을 떨어 울렸다. 뾰족한 첨탑이 붕괴하고, 용암성의 두꺼운 철문이 그대로 우그러졌다.

끼야아아악! 끼약!

퀸은 어떻게든 상체를 뒤집으려 애썼다.

하지만 하라간은 한 번 거머쥔 공격의 고삐를 놓지 않았다. 퀸의 어깨를 물고 그대로 용암성 깊숙한 곳까지 돌진했다.

퀸이 용암성 철문을 부수며 들이닥쳤을 때, 용암성을 지키는 무녀들이 날듯이 다가왔다. 퀸을 섬기는 무녀들은 천한 조각 걸치지 않은 알몸이었고, 가느다란 철사로 두 눈을 꿰맸으며, 목에는 기다란 쇠사슬을 찬 차림이었다. 무녀들의 손톱은 20 센티미터 이상 기다랗고 뾰족했다.

"퀸이시여!"

"오오오! 이걸 어째!"

젖가슴과 치부를 고스란히 드러낸 무녀들이 발을 동동 굴렀다. 그녀들의 손톱은 룬드 왕국 기사들의 철갑옷도 단숨에 찢어 낼 정도로 막강했지만, 감히 두 키르샤의 혈투에 끼어들지는 못했다.

용암성의 가파른 계단을 따라 미끄러져 내려오면서 퀸은 하라간의 발톱을 꽉 잡아 뒤로 꺾었다. 그러면서 퀸은 어떻게든 상체를 세우려고 들었다.

[어딜!]

하라간이 거대한 날개를 펄럭여 퀸의 상체를 다시 짓눌렀다.

치이이익!

빨갛게 달아오른 퀸의 손이 하라간의 몸을 밀어냈다.

'확실히 이 키르샤가 더 강하구나!'

하라간은 군나르의 독 키르샤보다 퀸이 훨씬 더 강하다는 사실을 깨달았다. 비록 덩치는 군나르의 독 키르샤가 더

컸지만, 상대는 이미 키르샤의 수준을 넘어서 다음 단계에 발을 디딘 상태였다.

키르샤의 진화형이 막키르샤!

키르샤가 갓 태어난 해츨링이라면, 막키르샤는 제대로 된 진짜 드래곤이었다. 키르샤가 심해저 1층에 겨우 도달한 애송이라면, 막키르샤는 심해저 2층을 자유롭게 헤엄치는 강력한 존재였다. 키르샤와 막키르샤 사이의 격차는 말도 못 하게 크고 높았다.

Chapter 5

군나르의 마물은 심해저 1층 레벨의 키르샤!

퀸 잉그리드의 마물은 심해저 2층 레벨의 막키르샤!

정상적인 상황이라면 퀸은 이미 독 키르샤를 찢어 버리고 그 시체 위에 올라타서 승리의 포효를 터뜨려야 마땅했다.

하지만 하라간의 권능이 퀸을 억눌렀다.

무쇠도 단숨에 녹여 버릴 수 있는 퀸의 손을 하라간은 아무렇지도 않게 어깨로 짓눌러 방어했다. 하라간과 결합한 독 키르샤의 어깨에 한 겹 투명한 서리가 형성되어 퀸의 공격을 거뜬히 받아 내었다.

치이이익!

퀸의 손이 지져 버린 부위에서 열기와 냉기가 맞닥뜨리며 강한 수증기를 내뿜었다. 퀸의 발톱이 할퀴고 지나간 부위에서도 뜨거운 열기와 차가운 냉기가 맞부딪치며 서로 중화되었다.

끼이야악!

당황한 퀸이 마구잡이로 손을 휘저었다. 하라간은 퀸을 온몸으로 짓누르며 그대로 용암성 밑바닥까지 돌진했다.

우당탕탕, 콰아앙!

한 몸으로 뒤엉킨 두 마리 키르샤가 룬드 왕국 가장 깊숙한 장소에 처박혔다.

용암성 가장 깊은 곳에는 99개의 커다란 석주가 줄지어 늘어서 있었고, 그 사이로 뜨거운 용암이 강처럼 흘렀다.

하라간은 퀸을 꽉 붙잡고는 한 치의 망설임도 없이 용암으로 뛰어들었다.

첨벙!

거대한 두 마물의 입수에 용암이 수십 미터 높이로 뛰어올랐다.

"저런 미친놈!"

"펄펄 끓는 용암으로 뛰어들다니, 자살을 하겠다는 거

냐?"

"용암은 퀸의 안식처! 이제 퀸께서 승리하신다."

서둘러 뒤쫓아온 용암성의 무녀들이 퀸의 승리를 점쳤
다. 하지만 그녀들의 입이 쩍 벌어지는 데는 그리 오랜 시
간이 걸리지 않았다.

쩌저저저적!

펄펄 끓던 용암이 눈 깜짝할 사이에 차갑게 식어 딱딱한
돌로 변했다. 아니, 단지 돌로 변한 수준을 넘어서 그 위에
차갑게 서리가 앉았다.

치이이이익!

용암의 강 전체에서 뿌연 수증기가 뭉게뭉게 피어올라
사방을 다 감쌌다.

끼약! 끼이익! 끼윽! 끼야아아악!

그 뭉게구름 속에서 퀸의 다급한 비명이 연달아 터졌다.

용암이 굳어 만들어진 돌을 뚫고 두 마리 키르샤가 풀쩍
뛰어올랐다. 용암의 성 천장을 부술 듯이 치받은 두 키르샤
는 거대한 석주를 우당탕탕 쓰러뜨리며 싸움을 이어 갔다.

퀸의 기다란 동체가 석주 3개를 연달아 휘감아 버렸다.

하지만 하라간이 무서운 포효와 함께 밀어붙이자 석주 3
개를 그대로 부러뜨리며 저 멀리 끌려갔다.

"퀸이시여!"

"아, 안 돼!"

무녀들이 황급히 퀸을 쫓았다.

용암성으로 달려온 3명의 공주도 다급히 퀸을 도우려고
했다.

하라간이 8개의 발로 퀸 잉그리드를 꽉 붙잡고, 날개를
활짝 벌려 펄럭펄럭 날아올랐다. 그다음 그대로 퀸을 바닥
에 처박고 땅에 내리꽂았다.

키야아악!

퀸의 얼굴이 일그러졌다.

극독을 품은 하라간의 발톱이 퀸의 얼굴을 그대로 찍어
눌렀다.

끼요옷!

당황한 퀸이 온몸에서 강한 열기를 내뿜었다. 퀸의 몸뚱
어리 전체가 용암처럼 발갛게 달아올랐다.

하지만 하라간과 접촉한 부위는 금세 차갑게 식었다. 아
니, 식는 정도가 아니라 하얗게 얼어붙어 퀸을 꼼짝 못하게
만들었다.

하라간은 그렇게 퀸을 몰아붙여 용암성 가장 깊숙한 곳
까지 처박았다. 어마어마하게 굵은 석주가 기우뚱 쓰러지
고, 부서지고, 그 파편이 사방으로 튀었다.

퀸은 하라간의 발톱에 머리채가 붙잡힌 채 석주에 얼굴

을 거칠게 처박았고, 이어서 어깻죽지가 꽉 물려 땅바닥에 내팽개쳐졌다.

크와아아앙!

하라간이 6개의 발로 퀸을 꽉 짓누른 채 포효했다. 그다음 아가리를 쩍 벌려 퀸의 머리통을 으깨 버리려 들었다.

축 늘어진 퀸의 눈에 공포가 어렸다.

"안 돼!"

"그만!"

시노브와 오스트란드가 동시에 절규했다.

"멈춰! 제발!"

아이다가 하라간을 향해 악을 썼다.

퀸을 섬기는 무녀들은 패닉 상태가 되어 두 손으로 자신들의 귀를 틀어막았다.

그때 퀸의 머리통을 씹어 버리려던 하라간이 동작을 딱 멈췄다. 난생처음 겪는 공포에 잠식되어 두 눈을 꽉 감았던 퀸이 살며시 눈을 떴다. 룬드 왕국의 세 공주가 얼음조각이 된 것처럼 모든 동작을 중단했다. 무녀들이 돌처럼 굳었다.

용암성 밑바닥에 잠시 정적이 흘렀다.

쿠와아앙!

기우뚱 쓰러지던 석주가 와장창 부서지면서 정적을 깨뜨렸다. 하라간은 휘둥그레진 눈으로 깨진 석주를 바라보았다.

아니, 석주가 아닌 그 표면에 새겨진 아름다운 여인의 조각상을 바라보았다.

여인의 조각은 하나가 아니었다. 99개의 석주 뒷면엔 동일한 인물 조각이 정성스레 양각되어 있었다.

바로 이만의 조각상!

스르륵!

하라간이 독 키르샤와의 결합을 풀고 본모습으로 돌아왔다. 석주 뒷면을 바라보는 하라간의 얼굴이 석주에 새겨진 이만의 조각상과 너무나도 닮아 있었다.

"이게 다 뭐야?"

하라간이 곤혹스러운 표정을 지었다.

싸움에 패해서 바닥에 벌렁 드러누웠던 퀸 잉그리드가 고개를 살포시 들더니 석주 뒷면에 새긴 조각상과 하라간의 얼굴을 번갈아 가며 살폈다.

오래전부터 퀸 잉그리드는 정상적인 정신 상태가 아니었다. 목숨을 다해 순종하고 섬겼던 남편 룬드가 믿음을 배신하고 그녀를 죽이려 들었을 때의 그 절망감! 그때 깨어난 마음속 깊은 곳의 광포한 괴물 키르샤!

그 악몽의 날, 잉그리드가 제정신으로 돌아왔을 때 룬드는 이미 세상 그 어디에도 없었다. 그저 방바닥에 흥건한 피와 뼈만 보일 뿐이었다.

콰쾅!

그 날 하늘에선 마른벼락이 떨어졌다.

시퍼런 벼락에 의해 어두컴컴한 방 안에 한 줄이 빛이 들어왔다. 잉그리드는 그 빛을 통해 거울에 비친 자신의 모습을 보았다.

피에 젖은 손!

피범벅이 되었고 살점이 군데군데 묻어 있는 입가!

그녀의 하반신을 뒤덮은 붉은 비늘!

"꺄아아아악!"

그 날 잉그리드는 머리를 움켜쥐며 절규했다. 그 날 잉그리드는 사람의 마음을 잃어버렸다. 대신 절반은 사람, 절반은 마물인 괴물이 되었다. 그 날 잉그리드는 용암의 강에 스스로 뛰어들어 독하디독한 유황을 흠뻑 들이켰다.

용암 속에서 잉그리드는 점점 더 강해졌다. 용암의 열기를 머금어 잉그리드의 비늘은 점점 더 단련이 되었다. 그녀의 신체는 그렇게 진화를 거듭했다.

점점 강해지는 육체와 반대로 퀸 잉그리드의 뇌는 점점 퇴화되었다.

퀸 잉그리드는 가장 먼저 남편을 잊었다. 이어서 아홉 딸들을 모두 머릿속에서 지웠다. 그렇게 퀸은 인간성을 버리고 비인간 생명체로 변해 갔다.

Chapter 6

그런 퀸에게 남은 것은 단 하나!

'이만!'

퀸 잉그리드를 파멸시킨 그 저주받은 이름 이만!

퀸은 이만에게 집착했다.

퀸은 용암 속에서 24시간, 365일 이만만 생각했다.

퀸은 이만을 잊지 않으려고 석주 뒷면에 이만의 얼굴 조각을 새겼다.

시간이 흐르면서 퀸은 증오도 잊었다. 그저 이만이라는 여자 그 자체에 사로잡혔다. 그때부터 퀸은 이만을 찾기 시작했다.

"이만을 데려오너라. 내 앞에 이만을 데려와."

퀸은 딸들에게 이런 명령을 내렸다.

딸들은 퀸의 명령을 이행하지 못했다. 이만이 이미 죽었기 때문이다.

분노한 퀸이 딸을 죽였다.

분노한 퀸이 부하들을 죽였다.

딸과 부하들은 퀸에게 "이미 이만이 죽었습니다."라고 고했다. 하지만 퀸의 생각에 그건 거짓말이었다. 얼마 전 막내딸 아이다가 멀쩡히 살아 있는 이만의 영상을 그녀에게 보여 주었다.

사실 영상 속의 인물은 이만이 아니라 그 아들인 하라간 이었지만, 퀸은 그 사실을 알지 못했다. 그저 이만을 데려오라고 딸들을 윽박지를 뿐이었다.

그 결과 오늘 하라간이 잉그리드의 눈앞에 나타났다.

하라간의 존재를 느낀 순간 퀸은 모든 생각이 다 정지했다. 그저 본능에 의해 용암성을 뛰쳐나갔고, 본능에 의해 하라간을 덮쳤다.

놀랍게도 하라간은 키르샤가 되어 반격했다. 그것도 보통 키르샤가 아니라 잉그리드를 몰아붙일 정도의 엄청난 무력을 선보였다.

퀸 잉그리드는 그런 하라간의 손아귀에서 벗어나기 위해 발버둥 쳤다.

쉽지 않았다. 퀸의 공격은 번번이 막혔고, 하라간과 맞부딪칠 때마다 퀸은 혈관 속 피가 얼어붙고 몸이 위축되는 공포를 느껴야만 했다. 그리고 마침내 독 키르샤의 쩍 벌어진 아가리가 퀸의 머리통을 씹어 먹으려는 찰나, 난생처음 겪는 죽음의 공포에 오줌을 지렸다.

퀸이 공포에 질려 머리가 하얗게 탈색된 그 순간, 하라간이 공격을 멈췄다.

퀸은 슬그머니 눈을 떴다.

하라간은 키르샤에서 어느새 다시 사람으로 돌아와 석주 뒤에 새겨진 조각상을 바라보는 중이었다.

퀸도 하라간의 시선을 쫓아 조각상을 보았다. 그리고 이어서 하라간의 얼굴을 확인했다.

[똑같아!]

조각상과 하라간은 완벽히 일치했다.

공포에 질려 하얗게 변했던 퀸 잉그리드의 머릿속에 하라간의 아름다운 얼굴이 불도장처럼 꽉 찍혔다.

[이만?]

퀸 잉그리드가 조심스레 물었다.

하라간이 눈을 찌푸리며 잉그리드를 내려다보았다.

[너, 뭐냐? 여기에 왜 저런 조각상을 새겼지?]

하라간의 거칠고 위압적인 음성이 잉그리드의 뇌에 파고들었다. 무척이나 남성적인 음성이었다.

[남자? 여자가 아니라 남자?]

어리둥절해진 잉그리드가 하라간의 가슴을 보았다.

얼굴은 여자보다 더 아름답고 매혹적인데, 잔근육이 발달한 가슴은 분명 남성의 것이었다. 잉그리드는 하라간의 로인클로스 아래도 훔쳐보았다.

아마 줄기를 엮어서 만든 천 아래로 남성의 심볼이 얼핏 엿보였다.

[크고, 튼실한…… 아니, 아니!]

본성이 정숙한(?) 잉그리드가 빨개진 얼굴로 도리질을 했다.

[뭐?]

하라간이 어이없다는 얼굴로 잉그리드를 내려다보았다.

잉그리드는 이게 지금 어떤 상황인지 갈피를 잡지 못했다.

[조각상, 내가 새긴 조각상과 똑같아. 이만…… 아니, 이만이 누구였지? 어쨌거나 내가 새긴 조각상과 똑같은 남자가 나타났어. 강해. 나보다 강하고 무서워. 나? 나는 누구지? 나? 나는……? 이 남자는 누구지? 조각상? 이만? 크고 튼실한……? 아니, 아니. 그건 빼고.]

[허어! 이게 미쳤나? 지금 뭐라고 떠드는 거야?]

하라간이 발을 들어 잉그리드의 가냘픈 목을 꽉 밟았다.

[꺄악! 아파!]

잉그리드의 가냘픈 상체가 그대로 짓눌렸다. 붉은 비늘로 뒤덮인 그녀의 거대한 하체는 크게 꿈틀거리며 요동을 치다가 이내 바짝 굳었다. 자신을 굽어보는 하라간의 눈동자 속에서 끝없이 깊은 심연의 기세를 느낀 탓이었다.

[흐읍!]

잉그리드는 감히 하라간에게 반항을 엄두를 내지 못했다. 목을 통해 전달되는 그 극한의 차가움과 냉기에 뼛속까지 그대로 얼어붙는 듯했다.

하라간이 다시 물었다.

[저 조각상, 뭐냐?]

[조각상? 조각상!]

잉그리드는 열심히 머리를 굴렸다. 제대로 대답을 못 했다가는 이대로 짓밟혀 죽을 것 같다는 생각에 마음이 다급해졌다.

[저 조각상, 뭐냐니까?]

하라간이 발에 지그시 힘을 주었다. 잉그리드의 목에서 뿌드득 소리가 났다.

당황한 잉그리드가 입에서 나오는 대로 변명을 했다.

[당신, 당신을 새겼어요.]

[뭐?]

하라간이 새끼손가락으로 귓구멍을 후볐다. 지금 그는 뇌파로 대화를 하는 중이라 귀가 막혔다고 해서 헛소리를 들을 이유는 없지만, 잉그리드의 말이 하도 황당하여 귀를 후빌 수밖에 없었다.

잉그리드가 다급히 대답했다.

[당신을 그리며 새긴 조각상이에요. 보세요. 당신 얼굴과 똑같아요.]

[나를 새겨? 왜? 내가 누군 줄 알고?]

[당신이 누구냐 하면…… 제, 제 머릿속에 꽉 차 있는 사람이에요. 제가 항상 생각하는 사람이에요. 제 머릿속에 꽉 차서 다른 생각을 할 수 없게 만드는 오직 한 사람! 그게 바로 당신이에요.]

공포에 질려 머릿속이 완전히 헝클어진 잉그리드는 되는 대로 지껄였다. 그러면서 스스로도 이게 사실이라고 믿게 되었다.

[아, 그러니까. 그쪽이 왜 내 생각만 하는데? 왜 내 생각으로 머리가 가득 차서 이런 짓을 해 놓는 건데? 그쪽이 내 스토커야, 뭐야? 엉?]

하라간이 발끝으로 잉그리드를 툭툭 걷어찼다.

잉그리드는 그때마다 움찔움찔 몸을 떨다가 눈물을 글썽거렸다.

[미안해요. 흐흐흑! 미안해요. 제가 당신 생각만 해서 미안해요. 흐흐흑!]

원래 잉그리드는 순종적이고 일편단심인 여성이었다. 그녀는 지극히 사랑스러운 여자였다. 남편 룬드가 믿음을 배

신하기 전까지 잉그리드만큼 정숙하고 남편을 끔찍이 위하는 여자도 없었다.

상대가 서럽게 흐느끼자 하라간이 당황했다.

[야! 울긴 왜 울어?]

[미안해요. 흐흐흑! 당신만 생각해서 미안해요. 하지만 저도 어쩔 수 없어요. 당신 생각이 도저히 제 머릿속에서 없어지지 않아요. 흐흐흑! 당신이 제 전부예요.]

잉그리드는 하라간의 발을 꼭 끌어안고 눈물을 펑펑 쏟았다. 그러다 눈물이 하라간의 발등에 떨어지자 더더욱 어쩔 줄 몰라서 도리질을 했다.

[미안해요. 미안해요. 감히 당신의 고귀한 발을 더럽혀서 미안해요.]

단지 미안하다는 말로만 그친 것이 아니라 잉그리드는 고운 입술을 벌려 하라간의 발등에 떨어진 자신의 눈물을 핥기 시작했다.

강아지가 주인의 발을 핥는 것처럼 열심히.

여자 노예가 주인의 발을 핥는 것처럼 정성껏.

[뭐야? 이 여자.]

하라간은 더더욱 당황했다.

퀸 잉그리드를 만나다 II

Chapter 1

"아, 썅!"

시노브의 입에서 욕이 나왔다. 그녀가 세상에서 가장 존경하는 퀸 잉그리드가 하라간의 발에 매달려 발등을 혀로 핥는 모습을 보면서 시노브는 억장이 무너졌다.

"이게 다 너 때문이야."

오스트란드는 무서운 눈으로 아이다를 노려보았다.

"넷째 언니……."

아이다가 주춤 물러섰다.

오스트란드가 성큼 다가와 손바닥으로 아이다의 가슴을 탁 쳤다.

"이게 다 너 때문이라고."

그 말이 송곳이 되어 아이다의 가슴을 후벼 팠다. 아이다
는 뭐라고 대꾸도 하지 못하고 고개를 푹 숙였다.

오스트란드가 연속해서 아이다의 가슴을 탁탁 때렸다.

"이게 다 너 때문이야! 아이다, 너 때문! 너 때문!"

오스트란드의 손에 맞을 때마다 아이다의 상체가 흔들렸
다.

"너 때문! 너 때문! 으흐흐흑!"

오스트란드는 계속해서 아이다를 때리다가 결국 눈물을
쏟았다. 평소 얼음 공주라 불리던 오스트란드가 아이다 앞
에서 눈물을 보이는 것은 이번이 처음이었다.

아이다의 눈에도 습기가 가득 차올랐다.

"넷째 언니! 흐흑!"

"으흐흑! 어쩜 좋니? 퀸, 아니 우리 엄마가 불쌍해서 어
쩜 좋아! 흐흐흐흑!"

오스트란드가 울먹이자 아이다는 오스트란드를 끌어안
고 펑펑 울었다. 겉으론 얼음처럼 냉랭해 보이지만 사실 오
스트란드는 속정이 깊은 사람이었다. 그런 오스트란드의
눈에 비친 퀸 잉그리드의 모습은 너무나 불쌍해서 차마 눈
뜨고 봐줄 수가 없었다. 그녀는 남자의 발을 핥으며 사랑을
갈구하는 잉그리드가 자신의 어머니라는 사실이 너무나 화

가 나고 불쌍하고 마음 아팠다. 오스트란드는 아이다의 어깨에 얼굴을 묻고 펑펑 울었다.

아이다도 속이 뒤집히기는 마찬가지!

"흐흐흑! 언니, 나 때문이야. 내가 군나르 왕국에 가지 않았더라면! 하라간을 이곳에 끌어들이지 않았더라면! 그럼 퀸께서 저렇게 되지 않으셨을 텐데! 흐흐흑! 모두가 내 잘못이야. 나 같은 건 용암에 빠져서 죽어야 해. 흐흐흑! 내가 우리 룬드 왕국을 망가뜨렸어! 으흐흐흐흑!"

아이다는 주먹으로 자신의 머리를 콱콱 쥐어박다가 오스트란드를 밀치고는 갑자기 계단을 뛰어 내려갔다.

말 그대로 용암에 뛰어들어 자결하려는 의도.

"아이다!"

"이런 미친년!"

오스트란드와 시노브가 황급히 아이다를 뒤쫓았다.

하지만 아이다가 한발 빨랐다. 아이다는 언니들이 말리기 전에 온 힘을 다해 점프한 다음 뜨거운 용암에 온몸을 던졌다.

"아이다! 안 돼!"

시노브가 길게 손을 뻗었다. 그 손끝이 아이다의 머리카락을 한 움큼을 잡아챘다. 하지만 머리카락이 뚜둑 끊기면서 아이다의 몸뚱어리는 용암 속으로 거칠게 처박혔다.

아니, 용암에 빠지기 직전에 억센 손이 아이다의 멱살을 잡아 계단 위로 던져 버렸다. 다름 아닌 하라간의 손이었다.

아이다를 먼저 건져 낸 뒤, 하라간은 용암을 발로 박차 계단 위로 올라섰다. 도도하게 흐르는 용암의 강 가운데 하라간의 발이 스친 부위는 싸늘하게 식어 돌로 변해 버렸다.

"누구 마음대로 죽으려고?"

하라간이 아이다를 향해 코웃음을 쳤다.

아이다의 또 다른 신분은 외궁 9호!

다시 말해서 그녀는 마이림의 잔당 가운데 한 명이었다. 하라간은 그런 아이다가 자살하는 꼴을 두고 보지 못했다.

하라간의 뒤를 따라 퀸 잉그리드가 큰 동체를 꾸불텅 움직여 용암의 강 이쪽으로 건너왔다. 잉그리드는 하라간의 등 뒤에 얌전히 내려서서 하라간의 뒷모습을 힐끗거렸다. 그 모습이 마치 연모하는 남성을 훔쳐보는 소녀 같았다.

"하아! 젠장!"

룬드 왕국의 첫째 공주 시노브가 저도 모르게 한숨을 쉬었다.

"흐으윽!"

넷째 공주 오스트란드는 두 손으로 자신의 얼굴을 감쌌다.

아홉째 공주 아이다는 두 눈을 질끈 감았다.

이건 세 공주가 상상했던 최악의 상황, 그 자체였다. 누가 봐도 퀸 잉그리드는 하라간에게 푹 빠졌다.

철사로 눈을 꿰맨 일곱 무녀들이 용암의 성 밑바닥에 반원을 그리며 자리했다. 7명 모두 발가벗은 상태였다.

무녀들 앞에는 시노브와 오스트란드, 아이다가 순서대로 앉아 있었다.

하라간이 세 공주를 마주 보고 앉았다.

하라간의 뒤에는 퀸 잉그리드가 빙빙 똬리를 틀고는 하라간의 옆에 상체를 엎드려 하라간을 힐끗힐끗 곁눈질했다. 그러다 하라간과 눈이라도 마주칠 때면 잉그리드는 수줍게 얼굴을 붉히며 시선을 외면했다.

그 과정을 몇 차례 반복하자 하라간은 알 수 있었다.

'이 여자가 지금 나랑 눈 마주치기 놀이를 하는구나.'

하라간은 어이가 없기도 하고, 잉그리드가 불쌍하기도 했다. 그래서 무의식중에 손을 뻗어 잉그리드의 머리를 슥슥 쓰다듬어 주었다.

"헤에!"

잉그리드가 눈을 감고 배시시 웃었다.

"크윽!"

그 모습을 본 시노브가 이를 악물었다.

"큽!"

오스트란드와 아이다의 눈에선 불똥이 튀었다.

딸들이 살기를 뿜자 잉그리드의 표정이 대번에 바뀌었다.

좌라라락!

잉그리드의 붉은 비늘이 일제히 곤두서면서 무시무시한 소리를 내었다. 꿈틀꿈틀 움직이는 잉그리드의 동체는 금방이라도 땅을 박차고 튀어 올라 세 딸의 목을 휘감아 분질러 버릴 듯 요동쳤다.

"퀸이시여!"

"으으윽!"

세 공주의 안색이 하얗게 질렸다. 무녀들도 바들바들 떨었다.

하라간이 잉그리드를 향해 손바닥을 펼쳤다.

"그만!"

하라간의 말 한마디에 잉그리드가 다시 얌전하게 상체를 엎드렸다. 거기서 그치지 않고 잉그리드는 하라간의 손 아래로 파고들어 그 손에 얼굴을 비볐다. 마치 "저 잘했죠? 잘했으니까 쓰다듬어 주세요."라고 속삭이는 듯했다.

'아 놔!'

시노브가 빠친 표정을 숨기지 못했다.

'후우! 후우! 후우!'

오스트란드는 가까스로 호흡을 가다듬었다.

'흐윽! 이게 다 내 잘못이야.'

아이다는 자책에 젖어 고개를 푹 떨궜다.

세 여자 모두 비참한 심정을 말로 표현할 수 없었다.

하라간이 손으로 바닥을 탁탁 두드렸다.

"내게 할 말이 있다며? 그런데 바쁜 사람 앉혀 놓고 이렇게 시간만 끌 건가?"

하라간의 말에 세 공주는 정신이 번쩍 들었다.

퀸 잉그리드가 하라간에게 푹 빠진 것은 사실이나, 그렇다고 룬드 왕국을 하라간에게 고스란히 들어서 바칠 수는 없었다. 세 공주는 '어떻게든 우리가 룬드 왕국을 지켜야 해.'라고 생각하며 머리를 굴렸다.

Chapter 2

세 공주 가운데 가장 냉정한 오스트란드가 먼저 입을 열었다.

"지금 룬드 왕국를 통치하는 것은 우리 세 사람입니다.

하라간 공께서도 보셨겠지만 퀸 잉그리드께서는 통치 행위를 하기 어려우시거든요."

"야!"

시노브가 오스트란드의 옆구리를 콕 찔렀다. 이 자리에서 굳이 퀸의 약점을 까발릴 필요가 있느냐는 질책이었다.

오스트란드는 시노브의 행동을 무시했다.

"큰언니. 굳이 다 알게 된 사실을 억지로 감출 필요는 없어요. 하라간 공께서도 이미 짐작하고 계실 거예요. 그리고 이 상황에서 무엇을 더 숨기겠어요? 차라리 속 시원하게 털어놓고 하라간 공과 협상을 하는 편이 낫지요."

오스트란드의 말이 옳았다.

"크흠!"

시노브는 입을 꾹 다물었다.

그때부터 오스트란드가 룬드 왕국을 대표해서 하라간과 협상을 시작했다.

"하라간 공께서 퀸을 군나르 왕국으로 데려가시는 것은 좋은 선택이 아닐 것입니다. 보시다시피 퀸은 통제가 되지 않거든요. 용암과 유황 연기가 없으면 신경이 무척 날카로워지시죠. 물론 하라간 공께서 옆에 계시면 퀸도 마음을 진정하시겠지요. 하지만 공께서 항상 퀸의 곁을 지키실 수는 없잖아요? 공이 자리를 비우면 그 즉시 퀸께서 폭주하실 테고, 그러면 군나르 왕국에도 큰 피해가 갈 것입니다."

"퀸을 룬드 왕국에 남겨 두어 달라? 이것이 첫 번째 요청인가?"

"그렇습니다. 퀸을 우리 룬드 왕국에 남겨 두어 주십시오. 그러는 편이 군나르 왕국에도 이득이 될 것입니다."

"퀸이 없으면 룬드 왕국이 무너질까 봐 걱정해서가 아니고?"

하라간이 룬드 왕국의 약점을 찔렀다.

막키르샤와 결합한 퀸은 그 존재 자체만으로도 룬드 왕국을 지키는 수호신 역할을 하기에 충분했다. 만약 퀸이 떠난다면 룬드 왕국은 주변 왕국의 침입을 걱정할 수밖에 없었다.

오스트란드는 자국의 약점을 순순히 시인했다.

"그런 점도 분명히 있습니다. 만약 퀸께서 떠나신다면 우리 룬드 왕국은 무척 위태로워지겠지요. 거기서 한 발 더 나가서 하라간 공께서 이번 일을 외부에 소문내신다면 주변 왕국들이 우리 룬드를 찢어 먹기 위해서 벌 떼처럼 달려들 겁니다. 하지만 그렇게 우리 룬드가 와해된다면 하라간 공께 무슨 이득이 있겠습니까?"

"그럼 룬드 왕국이 건재하면 나에게 무슨 이득이 있지?"

하라간이 노골적으로 물었다.

"퀸을 이곳에 남겨 주신다면 우리 룬드 왕국은 앞으로 하라간 공을 대공으로 섬길 것입니다."

대공이라는 말에 시노브와 아이다가 펄쩍 뛰었다.

"오스트란드!"

"언니, 미쳤어?"

대공은 여왕의 남편을 의미한다. 오스트란드는 하라간을 룬드 왕국의 대공으로 섬긴다고 했는데, 이는 왕국을 바치겠다는 의미나 마찬가지였다.

두 자매의 반대에도 불구하고 오스트란드는 표정이 변하지 않았다.

"호오! 나를 대공으로 섬기겠다고?"

하라간이 손으로 턱을 쓰다듬었다. 그다음 오스트란드를 재촉했다.

"계속해 봐."

"대공이 되신 하라간 공께는 공간 이동 포탈을 비롯한 우리 룬드 왕국의 마법 물품이 1년에 일곱 상자씩 봉헌될 것입니다. 또한 룬드 왕국에서 생산되는 질 좋은 철광석이 마차 서른 대 분량으로 봉헌될 것입니다. 매년 우리 세 자매가 대공을 직접 찾아뵙고 문안 인사를 올릴 것이며, 대공의 부탁이라면 우리 룬드 왕국이 위태로워지지 않는 한 들어드릴 것입니다."

마법 물품 일곱 상자 봉헌.

질 좋은 철광석을 마차 서른 대에 꽉 채워서 봉헌.

세 공주의 지속적인 문안 인사.

부탁 수행.

이 정도면 룬드 왕국이 군나르 왕국의 느슨한 속국이 되는 셈이었다.

하라간이 오스트란드를 한번 떠봤다.

"그 정도가 전부인가? 만약 내가 거부한다면? 퀸 잉그리드를 통해 내가 이 땅을 직접 통치할 수도 있는데?"

"아아!"

"큭!"

우려했던 말이 나오자 시노브와 아이다가 부르르 몸서리를 쳤다.

반면 오스트란드는 끝까지 침착했다.

"쉽지 않을 것입니다. 공께서 우리 모두를 죽이시는 것은 가능하실지 몰라도, 우리를 굴복시키는 것은 불가능합니다. 그렇다고 우리가 모두 죽고 퀸만 남는다고 생각해 보십시오. 퀸께서 직접 마법 물품을 제작하거나 철광석을 캐실 수 있는 것도 아니거든요. 아마도 우리를 완전히 굴복시키시려면 하라간 공께서 군나르 왕국을 떠나 이곳 룬드 왕국에 오래오래 머무르셔야 하실 겁니다. 저희 룬드인들이 계속 저항을 할 테니까 해야 할 일들도 많아지실 테고요. 아시다시피 군나르 왕국과 룬드 왕국은 거리가 멀거든요. 아마도 하라간 공께선 무척이나 머리가 아파지실 겁니다."

오스트란드는 하라간이 원하는 바를 잘 짚어 내었다.

하라간은 룬드 왕국의 마법 물품에 관심이 많았다. 군나르 왕국은 의술과 토목이 발달했으나 마법 물품 제작 기술은 낙후되었기 때문.

'우리를 다 죽이고 룬드라는 이름만 가져갈 것이냐? 아니면 우리를 적당히 인정해 주고 향후 지속적으로 마법 물품을 봉헌받을 것이냐?'

오스트란드는 하라간에게 이렇게 묻고 있었다.

'머리가 좋은 여자군.'

하라간은 오스트란드를 높이 평가했다.

물론 그렇다고 해서 오스트란드의 제안에 휘둘릴 생각은 없었다. 지금 칼자루를 쥔 사람은 오스트란드가 아니라 하라간이었다.

"그대의 말이 옳아. 지금 당장은 룬드를 없애 버리는 것보다 적당히 공물을 헌납받는 편이 더 이득이겠지. 하지만 미래에는 상황이 달라질 수 있잖아? 만약 우리 군나르 왕국이 점점 영토를 넓혀서 동쪽으로 세력을 뻗는다면? 북부의 여러 왕국들을 차례로 아우르며 동진하다가 결국 이곳 룬드와 국경선을 맞대는 상황이 온다면?"

"아앗?"

"그때 내가 어떤 선택을 할지는 나도 몰라. 공물 조금 받는 것보다 룬드 왕국을 다 쓸어버리고 이 땅을 차지하는 편이 더 나을 수도 있지."

"헙!"

"그건!"

하라간의 과격한 발언에 세 공주가 동시에 헛바람을 집어삼켰다. 놀랍게도 하라간은 북부 통일이라는 거대한 야심을 드러내었다. 그 옛날 욘 아르네 이후로 그 누구도 꿈꾸지 못했던 북부 통일을 말이다.

'하지만 이걸 마냥 허황된 꿈이라고 폄하할 수는 없어. 하라간은 이미 저 어린 나이에 키르샤가 되었다고. 게다가 또 다른 키르샤인 퀸께서 하라간을 적극적으로 돕는다면, 북부 통일까지는 아니더라도 폭풍의 핵이 되기엔 충분해.'

여기까지 생각이 미친 오스트란드는 부르르 몸을 떨었다.

하라간이 답을 재촉했다.

"왜 아무런 말이 없나? 그때가 오면 룬드 왕국은 어떤 선택을 할 거지? 대공인 내게 왕권을 넘길 건가?"

오스트란드는 대답 없이 침만 꿀꺽 삼켰다. 그녀는 하라간의 엄청난 포부에 눌려 뭐라고 대꾸를 해야 할지 알 수 없었다.

시노브와 아이다는 더더욱 답을 내놓지 못했다. 룬드 왕국의 세 공주는 그렇게 꿀 먹은 벙어리가 되었다.

Chapter 3

"여기."

아이다가 하라간 앞에 두루마리 한 아름을 내려놓았다. 마이림이 구축한 외궁 조직에 대한 정보들이었다.

"이게 전부인가?"

"네."

하라간의 질문에 순순히 대답하면서 아이다는 복잡한 표정을 지었다.

'저 정보들을 모으느라 그동안 내가 얼마나 고생을 했는데! 저걸 이용해서 군나르 왕국을 도모해 보려고 얼마나 피땀을 흘렸는데! 크흑!'

하라간은 그런 아이다를 힐끗 곁눈질한 다음 두루마리를 하나씩 펼쳐 보았다.

두루마리 안에는 그동안 하라간이 찾던 정보들이 차곡차

곡 담겨 있었다. 외궁 조직의 유래, 외궁 조직의 행동 강령, 조직도, 조직원 명단, 접촉 방법, 밀약, 자금 조달 방법, 내궁 조직과 연결 고리 등등, 그간 마이림이 구축한 모든 것이 하라간의 손에 들어왔다.

하라간은 그 가운데 하나의 이름에 관심을 보였다.

"베레니케……."

루잉 백작의 배덕한 부인 실비아를 꼭 닮은 여자!

남부 지방의 토후 부운의 수양딸!

하라간의 배필감으로 추천된 바로 그 여자!

놀랍게도 그 베레니케가 마이림의 숨겨진 후계자였다.

'이거 의외군. 실비아를 닮았다는 이유만으로 마구 패 버려서 미안한 마음이 조금 있었는데, 이거 이제는 그 여자에게 미안할 필요가 없어졌네. 거참!'

하라간은 쓰게 웃었다.

아이다가 조심스레 하라간을 떠보았다.

"만약 대공께서 원하신다면 제가 직접 군나르 왕국으로 가서 외궁 조직을 와해시키는 데 도움을 드리겠습니다. 오스트란드 언니가 말한 것처럼 우리 룬드 왕국은 대공의 일을 적극적으로 도울 것입니다."

말은 우호적으로 했지만 사실 아이다의 진짜 속내는 "내가 도울 테니 하루빨리 우리 룬드 왕국을 떠나서 군나르 왕국으로 돌아가라. 네가 여기에 오래 머무르면 우리가 곤란해."였다. 하라간의 눈에는 아이다의 속마음이 빤히 보였다. 하지만 하라간은 모르는 척을 해 주었다.

"그럼 좋지."

어차피 하라간은 룬드 왕국에 오래 머무를 생각이 없었다. 빨리 이곳을 정리한 다음 군나르 왕국으로 복귀할 요량이었다.

"하지만 그 전에 마이림 고모할머니부터 봐야겠어."

하라간과 마이림은 한 핏줄.

룬드 왕국의 세 공주는 한때 마이림을 이용해서 하라간에게 저항해 볼까 고민했었다. 하지만 곧 그런 생각을 접을 수밖에 없었다.

마이림이 인질 역할을 하려면 하라간이 마이림을 소중하게 생각해야 하는데, 아무리 떠봐도 하라간은 마이림을 소모품처럼 여길 뿐이었다.

이번에도 아이다는 혹시나 하는 마음으로 하라간의 속을 간 봤다.

"마이림 님은 저희가 잘 모시고 있습니다. 물론 대공께서 원하신다면 그녀를 군나르 왕국으로 돌려보낼 수도 있습니다만……."

"마이림 고모할머니를 군나르 왕국으로? 왜? 여기서 편

안히 잘 계시다며?"

"네에?"

"외궁 9호도 알 것 아냐. 군나르 왕국에 계실 때는 마이림 고모할머니가 그리 편치 않으셨거든. 그런데 그분을 굳이 기후가 나쁜 사막으로 되돌아가시게 만들 필요가 있을까? 내 생각엔 여기가 요양하시기에 더 좋은 것 같아. 사방이 산이라 공기도 좋고, 나이 든 분들이 계시기엔 딱이네. 여기가."

"아아! 네에."

아이다는 씁쓸히 고개를 끄덕였다.

'마이림은 전혀 안중에도 없구나. 괜히 그녀를 인질로 내세워 협상하려 들었다간 큰코다치겠어.'

아이다는 이렇게 생각하며 하라간을 마이림에게 안내했다.

마이림이 머무는 곳은 정원이 딸린 조그만 집이었다.

이곳에 붙잡혀 와서 할 일이 없어진 마이림은 손수 정원을 가꾸고 잡초를 뽑으며 시간을 죽였다. 하라간은 아이다와 함께 먼발치에서 그 모습을 보았다.

"아직 정정하시네. 건강도 좋아 보이시고."

하라간이 고개를 끄덕였다.

아이다가 물었다.

"직접 만나 보시겠습니까?"

"아니. 내 얼굴을 보면 저분의 마음이 흐트러질 거야. 억눌렀던 야심도 다시 도지실 수도 있고. 이렇게 먼발치에서 건강한 모습만 보았으면 되었지."

"하면 언제까지 저희가 저분을 데리고 있어야 할까요? 계속 이곳에 방치하실 겁니까?"

아이다가 톡 쏘아붙였다.

하라간이 아이다를 빤히 바라보았다.

그 시선이 무서워 아이다는 고개를 돌렸다.

하라간이 싸늘하게 말했다.

"이봐. 아이다 공주."

"네."

"내가 마이림 고모할머니를 이곳으로 보냈나?"

"아닙니다."

"그래. 아니지. 내가 보낸 것이 아니라 그쪽이 납치를 해 왔지. 저분을 인질로 삼아 우리 군나르 왕국에서 무언가를 얻어 내려고."

"송구합니다."

아이다가 고개를 푹 숙였다.

"내게 송구할 건 없어. 하지만 일단 데려왔으니 끝까지 책임을 지라고. 괜히 저분을 들쑤셔서 군나르 왕국을 흔들어 볼 생각일랑 버리고, 그냥 이곳에 편히 모시고 있어. 그러다 먼 훗날, 군나르 왕국 내부가 완전히 정리되고 저분이 헛된 욕심을 버렸을 때, 그때 필요하면 내가 모셔 갈 거야."

"네."

아이다는 순순히 고개를 끄덕였다.

하지만 이어지는 하라간의 말에 얼굴이 딱딱하게 굳었다.

"물론 저분이 여기에 인질로 계시는 동안 우리 군나르 왕국에도 인질이 한 명 필요하겠지? 그러니 이참에 그대가 우리의 인질이 되어 보면 어떨까?"

"네에? 그게 무슨 말씀이신지?"

"아이다 공주는 어차피 마이림 님의 외궁 조직을 처리하기 위해 나와 함께 군나르 왕국에 갈 거 아냐. 똥 싼 김에 쉬었다 간다고, 어차피 군나르 왕국으로 갈 거 한동안 내 곁에 남아 있으라고. 인질 맞교환의 개념으로 말이야."

"아니! 그건······."

"안 된다는 말은 하지 마."

하라간이 아이다의 입술을 검지로 틀어막았다.

"퀸의 발작을 막으려면 내가 한동안 룬드 왕국을 드나들어야 하잖아. 그때 공간 이동 포탈을 척척 열어 줄 사람도 필요하고, 마이림 님과 맞교환 인질도 필요하고, 이런 일에 적합한 사람이 누가 또 있겠어? 아이다 공주가 여러모로 안성맞춤이지."

"하지만 이런 일은 언니들과 상의를 해야……."

"아아, 그건 걱정할 것 없어. 이미 시노브 공주와 오스트란드 공주의 승낙도 맡아 놓았다고."

"네에?"

의외의 말에 아이다의 눈이 휘둥그레졌다.

하라간이 히죽 웃었다.

"뭘 그렇게 놀래? 두 공주가 그러던데? 룬드 왕국에 그런 속담이 있다며? 일은 저지른 사람이 해결하고, 변은 싼 사람이 치우는 거다. 뭐, 이런 속담이라던데?"

"네에에? 크악! 이 미친년들이!"

흥분한 아이다가 두 팔을 걷어붙이고 길길이 날뛰었다.

"내가 그런 것들을 언니라고 믿었다니! 어이구! 속 터져. 어이구!"

아이다는 좀처럼 흥분을 가라앉히지 못했다.

그런 아이다를 보면서 하라간은 속으로 웃음을 삼켰다.

Chapter 4

복잡한 문자가 새겨진 둥근 테두리에 푸른빛이 차올랐다. 화아악! 빛이 터지며 공간 이동 포탈이 열렸다.

"부운 성 근처로 포탈의 좌표를 잡았습니다. 이제 그만 가시지요."

아이다가 뾰로통한 얼굴로 보고했다.

하라간이 고개를 끄덕였다.

"좋아. 바로 넘어가지."

하라간은 아이다의 등을 먼저 떠밀었다.

그 뒤에서 시노브와 오스트란드가 손을 흔들었다.

"아이다, 잘 다녀와라."

"우리를 대신해서 대공님을 잘 모시고."

영혼이 없는 언니들의 배웅 인사에 아이다가 발작했다.

"닥쳐! 이 씨발 것들아, 닥치라고!"

아이다는 공주로서의 체신도 잊고 두 언니를 향해 가운데 손가락을 치켜들며 뻑큐를 먹였다.

하지만 시노브와 오스트란드는 꿈쩍도 안 했다.

"그래. 언니들도 네 마음 안다."

"룬드 왕국은 우리가 지킬 테니까 걱정 말고, 가서 잘 지내."

두 공주는 이런 말로 아이다를 밀어내었다.

"크악!"

아이다는 입에서 불을 뿜을 것처럼 열이 받았다. 하지만 퀸 잉그리드가 무녀들을 이끌고 가까이 다가오자 찔끔 놀라 비 맞은 새처럼 얌전해졌다.

퀸이 레이스로 장식된 기다란 치마를 스르륵 끌며 다가왔다. 퀸 잉그리드는 거의 몇십 년 만에 마물과의 결합을 풀고 사람의 다리로 걸었다.

하라간을 발견한 잉그리드가 날듯이 다가와 하라간의 품에 안겼다.

"당신! 흐흐흑!"

퀸은 하라간의 가슴에 얼굴을 묻고 흐느꼈다. 사랑하는 남편을 전쟁터로 보내는 듯한 그녀의 행동에 시노브 등이 고개를 절레절레 저었다.

하라간도 잠시 눈을 찌푸렸다. 그는 퀸 잉그리드 때문에 인상을 쓴 것이 아니었다. 루잉 백작이던 시절, 실비아의 배웅을 받으며 바야크 왕국 성벽으로 떠나던 장면이 머릿속에 떠올라 기분이 언짢았다. 당시 실비아는 루잉 백작의 목에 분노 성력이 담긴 목걸이를 걸어 주었다. 전쟁터에서 분노와 광기에 휩싸여서 장렬하게 전사하라는 의미였다.

'실비아!'

하라간은 입술을 꾹 다물었다.

잉그리드가 하라간을 올려다보았다. 눈물이 그렁그렁한 잉그리드의 얼굴을 보자 하라간의 마음이 묘해졌다.

'심성이 고운 여자구나!'

하라간은 잉그리드의 등을 툭툭 두드려 준 다음, 작별 인사를 했다.

"내가 다녀올 동안 이 성을 잘 지키시오."

하라간은 마치 왕이 전쟁터로 나가면서 왕비에게 왕국의 통치를 맡기는 듯한 태도를 보였다.

"네에. 제가 잘 지킬게요."

잉그리드가 가슴에 두 손을 꼭 모으고 힘차게 고개를 주억거렸다.

이 황당한 대화에 시노브와 오스트란드가 뜨악했다.

하라간의 당부대로 잉그리드가 룬드 왕국 통치에 직접 관여를 한다면? 그리하여 시노브와 오스트란드의 이 인 통치 체제가 타격을 받는다면? 그럼 앞으로 룬드 왕국은 하라간의 뜻대로 움직일 수밖에 없었다. 시노브와 오스트란드는 부릅뜬 눈으로 하라간을 바라보았다.

하라간이 두 공주에게 찡긋 윙크를 날렸다.

여전히 마음이 꽁한 아이다가 신경질적으로 포탈에 뛰어들었다.

"제가 먼저 갈게요."

뒤이어 하라간도 푸른빛 속으로 들어갔다.

동부의 룬드 왕국과 서부의 군나르 왕국을 잇는 공간 이동 포탈이 번쩍 빛을 토했다.

하라간이 룬드 왕국으로 넘어간 것이 열세 시간 전.

그사이 이미 밤이 지나 아침이 되었다. 군나르 왕국엔 이글거리는 태양이 장엄하게 떠올라 대지를 붉게 물들였다. 그 붉은 공간에 푸른빛이 확 터지면서 아이다가 뛰어내렸다. 뒤이어 하라간도 모습을 드러냈다.

이번 포탈이 열린 곳은 부운의 성채 코앞.

하라간은 나지막한 언덕을 넘어 부운의 성으로 발걸음을 옮겼다.

아이다 공주가 부지런히 그 뒤를 쫓았다.

"하라간 님!"

"무사하셨군요. 걱정했습니다."

하라간이 성에 들어가자 친위대원들이 앞다투어 달려왔다. 게브의 환관들도 하라간 주변에 모여들어 무릎을 꿇었다.

"하라간 님, 저기 저 여자는 누구입니까?"

라티파가 아이다에게 신경을 썼다.

하라간은 자세한 설명을 피했다.

"라티파, 그 이야기는 나중에 해 줄게. 그나저나 이곳 상황은 정리되었나? 어쌔신들은 포로로 잡았고?"

라티파와 레다가 고개를 푹 떨궜다.

"하라간 님, 아쉽게도 저희는 단 한 명의 어쌔신도 생포하지 못했습니다."

"그나마 어쌔신들의 시체 몇 구를 건진 것이 전부이옵니다. 죄송합니다."

두 자매는 변종 마물이 어쌔신의 시체를 집어삼킨 것에 대해 보고했다.

"허어! 세상에 그런 마물이 다 있어? 시체를 삼키고 동료를 잡아먹어 덩치를 부풀리는 마물이라고?"

하라간의 반문에 라티파는 죄지은 사람처럼 안절부절못했다.

"송구하옵니다. 제가 지식이 짧아 미처 그 마물의 정체를 파악하지 못했습니다. 왕궁에 복귀하거든 도서관을 다 뒤져서라도 그 변종 마물의 정체를 알아보겠습니다."

하라간은 풀이 죽은 라티파의 어깨를 두드려 주었다.

"괜찮아. 변종 마물의 사체를 확보했으니까 차차 알아보면 되겠지. 그나저나 부운은 어디에 있지?"

하라간이 부운을 찾았다.

멀리서 쭈뼛거리던 성주 부운이 한달음에 달려와 무릎을 꿇었다.

"하라간 님! 무사하셨군요!"

Chapter 5

부운이 하라간의 발밑에 엎드려 눈물을 쏟았다.

"으허허헝! 소신은 하라간 님이 걱정되어 한숨도 자지 못했나이다. 으허허헝! 소신의 영지에서 이런 무시무시한 역적질이 벌어지다니, 소신은 정말 혀를 깨물고 죽고 싶은 심정입니다. 부디 소신의 목을 치시어 죄를 꾸짖어 주소서. 허허헝!"

부운은 자진해서 벌을 청했다.

물론 진짜로 죽고 싶어서 한 말은 아니었다. 이렇게라도 싹싹 빌지 않으면 지난밤의 역모에 엮여 가문이 박살 날 것을 알기에 미리 선수를 친 것이다.

의외로 하라간은 선선히 부운을 용서해 주었다.

"어젯밤의 사건이 그대의 잘못은 아니지. 내 벌하지 않을 테니 그만 울어."

"어이쿠! 자비로우신 하라간 님! 으허허헝! 감사하옵니다. 감사하옵니다!"

이번엔 부운의 눈에서 감격의 눈물이 펑펑 쏟아졌다.

"되었으니까 그만 가 봐."

하라간은 울보 부운을 뒤로 물리고 조용한 장소를 찾았다. 지난밤에 벌어진 일에 대해서 군나르에게 고한 다음 후속 대책을 의논하기 위해서였다.

독 키르샤가 매개체가 되어 군나르와 하라간 사이를 연결해 주었다.

[할아버님.]

하라간의 접속에 군나르가 기다렸다는 듯이 반응했다.

[하라간! 하라간이냐?]

[네, 접니다.]

[몸은 무사한 게냐? 어디 다친 곳은 없고?]

군나르는 하라간의 몸부터 걱정했다.

하라간이 걱정 말라는 듯이 가슴을 탕탕 두드렸다.

[어디를 다치다니요? 저는 이렇게 멀쩡합니다.]

[어젯밤 그 엄청난 전투는 이 할아비도 느꼈단다. 그런데 세상에 키르샤와 결합한 여자가 존재했다니, 대체 그곳은 어디였느냐? 주변 풍경으로 보건대 우리 군나르 왕국은 아닌 것 같던데?]

하라간과 군나르는 독 키르샤를 공유하는 사이였다. 지

난밤 하라간이 독 키르샤를 불러내어 퀸 잉그리드와 싸우
자 군나르도 공유된 감각을 통해 전투 현장의 느낌을 생생
하게 전달받았다.

[룬드 왕국이었습니다.]

[룬드? 동부의 그 룬드 말이냐? 어쩌다 그 먼 곳까지 갔
어?]

[이야기를 드리자면 조금 긴데…… 사실 지난밤 어쌔신
들의 암습이 있었습니다.]

[뭣? 어쌔신?]

군나르가 펄쩍 뛰었다.

하라간은 우선 군나르부터 안심시켰다.

[할아버님, 어쌔신 따위는 제 털끝 하나 건드릴 수 없습
니다. 그러니 놀라지 마세요.]

[험험, 그래? 이 할아비가 주책을 떨었구나. 그럼 그 어
쌔신 놈들은 다 물리친 게냐?]

[네. 아쉽게도 포로를 잡지는 못했지만, 놈들을 모두 죽
이는 데는 성공했습니다. 그렇게 역적들을 물리치고 추격
하는 와중에 저는 룬드 왕국의 개입 사실을 알게 되었고,
그들이 설치한 공간 이동 포탈을 통해 먼 동쪽에 다녀오게
되었습니다.]

[그 붉은색 키르샤도 룬드 왕국에서 만난 것이고?]

[네, 할아버님.]

하라간은 전후 사정을 군나르에게 설명했다. 하지만 퀸 잉그리드와 벌였던 싸움은 굳이 말을 덧붙일 필요가 없었다. 군나르도 마물 공유를 통해 지난밤의 전투 상황을 알고 있기 때문이었다.

[허어! 느닷없이 키르샤가 나타나서 정말 깜짝 놀랐지 뭐냐. 룬드 왕국이 키르샤를 배출했으리라고는 꿈에도 생각하지 못했어. 다행히 녀석은 이 할아비의 독 키르샤보다는 약하더구나. 어허허허!]

군나르의 웃음에서는 숨길 수 없는 자부심이 묻어났다. 군나르는 퀸 잉그리드의 마물이 독 키르샤보다 약하다고 믿었다.

사실은 그 반대였다. 퀸 잉그리드의 마물은 이미 심해저 2층 레벨을 밟은 상태였고, 군나르의 독 키르샤는 이제 고작 심해저 1층이었다. 독 키르샤가 아무리 애를 써도 퀸 잉그리드의 상대가 될 수 없었다.

그런데 지난밤 하라간은 퀸 잉그리드의 마물을 단숨에 제압했다. 하라간이 가진 빙동의 권능이 잉그리드가 내뿜은 열기를 단숨에 와해시킨 덕분이었다.

하지만 이 부분은 군나르의 감각에 잡히지 않았다. 군나르는 그저 붉은색 키르샤가 독 키르샤에게 밀려 굴복한 것만 지켜보았을 뿐이다.

[어허허허허!]

군나르가 기분 좋게 웃었다.

'저렇게 기뻐하시는데, 굳이 찬물을 끼얹을 필요는 없지.'

이렇게 생각한 하라간은 전투의 속사정을 어물쩍 넘어갔다.

군나르가 그 후에 벌어졌던 일들을 물었다.

[그래, 룬드 왕국의 뒤처리는 어떻게 했느냐?]

[룬드를 떠나기 전에 할아버님을 대신하여 제가 그들과 몇 가지 조약을 맺었습니다.]

[조약?]

[네, 할아버님.]

하라간은 룬드 왕국과 맺은 조약을 읊었다.

첫째, 룬드 왕국은 군나르 왕국에 매년 마법 물품 일곱 상자를 공물로 바친다.

둘째, 룬드 왕국은 군나르 왕국에 매년 마차 서른 대 분량의 질 좋은 철광석을 공물로 바친다.

셋째, 룬드 왕국은 군나르 왕국에 1년에 한 번 직계 왕족을 보내 문안 인사를 올린다.

넷째, 룬드 왕국은 군나르 왕국의 부탁을 가급적 들어주
도록 노력한다.

[이상의 조약 내용을 담아 문서를 만들었으며, 그 문서에
룬드 왕국의 군주의 피와 저의 피로 인장을 찍었습니다. 어
제 상황이 급박하여 할아버님의 허락도 받지 않고 제가 그
냥 처리를 해 버렸습니다. 죄송합니다.]

하라간은 우선 용서부터 빌었다.

군나르가 고개를 좌우로 흔들었다.

[어허허허! 아니다. 이번 전쟁은 어차피 네가 나의 대리
인으로 참전했던 것이 아니더냐? 어젯밤의 전투도 그 전쟁
의 일부니라. 그러니 네가 이 할아비 대신 다른 왕국과 조
약을 맺어도 아무런 결함이 없느니라. 게다가 신하들 가운
데 누가 이 조약에 딴죽을 걸겠느냐? 이 정도면 룬드 왕국
이 거의 우리에게 항복한 것이나 다름없지 않느냐? 으허허
허허! 장하다. 정말 장해! 으허허허허!]

[할아버님, 너그럽게 이해해 주셔서 고맙습니다. 그리고
덧붙여서 청이 하나 있습니다.]

[뭐든 말해 보거라. 무슨 청이냐?]

[이번에 룬드 왕국과 맺은 조약을 외부에 발표하지 않았
으면 합니다.]

하라간은 조약뿐이 아니라 퀸 잉그리드와 벌였던 싸움에 대해서도 숨기기를 원했다.

[허어! 네 의도는 알겠구나. 이번 일을 널리 알려서 주변 왕국들에게 불필요한 경계심을 심어 줄 필요는 없겠지. 네 말대로 이번 일을 숨기는 것이 실리를 추구하는 길이 될 게야. 하지만 이번 사건을 숨기면 네 공이 사라질 텐데?]

하라간은 대군을 이끌고 남하했다. 그런데 아무런 성과도 없이 복귀한다면 수군거리는 뒷말이 나올 것이 뻔했다. 군나르는 그 점이 못내 아쉬웠다.

하라간이 피식 웃었다.

[할아버님, 저는 공을 세우는 것보다 우리 군나르 왕국이 실리를 차지하는 것이 더 중요합니다. 공은 나중에 얼마든지 세울 수 있거든요.]

[허허! 네 생각이 정 그렇다면 어쩔 수 없지. 룬드 왕국과 맺은 조약은 네 뜻대로 당분간 비밀에 부치마.]

[고맙습니다, 할아버님.]

[그래서, 조약을 맺은 후 다시 우리 왕국으로 복귀한 게냐?]

[룬드 왕국의 공간 이동 포탈을 통해서 다시 넘어왔습니다. 어쌔신 무리에 대한 수습도 모두 끝이 났으니 이제부터 부지런히 말을 달려 왕궁으로 복귀하겠습니다.]

[오냐. 수고 많았다. 하루빨리 너를 보고 싶으니 부지런 히 오너라. 이 할아비 애태우지 말고. 허허허허!]

군나르는 이렇게 신신당부했다. 하라간에 대한 애정이 얼마나 깊은지 절절히 드러나는 말이었다.

하라간은 그 마음을 고맙게 받았다.

[알겠습니다. 부지런히 달려가서 뵙겠습니다.]

[오냐. 오냐.]

독 키르샤를 통해 대화를 마친 뒤, 하라간은 부하들에게 이동 명령을 내렸다.

Chapter 6

부운 성을 출발한 하라간 일행은 왕국 수도를 향해 쉬지 않고 행군했다. 부운과 베레니케도 하라간과 함께 움직였 다.

비록 하라간의 용서를 받았다고는 해도, 어쨌거나 부운 의 영지에서 하라간에 대한 암살 시도가 벌어진 것이 사실 이다. 그러니 부운이 직접 입궐하여 이번 사건에 대하여 해 명할 필요가 있었다.

부운이 짐을 꾸리자 그 수양딸인 베레니케도 부랴부랴

따라나섰다. 그녀는 하라간이 성에 머무는 동안에 역사(?)를 한번 만들어 보려고 계획했었는데 그 망할 놈의 어쌔신들 때문에 제대로 매력을 어필할 기회를 얻지 못했다. 그러던 참에 부운이 하라간과 동행을 한다고 하자 재빨리 행렬에 끼어들었다.

하라간도 베레니케의 동행을 내심 반겼다.

물론 하라간의 속마음은 다른 곳에 있었다.

'베레니케! 네가 마이림 고모할머니의 후계자란 말이지? 마이림이 구축하고 네가 넘겨받은 그 조직, 내가 잘 빼앗아 사용해 주마. 후후후후!'

황금색 차광막으로 둘러싸인 마차 안에서 하라간은 하얀 이빨을 드러내며 웃었다.

하라간은 남부로 파병을 나오면서 돌판에 다음 네 가지 목표를 적어 두었다.

첫째, 스벤센 왕국 격퇴.

둘째, 토브욘 왕국의 끄나풀 처리.

셋째, 어쌔신 조직의 꼬리 잡기.

넷째, 외궁 9호를 비롯한 마이림 잔당 처리.

복귀하는 마차 안에서 하라간은 석필을 들어 두 가지 목표에 동그라미를 쳤다. 바로 세 번째와 네 번째 목표였다.

　"이 두 가지는 그럭저럭 달성한 셈이야. 비록 어쌔신 조직의 몸통을 캐내는 데는 실패했지만, 놈들이 특이한 변종 마물을 부린다는 사실도 알아냈고, 마물 결합을 깨뜨리는 마법의 돌도 추가로 얻었고, 어쌔신의 시체도 몇 구 건졌으니 이만하면 성과가 괜찮아. 게다가 변종 마물의 사체까지 확보했으니 할 만큼 했어."

　네 번째 목표는 말할 것도 없었다. 하라간은 외궁 9호인 아이다 공주를 붙잡아서 군나르 왕국으로 데려왔다. 마이림이 지금 어디에 있는지 행방도 찾았고, 그녀의 후계자가 베레니케라는 사실도 알아내었다.

　굳이 점수를 매기자면 세 번째 목표는 100점 만점에 80점.

　네 번째 목표는 100점 만점에 100점이었다.

　그리고 자세히 따져 보면 첫 번째 목표도 실패는 아니었다. "스벤센 왕국이 4군단장 롤로의 죽음에 대해 엉뚱한 트집을 잡아 군나르 왕국 국경선을 침공할 예정이니 적들을 격퇴하라."는 것이 하라간이 군나르로부터 받은 미션이었다.

　그런데 오드 아르네의 중재로 인해 전쟁 자체가 무산되

었다. 결과적으로 군나르 왕국은 눈곱만큼의 피해도 입지 않았고 적에게 영토를 내준 것도 아니니 하라간이 이 임무를 실패했다고 볼 수는 없었다.

하라간은 석필로 돌판을 톡톡톡 두드렸다.

"그렇다면 두 번째 목표만 실패네. 크으! 북극여우처럼 눈치 빠른 토브욘 녀석들! 오드 아르네가 개입하자마자 꼬리를 말고 사라지다니!"

하라간은 아쉬움에 입맛을 다셨다. 그렇다고 토브욘 녀석들을 다시 붙잡아 올 방법도 없었다.

"마력함을 타고 북해로 도망간 녀석들을 무슨 수로 잡겠어? 쩝!"

하라간은 구름 위를 날아다니며 군나르 왕국의 영토를 제집처럼 넘나드는 토브욘 녀석들이 눈엣가시처럼 느껴졌다.

"그렇다고 당장 북해로 쳐들어가서 놈들을 붙잡을 수도 없잖아."

사실 하라간은 이번 기회에 토브욘의 마력함을 빼앗아 볼 요량이었다.

마력함은 어지간해서는 격추시키기 힘들었다. 마력함을 고스란히 빼앗는 것은 더더욱 어려운 일이었다. 과거 폐사원 전투에서도 토브욘의 마력함이 벌리스터의 사정거리 안으로 내려온 상태라 격추가 가능했지, 구름 위로 높이 올라가 버리면 잡기가 여의치 않았다.

"이번 기회에 놈들의 마력함을 빼앗아 대응 전략을 짜 보려고 했는데, 그게 물거품이 되었구나. 아쉽다, 아쉬워. 쯧쯧쯧!"

그렇게 혀를 차던 중, 한 가지 아이디어가 하라간의 뇌를 스쳐 지나갔다.

"아 참! 마법의 돌이 있었지!"

하라간은 품에서 푸르스름한 마법의 돌을 꺼냈다.

어째신 조직은 이 돌로 희한한 마법진을 만들었다. 진 안에 갇힌 모든 마정석들이 제 기능을 잃고 무력화되는 마법진이었다. 그렇게 마정석이 봉인되면 마정석을 이용하여 마물과 결합한 솔샤르들도 자연히 힘이 봉인당해 당황할수밖에 없었다.

그런데 토브욘의 마력함도 마정석의 에너지를 사용하는 것은 솔샤르들과 마찬가지였다.

"그 무거운 마력함이 병력을 가득 태우고 공중부양을 하려면 마정석의 에너지가 반드시 필요하게 마련이지."

하라간은 생각을 다시 정리했다.

첫째, 토브욘의 마력함은 마정석을 에너지원으로 삼는다.

둘째, 어쌔신들로부터 빼앗은 이 푸른 돌은 마정석과 상극이다. 이 푸른 돌을 이용하면 마정석을 강제로 봉인할 수 있다.

하라간은 이 두 가지 생각을 하나로 결합했다.

"만약에 우리 군나르 왕국이 푸른 돌을 이용하여 허공에 커다란 마법진을 발동시킨다면? 그리고 토브욘 왕국과 전쟁이 벌어졌을 때 마법진으로 적의 마력함 선단을 일제히 무력화시킨다면?"

푸른 장벽에 걸린 토브욘의 마력함 선단이 우수수 추락하는 광경이 하라간의 머릿속에 그려졌다. 하라간은 손뼉을 딱 쳤다.

"좋아! 한번 시도해 볼 가치는 있겠어. 내 생각대로 잘만 풀리면 이거 아주 훌륭한 비밀 병기가 되겠는걸! 토브욘 마력함 선단의 일제 추락이라! 하하하!"

생각만 해도 얹힌 속이 뻥 뚫리는 기분이었다. 하라간은 손바닥을 슥슥 비볐다.

4월 2일.

병력을 이끌고 남부 국경 지대로 파병을 나갔던 하라간이 다시 수도에 입성했다. 근 한 달 만의 복귀였다.

백성들을 동원한 화려한 퍼레이드(시가행진)는 생략되었

다. "이번 출정을 통해 얻어 낸 전공이 별로 없으니 퍼레이드는 하지 않는 것이 낫겠다."는 하라간의 주장 때문이었다.

물론 실제로 하라간이 세운 공은 넘치고도 남았다. 룬드 왕국을 굴복시킨 것 하나만으로도 하라간은 백성들의 열렬한 칭송을 받아야 마땅했다.

하나 하라간은 공을 숨기고 실리를 택했다.

왕국에 입궐한 하라간은 곧장 웃전부터 들렀다.

"할아버님, 무사히 돌아왔습니다."

"어허허허! 하라간, 어서 오너라. 너를 기다리느라 이 할아비의 목이 다 빠지겠구나. 허허허허!"

군나르가 두 팔을 활짝 벌려 증손자를 맞았다.

하라간은 마음속으로 군나르에게 용서를 빌었다.

'할아버님, 마이림 고모할머니의 행방을 알고도 숨겨서 죄송합니다. 왕국 내부 정리가 모두 끝나고 마이림 고모할머니가 복수를 포기하면 다시 할아버님 곁으로 모셔 오겠습니다.'

하라간은 속으로 미안한 마음을 되새겼다. 그사이 군나르가 가까이 다가와 하라간의 어깨를 툭툭 두드려 주었다.

제5화
남부 연합의 변화

Chapter 1

왕궁에 복귀한 하라간은 왕궁 대학사 칼리프부터 찾았다.

칼리프도 기다렸다는 듯이 하라간을 맞았다.

"하라간 님, 잘 오셨습니다. 마침 소신이 하라간 님께 보여 드릴 것이 있습니다."

"뭔데?"

"소신과 함께 가시지요."

칼리프는 하라간을 왕궁 북쪽 건물로 안내했다. 하늘에서 내려다보면 정육각형처럼 보이는 이 건물은 칼리프가 의학, 점성술, 주술 등을 연구하는 실험실이었다. 그중에서도 최근 칼리프가 가장 심혈을 기울이는 것은 건물 지하 3층에서 극비리에 진행 중인 '진화의 가능성' 실험이었다.

어두컴컴한 실험실 벽면.

푸른 액체로 가득 차있는 유리관 20개가 줄지어 늘어선 모습이 보였다. 칼리프는 하라간을 그중 한 유리관 앞으로 이끌었다.

"설마 메네스?"

하라간은 유리관 속 인물을 간신히 알아보았다. 메네스는 얼굴에 수포가 잔뜩 잡힌 탓에 선뜻 옛 모습을 찾아보기 어려웠다.

'이자는 한때 할아버님의 총애를 받던 호위대원이었는데, 마이림의 꼬임에 빠져 외궁 5호가 되더니 결국 이 꼴로 전락했구나. 쯧쯧!'

하라간은 속으로 혀를 찼다.

수포로 인해 얼굴이 흉측하게 뭉그러진 메네스는 마해의 바닷물이 담긴 유리관 속에서 반쯤 눈을 뜨고 부유 중이었다. 메네스의 두개골 후두부는 매끈하게 절개되어 뇌가 직접 드러났는데, 수백 개가 넘는 뾰족한 침이 뇌 주름 곳곳에 박혀 있어 보기에 끔찍했다.

칼리프가 손가락으로 침을 가리켰다.

"전에도 한 번 설명드렸다시피, 소신은 저 침들을 통해 메네스의 뇌 속에 가혹한 마해의 환경이 펼쳐지도록 자극을 주었습니다. 아니, 실제 마해보다 훨씬 더 가혹한 환경을 메네스의 머릿속에 심어 주었지요."

"그래서 결과는?"

하라간이 칼리프를 돌아보았다.

칼리프는 자부심 가득한 표정으로 대답했다.

"결과는 성공입니다."

"성공?"

하라간이 눈을 동그랗게 떴다.

"하라간 님도 아시다시피 메네스의 마물은 해구 1층 레벨의 막레르였습니다. 혹시 하라간 님께선 막레르의 특징에 대해서 알고 계십니까?"

"설마 내가 그걸 모르겠어? 매일 아침 레다와 대련을 하는 내가?"

하라간이 어이없다는 듯이 반문했다.

레다의 마물도 막레르였다. 보통 막레르는 19개의 검은 방패와 24개의 투창을 가지게 마련인데, 레다는 특이종 막레르와 결합하여 예외적으로 투창의 숫자가 많았다. 하지만 대부분의 막레르는 19개의 방패와 24개의 투창이라는 규칙에서 벗어나지 못했다.

하라간은 그 점을 입에 담았다.

"메네스가 결합한 막레르도 19개의 방패와 24개의 투창을 지녔겠지. 진화하기 전에는 말이야."

칼리프가 냉큼 고개를 주억거렸다.

"맞습니다. 하라간 님의 말씀처럼 메네스도 진화하기 전에는 19개의 방패와 24개의 투창을 지녔었습니다. 그런데 지금은 진화를 통해 조금 더 성장했습니다."

"어떻게?"

하라간이 호기심을 보이자 칼리프는 활짝 웃으며 대답했다.

"우선 19개의 방패가 둘로 분화하여 38개로 개수가 늘어났습니다. 물론 반대급부로 방패의 크기가 절반으로 줄어들기는 했지만, 어쨌거나 방패의 수가 늘어난 만큼 좀 더 농밀한 방어가 가능해졌지요."

"38개의 방패라?"

"네. 38개의 소형 방패로 온몸을 감싼 메네스의 모습을 보시면 마치 비늘 철갑을 두른 아르마딜로가 연상되실 겝니다."

아르마딜로는 군나르 왕국 남부 초원과 스벤센 왕국에 걸쳐서 서식하는 동물이다. 녀석은 표피에 딱딱한 비늘 갑옷을 둘러 적으로부터 몸을 방어한다. 하라간은 몸을 둥그렇게 만 아르마딜로를 머릿속에 그렸다.

칼리프가 설명을 이었다.

"방패만 분화한 것이 아니라 투창의 개수도 늘어났습니다. 원래 막레르는 몸에서 24개의 투창을 만들어 내서 적을 공격하는 마물인데, 지금 메네스는 그보다 7개가 많은 31개의 투창을 뽑아낼 수 있도록 진화했습니다."

"24개에서 31개? 이 숫자만 보고는 감이 잘 오지 않는 걸. 결론적으로 지금 메네스가 얼마나 강해진 거지? 해구 1층 레벨이던 그가 해구 2층으로 성장했나?"

칼리프는 고개를 좌우로 저었다.

"송구하오나 그건 아직 아닙니다. 해구 2층 레벨로 보기엔 아직 많이 부족합니다. 하지만 해구 1층 레벨을 뛰어넘어 성장한 것은 확실합니다. 이대로 가혹한 환경에 계속 노출시키면 언젠가는 해구 2층 레벨로 한 단계 진화할 것 같습니다."

"그래? 허어! 이거 대학사가 정말 수고가 많았군. 정말 큰 공을 세웠어."

하라간은 칼리프에게 엄지를 치켜세웠다.

만약 칼리프의 실험이 성공한다면 이건 엄청난 사건이었다. 군나르 왕국의 모든 솔샤르들이 1단계씩만 더 강해진다면? 혹은 절반만 진화한다고 가정해도 이건 북부 왕국들의 전력 차이를 단숨에 뒤집어 버릴 만한 어마어마한 일이었다.

칼리프가 겸손하게 말했다.

"아닙니다. 아직 갈 길이 멉니다. 소신이 20명의 죄수들을 대상으로 진화 실험을 진행했는데, 이 가운데 진화의 조짐이 보인 것은 메네스 단 한 명입니다. 그러니 이 실험은 이제부터가 시작이라고 할 수 있습니다."

"그래도 이게 어디야. 어쨌거나 진화의 가능성을 입증한 셈이잖아. 내가 이럴 때가 아니지. 당장 군나르 님께 가서 보고를 해야겠어."

하라간이 서두르자 칼리프가 하라간을 말렸다.

"하라간 님, 송구한 말씀이오나 조금만 더 기다려 주시옵소서."

"아니, 왜?"

"소신이 메네스의 변화를 조금만 더 지켜본 다음 진화가 순조롭게 진행되면 그때 하라간 님께 한 번 더 말씀드리겠습니다. 그럼 하라간 님께서 위대하시고 또 위대하신 분께 정식으로 보고를 올려 주십시오."

"왜? 아직도 실패 위험이 도사리고 있나? 일단 막레르의 방패와 투창이 늘어난 것은 사실이잖아?"

"그건 그렇사옵니다. 하지만 통제가 계속 유지될지 한번 지켜 봐야 합니다."

북부의 솔샤르들은 마해의 마물과 결합한 다음 심장을 대신한 마정석 안에 그 마물을 넣어 놓고 통제한다.

그런데 칼레프는 메네스의 마물을 강제로 진화시켰다.

"그렇기 때문에 혹시라도 메네스의 마물이 메네스의 통제를 벗어나서 폭주하지 않을까 하는 우려가 있습니다."

아무리 진화에 성공했다고 하더라도 마물이 통제되지 않고 폭주한다면 칼리프의 실험은 실패나 마찬가지였다. 칼리프는 바로 이 점을 걱정했다.

"흐음! 그 말도 일리가 있네. 그럼 성공 여부를 언제 알 수 있지?"

"소신에게 한 달만 시간을 주십시오. 그럼 마지막 실험까지 끝마친 다음 말씀드리겠습니다."

"좋아. 그렇게 하지."

하라간은 순순히 고개를 끄덕였다.

Chapter 2

하라간이 화제를 돌렸다.

"아 참! 이번에 내가 남부에 다녀오면서 변종 마물의 사체를 좀 주워 왔거든."

"변종 마물 말씀이십니까? 아아! 그렇지 않아도 라티파와 레다에게 그 이야기를 들었습니다. 하라간 님, 변종 마물은 소신에게 꼭 필요한 재료입니다. 그 마물의 시체를 해부해 보면 마물 폭주와 관련된 비밀을 밝혀낼 가능성이 있습니다. 진화를 연구 중인 소신에게 이보다 더 중요한 재료가 어디 있겠습니까? 하라간 님, 정말 고맙습니다."

변종 마물 이야기가 나오자 칼리프는 뛸 듯이 기뻐했다.

하라간은 두 번째 선물 보따리를 풀었다.

"변종 마물의 사체 외에도 푸른 돌 몇 개를 더 건져 왔어. 칼리프, 문득 떠오른 생각인데, 이 푸른 돌을 우리가 무기로 이용할 수는 없을까?"

"무기로요? 소신도 그 생각을 해 보지 않은 것은 아닌데, 아군 솔샤르에게도 악영향을 미치기에 선뜻 방법이 떠오르지 않았습니다."

칼리프가 고개를 내저었다.

하라간이 반론을 제기했다.

"물론 지상에서 마법진을 펼치면 아군 솔샤르들도 타격을 받겠지. 하지만 하늘만 표적으로 삼으면 어떨까?"

"하늘이요?"

"예를 들어 토브욘 왕국과 전쟁이 발발했을 때 말이야, 녀석들은 분명 마력함을 앞세워서 병력을 아군 후방에 침투시킬 것이 뻔하잖아? 그런데 그 길목에 이 푸른 돌을 이용해서 마법진을 깔아 버리면 토브욘의 마력함들을 와르르 추락시킬 수 있지 않을까?"

하라간은 머릿속에서 그렸던 아이디어를 칼리프에게 설명했다.

칼리프는 하라간의 예상보다 더 뜨거운 반응을 보였다.

"오오오! 하라간 님! 대체 어떻게 이런 기발한 아이디어를 생각해 내셨습니까? 소신이 보기에 될 것 같습니다. 아니, 이건 분명히 됩니다. 토브욘의 마력함 선단을 무력화시킬 아주 기가 막힌 혜안이십니다."

칼리프는 푸른 돌을 꼭 움켜쥐며 흥분했다.

"그래? 괜찮은 아이디어 같아?"

"물론입니다. 하라간 님의 혜안이 실전에 적용될 수 있도록 소신이 최선을 다하겠습니다. 반드시 토브욘의 마력함 선단을 깨부술 방도를 찾을 것입니다."

"그런데 마법진을 허공에 설치할 수 있을까?"

"그런 기술적인 것들은 소신에게 맡겨 주소서. 꼭 성공해 보이겠나이다."

칼리프는 자신 있게 대답했다.

"그래, 그래. 나는 대학사만 믿을게."

하라간은 칼리프와 대화를 나누는 것이 즐거웠다. 수염

이 하얗게 센 이 왕궁 대학사는 고령의 나이에도 불구하고 고리타분하지 않았다. 칼리프는 언제나 호기심이 많고 생동감이 넘치면서, 매사에 긍정적이었다.

'역시 대신들 가운데 칼리프가 최고야.'

실험실을 나오면서 하라간은 미소를 한가득 머금었다.

같은 시각.

3명의 노인이 삼각 테이블의 삼면에 마주 앉았다.

테이블 중앙엔 햇빛이 일직선으로 떨어져 환하게 빛났으나, 노인들이 앉은 의자 주변은 어둠에 잠겨 노인들의 행색이 제대로 보이지 않았다. 그저 희미한 윤곽선만 보일 뿐이었다.

얼굴에 초승달 가면을 쓴 노인이 먼저 침묵을 깼다.

"작전이 실패했네."

하얀 로브를 입은 노인이 그 말을 받았다.

"나도 이야기를 들었어. 군나르 왕국과 스벤센 왕국이 서로 치고받을 것처럼 국경선에 병력을 집중했다가 그냥 아무 일도 없었던 것처럼 물러났다지? 자네가 작전을 그럴듯하게 짰던데, 실패해서 유감이야."

하얀 로브 노인은 군나르와 스벤센 왕국 국경선에서 벌어진 일들을 이미 파악한 모양이었다.

초승달 가면을 쓴 노인이 입을 꾹 다물었다.

하얀 로브 노인이 동료를 위로해 주었다.

"그렇게 기운 빠진 모습을 보이지 말게. 작전은 좋았으나 솔샤르 놈들이 갑자기 변덕을 부리는 걸 자네가 어찌하겠나."

초승달 가면 노인이 고개를 가로저었다.

"내가 말한 작전 실패는 그것이 아니라네."

"아니면, 또 다른 작전이 있었나?"

"군나르와 스벤센 사이에 전쟁을 붙이려던 첫 번째 작전이 수포로 돌아간 뒤, 나는 아이들을 움직여서 곧바로 두 번째 작전에 돌입했다네. 국경선에서 물러난 하라간을 급습하는 작전이었지."

"뭣?"

하얀 로브 노인이 자리를 박차고 일어섰다. 그는 벌게진 얼굴로 쏘아붙였다.

"그 중요한 작전을 왜 자네 혼자 독단적으로 벌이나? 마땅히 우리와 상의를 한 다음에 실행에 옮겨야지. 내 말이 틀렸나?"

초승달 가면 노인이 크게 한숨을 쉬었다.

"휴우, 그 점은 미안하게 되었네. 하지만 어쩔 수 없었어. 후퇴 중인 하라간을 그냥 보내기엔 너무 아까웠거든."

하얀 로브 노인이 인상을 썼다.

"그래서? 아이들을 시켜서 하라간을 암살이라도 하려고 했는데, 그것마저 실패했다 이 말인가?"

"……."

초승달 가면 노인은 아무런 대꾸도 못 했다.

하얀 로브 노인의 머리에서 김이 모락모락 솟구쳤다.

"이런, 아주 지랄이 풍년이구먼!"

그 모욕적인 말에 초승달 가면 노인이 얼굴을 번쩍 들었다. 가면 뒤에서 시퍼런 눈빛이 튀어나와 넘실거렸다.

하얀 로브 노인도 자신의 말이 과했다고 생각했는지 몇 번 헛기침을 했다.

"험험! 으험험! 뭐 어쨌거나 물은 이미 엎질러진 상태 아닌가. 우선 상황 파악이나 함세. 도대체 하라간을 잡기 위해 얼마나 병력을 투입했나?"

초승달 가면 노인은 잠시 꿍해 있다가 입을 열었다.

"열여섯."

"어쌔신 16명? 그 인원을 투입하고도 암살에 실패했다? 허어! 하라간을 호위하는 병력이 꽤 많았나 보지? 그런 주변 여건도 살피지 않고 무작정 암살에 돌입할 자네가 아니고, 분명 승산이 있으니까 암살을 시도했을 텐데 실패한 이유가 뭔가?"

"나도 모르겠네."

초승달 가면 노인이 힘겹게 대답했다.

하얀 로브 노인이 뒷목을 잡았다.

"컥! 모른다고? 일을 실패해 놓고 모른다고? 크하! 이거 미치겠구먼."

"솔직히 왜 실패했는지 이해가 가지 않는다네. 내 아이들은 분명 부운 성 전체를 뒤덮는 대규모 마법진을 펼쳤어. 그 마법진 안에서 그 어떤 솔샤르도 마물을 불러내지 못한다네. 그 상태에서 아이들이 16명이나 투입되었어. 그것만으로 부족해서 저기 다크 블랙에게 받은 변종 마물까지 함께 투입했지. 변종 마물은 마정석에 봉인된 녀석들이 아니라 마법진 안에서도 자유롭게 활동하거든."

"뭣? 다크 블랙의 변종 마물까지 작전에 투입했다고?"

하얀 로브 노인이 펄쩍 뛰었다. 그는 흑가면을 쓴 노인을 돌아보았다.

지금까지 침묵 중이던 흑가면 노인, 즉 다크 블랙이 드디어 대화에 끼어들었다.

"크레슨트(Crescent: 초승달)의 말이 맞아. 그의 아이들이 내가 만든 변종 마물을 마법진 안에 풀어놓았어. 그것도 5단 중첩으로 풀었다지?"

"뭣? 5단 중첩!"

하얀 로브의 노인이 기함했다.

Chapter 3

5단 중첩!

즉 다섯 마리의 변종 마물을 차례로 풀어 서로를 잡아먹게 만들면 엄청난 마물을 만들어 낼 수 있다. 해구 2층, 혹은 그 이상의 강력한 마물을 인위적으로 탄생시키는 것이다. 마물과 결합이 끊어진 솔샤르들이 그런 대형 마물과 맞서 싸우는 것은 불가능하다.

그런데도 다크 블랙(흑가면 노인)과 크레슨트(초승달 가면 노인)는 하라간의 암살에 실패했다고 한다. 하얀 로브의 노인, 화이트는 도저히 그 말을 믿을 수 없었다.

"말도 안 돼! 마법진 안에서 5단 중첩 변종 마물을 상대로 싸워 살아남았다고? 고작 18세의 솔샤르 애송이가? 이건 말이 되지 않아. 난 믿지 못하겠어. 믿지 못하겠다고!"

화이트는 벼락처럼 고함을 질렀다.

다크 블랙이 화이트를 진정시켰다.

"화이트, 귀 아프니까 소리 그만 지르고 좀 앉아."

"내가 지금 진정하게 생겼어? 여왕 폐하의 강림이 코앞으로 다가왔다며? 그런데 하는 일마다 이렇게 실패하고! 실패한 원인도 제대로 파악하지 못하고! 이따위 상황에서 내가 진정하게 생겼냐고?"

"그래도 마음을 차분하게 가라앉혀. 그다음 대책을 의논해 보자고."

다크 블랙의 목소리는 조곤조곤하면서도 힘이 넘쳤다.

"끄흥! 대책은 무슨 대책."

화이트는 구시렁구시렁하면서도 마지못해 착석했다.

초승달 가면 노인, 크레슨트가 상황을 다시 정리했다.

"내 아이들을 16명 투입했지. 이어서 다크 블랙이 만든 변종 마물 5단 중첩으로 투입했고, 마법진이 설치된 장소에서 전투를 펼쳤어. 그런데 결과는 엉망이야. 위 세 가지 조건이 모두 맞아 떨어졌는데도 하라간의 암살에 실패했다고. 변종 마물은 죽어서 시체만 남았고, 내 아이들의 시체 일부도 적들에게 넘어갔더라고."

"내가 만든 봉인석은?"

화이트는 푸른 마법의 돌을 '봉인석'이라고 불렀다. 더불어서 그 봉인석을 본인이 만들었노라고 말했다.

크레슨트가 고개를 가로저었다.

"그것도 하라간 일행에게 모두 빼앗겼네."

화이트가 손바닥으로 테이블을 쾅! 내리쳤다.

"크악! 성 전체를 뒤덮을 만큼 대규모의 마법진을 펼치려면 얼마만큼의 에너지가 필요한지 아나? 내가 준 봉인석들은 그걸 가능케 만들어 주는 아주 희귀한 보물들이야. 그렇게 쉽게 빼앗길 물건이 아니라고! 이런 염병할!"

"면목이 없네."

크레슨트는 곧장 사과부터 했다.

다크 블랙이 씩씩거리는 화이트를 달랬다.

"크레슨트만 나무랄 일이 아니야. 봉인석을 놈들에게 빼앗긴 것도 물론 안타깝지만, 나는 애써 키워 낸 5단 중첩 변종 마물을 잃었고, 크레슨트는 힘들게 육성한 아이들을 16명이나 잃었어."

"그래서 뭐? 그러게 왜 나와 상의도 하지 않고 제멋대로 일을 벌이는 건데?"

화이트가 마주 따지고 들자 다크 블랙이 눈을 깊게 찌푸렸다.

"상황이 급했다고 하지 않나? 하라간이 함정에 들어왔는데, 그걸 어떻게 그냥 보내? 그렇다고 우리가 다 같이 모여서 회의를 하자니 하라간이 함정에서 벗어나서 수도로 돌아가 버리게 생겼고. 이럴 경우에 모든 판단은 크레슨트의 아이들에게 맡기기로 약속하지 않았나. 그런데 이제 와서 모든 책임을 크레슨트에게 덮어씌울 셈인가?"

다크 블랙은 평소 이렇게 길게 말을 하는 사람이 아니었다. 착 가라앉은 다크 블랙의 음성에 화이트도 더는 화를 내지 못했다.

"끄응!"

신경질을 억지로 억누른 화이트가 다시 자리에 앉았다. 그러곤 다크 블랙에게 되물었다.

"어쌔신 16명, 봉인석, 변종 마물 다섯 마리. 이거 피해가 이만저만이 아니구먼. 그래서 이제 어떻게 하면 좋겠나?"

다크 블랙이 고개를 천천히 가로저었다.

"미안하지만 나도 답이 없네. 여왕 폐하의 강림일이 다가오고 있는데, 우리 전력이 이렇게 손실되어서 걱정이라네. 휴우우."

초승달 가면을 쓴 크레슨트가 위로의 말을 던졌다.

"비록 군나르와 스벤센 왕국을 싸움 붙이는 것은 실패했지만, 그리고 하라간을 암살하려다 피해만 입고 말았지만, 그래도 헤닝 왕국에서 벌인 작전은 나름대로 결실을 맺었다네."

"엇? 그래?"

"그게 정말인가?"

화이트와 다크 블랙이 동시에 반응을 보였다.

크레스트는 쓸쓸한 미소를 입가에 매달았다.

"그래. 비록 내 아이들이 25명이나 죽기는 했지만, 그래도 헤닝 왕국을 물려받을 두 후계자 사이에 불꽃을 튀게 만드는 데는 성공했으이. 헤닝의 막내아들 몰곤이 이끄는 주술계와 헤닝의 맏손자 오르곤이 주도하는 마법계는 이미 치열한 암투에 돌입했다네. 요 일주일 사이에 양측의 희생자만 무려 100명이 넘는다네."

"오오!"

"그거 모처럼 반가운 소식이군."

다크 블랙과 화이트가 손뼉을 치며 기뻐했다. 그러다 화이트가 크레스트에게 물었다.

"자네 예상치는 얼마인가? 헤닝 왕국의 피해가 얼마나 더 확대될 것이라고 예상하나?"

"주술계와 마법계 각각 1,000명 이상. 그것도 핵심 주력으로만 1,000이 넘는 피해가 발생할 거라고 보네. 그 이후에도 내 아이들이 내전의 열기가 식지 않도록 적당히 군불만 지펴 준다면, 아마 주술계와 마법계 가운데 하나는 멸망해야 싸움이 끝날 걸세."

"오오! 그 정도인가?"

화이트가 눈을 번쩍 떴다.

이번엔 다크 블랙이 질문을 던졌다.

"혹시 일이 그렇게 커지기 전에 군주인 헤닝이 개입하지 않을까? 헤닝이 나선다면 주술계와 마법계의 내전이 싱겁게 종료될 수도 있어. 이 점은 어떻게 생각하나?"

북부의 아홉 군주 가운데 한 명인 헤닝이 거론되자 크레슨트는 곰곰이 생각에 잠겼다. 그러다 결국 긍정적인 답을 내놓았다.

"헤닝의 개입은 없을 것이라 생각하네. 헤닝은 지금 왕국이 통째로 멸망해도 신경을 쓰지 않을 게야. 다른 일에 온통 정신이 팔려 있거든."

"다른 일 뭐?"

화이트가 고개를 갸웃거렸다.

다크 블랙이 조심스레 물었다.

"혹시…… 헤닝이 진화 중인가? 키르샤로 진화 중이라 후손들의 내분 따위는 신경도 쓰지 않는 것 아닌가?"

"뭣? 키르샤로 진화?"

키르샤라는 말에 화이트가 펄쩍 뛰었다.

Chapter 4

화이트가 흥분해서 머리를 벅벅 긁었다.

"키르샤라니! 이거 큰일이잖아! 헤닝이 키르샤로 진화하면 우리로서는 그를 감당할 수 없다고."

크레슨트가 맞장구를 쳤다.

"그러니까 문제지. 헤닝이 진화에 정신이 팔려 있는 동안 헤닝의 왕국을 탈탈 털어먹는 것까지는 좋은데, 그러다 헤닝이 키르샤로 진화가 끝나면 뒷감당이 어렵지. 그렇다고 헤닝의 진화를 방해할 방법도 마땅치 않아. 아무리 애를 써도 지금 헤닝이 어디에 처박혀 있는지 찾을 길이 없거든. 휴우우!"

"크으! 이걸 어쩐담?"

화이트와 크레슨트는 깊은 한숨을 쉬었다.

그때 다크 블랙이 반론을 제기했다.

"괜찮아."

"뭐?"

"헤닝이 키르샤가 되어도 괜찮다고."

"엉? 그게 무슨 소리야?"

"자네, 지금 무슨 자신감으로 괜찮다는 겐가? 키르샤가 얼마나 가공할 존재인지 몰라서 그러는 겐가?"

크레슨트는 어리둥절한 표정을 지었고, 화이트는 툭 쏘아붙였다.

다크 블랙은 대답 대신 손가락으로 하늘을 가리켰다.

화이트와 크레슨트가 동시에 고개를 갸웃거렸다.

"하늘?"

"하늘이 뭐 어쨌다고?"

"여왕 폐하를 모시는 신장님들이 계시잖아."

다크 블랙이 '신장(神將)'이라는 단어를 입에 담았다.

"응? 신장님들?"

"그분들이 왜?"

"지금 남부 연합에선 여왕 폐하의 강림에 앞서 신장님들의 강림이 시작되었다네."

다크 블랙의 말에 화이트와 크레슨트가 동시에 놀랐다.

"헉!"

"진짜?"

"그래. 틀림없는 사실이네. 신장님들의 강림이 이미 시작되었어. 그러니 헤닝이 뒤늦게 키르샤로 각성을 하건 말건 무슨 상관인가? 우리가 아랫것들을 깨끗하게 정리해 놓으면, 나머지 소수의 키르샤들은 신장님들께서 싹 쓸어버리실 게야. 흘흘흘!"

다크 블랙은 낮은 저음으로 웃었다.

"그렇담 안심이군. 후후후후후!"

"흐흐하하하!"

세 노인은 서로를 마주 보며 웃었다.

그러다 화이트가 먼저 손을 내밀었다.

"자! 우리 벨커스의 추종자들이 이 세계에 강림하실 여왕 폐하를 보필하여 마해의 마물들을 깡그리 소탕할 그 날을 위하여!"

"위하여!"

크레슨트가 화이트의 손 위에 자신의 손을 포갰다.

"위하여!"

다크 블랙이 마지막으로 손을 겹쳤다. 빛의 기둥이 내리쬐는 테이블 정중앙에서 3개의 주름진 손이 만났다.

그 손들이 다시 분리되었을 때 빛의 기둥 속에는 오직 하나의 문장만 남았다. 삼각 테이블 위에 아로새겨진 붉은 원 문장이 바로 그것이었다. 어째신들의 로브에 새겨진 것과 똑같이 생긴 이 붉은 원 문장은 벨커스의 추종자들을 상징하는 징표였다.

남부 연합 홀리랜드(Holy Land)의 남쪽 산악 지대.

"헉, 헉, 헉!"

깡마른 노인 한 명이 죽을힘을 다해 암벽 사이를 달렸다. 노인의 의복은 너덜너덜 찢겼고, 온몸엔 상흔이 가득했다. 상처에 앉은 피딱지가 다시 뜯겨 핏물도 줄줄 흘렀다. 노인은 턱까지 차오른 숨을 간신히 억누르며 쉬지 않고 남하했다.

"헉헉! 이제 다 왔다. 조금만 더 내려가면 카롤 왕국이
야."

노인의 눈에 희망의 빛이 스쳐 지나갔다. 사자왕 메로베
가 다스리는 카롤 왕국까지만 넘어가면 법왕청을 장악한
마물들을 상대할 방법이 생길 거라고 노인은 믿었다.

노인이 뾰족한 돌길을 지나 울창한 숲에 막 접어들었을
때, 나무 위에서 희끄무레한 무언가가 뚝 떨어져 앞을 막았
다.

"흑!"

노인이 움찔 몸을 떨었다.

"피.올.로!"

나무에서 뛰어내린 자가 노인의 이름을 불렀다.

카롤 왕국을 향해 도망 중이던 노인, 피올로가 목에서 쇳
소리를 냈다.

"크윽! 이 지독한 마물이여, 끝내 여기까지 쫓아왔구나!"

마물이라 불린 존재가 하얀 로브를 뒤로 젖혔다.

놀랍게도 로브 안에서 드러난 것은 사람의 얼굴이 아니
었다. 하얗게 뼈만 남은 스켈레톤(Skeleton: 해골)이었다.
그것도 그냥 스켈레톤이 아니라 등 뒤에 깃털이 풍성한 날
개를 펄럭이는 특이한 종족이었다.

스켈레톤이 턱뼈를 딱딱 맞부딪쳐 소리를 내었다.

"피올로, 나는 마물이 아니다. 너의 오랜 친구 구암이다."

스켈레톤은 자신을 구암이라고 밝혔다.

피올로가 버럭 호통을 쳤다.

"닥쳐라! 사악한 마물 주제에 어디서 감히 내 친구의 이름을 파느냐?"

스켈레톤은 눈알이 없는 텅 빈 2개의 눈구멍으로 피올로를 묵묵히 노려보다가 다시 턱뼈를 달싹였다.

"하긴, 나도 처음엔 믿지 못했지. 순결하신 클로테스 성녀님께서 내게 해괴한 몰골을 보이셨을 때 나도 자네와 같이 의심을 했어. 클로테스 성녀님의 진실한 성심을 보지 못하고 외모만으로 판단을 한 게야."

"하! 그 더러운 입을 다물라! 어디서 감히 그 시궁창 냄새나는 마물의 입으로 존귀하신 성녀님의 존함을 거론한단 말이냐?"

피올로의 호통에도 불구하고 스켈레톤은 말을 멈추지 않았다.

"하지만 나는 곧 알게 되었다네. 외모의 변화는 그리 중요하지 않다는 사실을 말일세. 외모가 어떻게 변하셨건 간에 그분께서는 여전히 클로테스 성녀님이시고, 나의 주인이시라는 사실을 나는 곧 깨달았지. 그러니 피올로, 자네도 나와 함께 법왕청으로 돌아가세. 가서 성녀님을 영접하고 진정한 빛의 전사로 거듭나게."

스켈레톤은 끝까지 피올로를 설득하려 들었다.

하지만 피올로는 그 말을 믿지 않았다.

"이 사악한 마물아! 그 더러운 입으로 나를 꾈 생각 말거라. 나는 네 말을 믿지 않는다. 충심으로 성녀님을 섬기고 법왕청을 수호하는 내 친구 구암은 결코 너와 같은 마물이 아니니라!"

피올로!

구암!

무크!

이 세 사람은 남부 연합을 구성하는 칠왕국 가운데 하나인 신성 왕국 홀리랜드의 대주교들이었다. 클로테스 성녀가 다스리는 홀리랜드는 총 8명의 대주교를 두고 있는데, 이 가운데 5명은 행정이나 교리를 담당하는 자들이었고, 피올로와 구암, 무크는 무력으로 홀리랜드를 지키는 진정한 수호자에 해당했다.

그중에서도 피올로는 가장 전투 경험이 많고 노련한 수호자였다.

"죽어랏!"

피올로가 적을 향해 기습적으로 손을 뻗었다.

번쩍!

피올로의 손끝에서 피어난 새하얀 빛이 그대로 날아가 스켈레톤의 가슴을 후려쳤다. 스켈레톤의 몸을 감싼 로브가 폭풍이라도 만난 듯 펄럭였고, 그 틈새로 파고든 새하얀 빛이 스켈레톤의 갈비뼈 사이에서 폭발을 일으켰다.

모든 마물들은 성스러운 빛에 타격을 받게 마련!

피올로는 상대가 크게 휘청거릴 것이라 확신했다.

'그 틈을 노려 숲으로 뛰어들자.'

이것이 피올로의 계획이었다.

한데 웬걸?

스켈레톤은 성스러운 빛을 정면으로 맞고도 끄떡없었다. 오히려 날개를 펄럭이며 단숨에 날아와 하얀 뼈만 남은 손으로 피올로의 어깨를 붙잡았다.

Chapter 5

느리게 접근하는 것 같은데도 피올로는 상대의 손을 피하지 못했다.

"크악!"

하얀 뼈에 닿는 순간 피올로의 어깨에서 시퍼런 불똥이

뛰었다. 강한 전류가 피올로의 온몸을 훑고 발바닥을 통해 땅으로 빠져나갔다.

"으어억!"

피올로는 몸을 휘청거리다가 결국 왼쪽 무릎을 꿇었다. 머리가 핑글 돌고 심장이 벌렁거려 도저히 서 있을 수 없었다. 목구멍을 타고 비릿한 액체가 역류했다.

피올로가 정신 못 차리는 동안 스켈레톤이 한 번 더 손을 뻗었다. 이번엔 피올로의 머리를 향해 하얀 뼈가 다가왔다.

'이러다 죽는다!'

피올로의 등에 소름이 돋았다.

"이익! 이대로 당할까 보냐?"

가까스로 정신을 가다듬은 피올로는 젖 먹던 힘까지 쥐어짜 상대의 복부를 향해 두 주먹을 뻗었다. 피올로의 주먹에서 피어난 성스러운 빛이 둥글게 뭉쳐 스켈레톤의 배 부위를 때렸다.

하지만 아쉽게도 스켈레톤의 방어가 한발 빨랐다. 새하얀 깃털로 이루어진 스켈레톤의 날개가 어느새 활짝 펼쳐져 피올로의 공격을 차단한 것이다.

파창!

스켈레톤의 날개와 피올로의 공격이 맞부딪치면서 눈부신 빛의 파편이 사방으로 튀었다. 놀랍게도 스켈레톤의 날

개는 피올로의 공격을 고스란히 막아 내었을 뿐 아니라, 강한 반탄력까지 일으켰다.

"크왓!"

그 반탄력이 피올로의 손을 으스러뜨렸다. 마치 온 힘을 다해 철벽을 후려친 듯, 피올로의 두 손은 피투성이가 되었다. 잘게 으스러진 뼈가 피올로의 살갗을 뚫고 툭툭 튀어나왔다.

"이럴 수가!"

피올로가 입을 쩍 벌렸다.

스켈레톤이 멍해 있는 피올로에게 손을 뻗었다. 푸른 불꽃에 휩싸인 하얀 손뼈가 머리 위로 다가오는 모습을 보고도 피올로는 저항하지 못했다.

빠캉!

스켈레톤의 손아귀 안에서 강한 불똥이 튀었다. 순간적으로 발생한 고압의 전류가 피올로의 두개골을 타고 흘러내려와 온몸을 강타했다.

"꾸륵!"

피올로는 단숨에 정신을 잃고 뒤로 넘어갔다.

"쯧쯧! 그러게 순순히 나를 따라가지, 이 미련한 친구야."

스켈레톤은 가볍게 혀를 찼다. 그러곤 축 늘어진 피올로를 어깨에 메고 하늘로 풀쩍 날아올랐다.

피올로 대주교의 탈출 시도는 그렇게 실패로 막을 내렸다.

피올로가 법왕청으로 다시 잡혀가는 동안 사자왕 메로베가 다스리는 카를 왕국에 큰 슬픔이 찾아왔다.

"폐하! 으흐흑! 폐하!"

머리에 30센티미터 높이의 뾰족한 모자를 쓴 노인이 화려한 침대 앞에 엎드려 구슬픈 눈물을 흘렸다.

허리가 꾸부정하고 얼굴에 주름이 자글자글한 이 노인은 카롤 왕국의 재상인 노먼 공작이었다. 95세가 된 노먼은 3년 전 관직에서 물러나 은퇴를 했지만, 사자왕 메로베가 위독하다는 소식을 듣고 입궐하여 왕의 임종을 지키는 중이었다.

노먼의 맞은편에는 왕세자 줄리앙이 무릎을 꿇고 앉아 메로베의 손을 꼭 잡았다.

"폐하, 부디 정신을 차리소서. 이대로 가시면 아니 됩니다. 폐하!"

찰랑거리는 금발 머리에 금빛 턱수염을 기른 줄리앙은 안타깝게 메로베를 붙들었다.

하지만 메로베의 숨은 점점 더 거칠어지기만 할 뿐 나아

질 기미가 보이지 않았다.

4년 전, 루잉 백작이 북부의 솔샤르들과 싸우다가 실종된 이후로 사자왕 메로베의 병환은 한층 더 악화되었다. 카롤 왕국에서 병든 왕을 위해 각종 치료 포션을 들이붓고 신관들을 총동원하여 병세를 완화시키려 애썼지만, 메로베의 병은 회복될 줄 몰랐다.

남부의 일곱 왕국을 하나로 묶어 남부 연합을 단단히 하고, 북부의 솔샤르에 대항하여 남부를 지키며, 카롤 왕국을 번성시켰던 현명한 군주 메로베는 이제 삶의 마지막 벼랑 끝에 간당간당 서 있었다. 메로베가 바짝 마른 입술을 힘겹게 열었다.

"후욱! 후욱! 후욱! 왕……세……자."

"폐하, 저 여기 있습니다. 부디 눈을 뜨시고 저를 보소서."

줄리앙이 안타깝게 소리쳤다.

하지만 메로베는 눈물로 얼룩진 줄리앙의 얼굴을 볼 수 없었다. 이미 시각 기능이 마비되어 앞을 보지 못하는 탓이었다.

"왕……세……자."

"폐하, 말씀하소서."

"루……잉."

"폐하, 루잉 백작은 이미 죽었습니다. 4년 전에 북부의 악마들과 싸우다가 장렬히 전사했습니다."

줄리앙이 목청을 높였지만 메로베는 그 소리도 듣지 못했다. 그저 마지막 숨이 멎기 전까지 온 힘을 다해 유언을 남길 뿐이었다.

"루잉과…… 노먼…… 기온을 믿어……."

메로베가 아들에게 남기고 싶은 유언은 "루잉 백작과 노먼 공작, 기온 백작을 믿고 의지하라. 근위기사단장인 기온 백작에게 옆을 맡기면 그는 훌륭히 너를 지킬 것이다. 노먼 공작에게 정치적 자문을 구하면 그는 훌륭한 조언자가 될 것이다. 그리고 루잉 백작에게 군대를 맡기면 그는 충심으로 우리 카롤 왕국의 군사력을 강화시킬 것이다."였다.

하지만 지금 메로베는 그 긴말을 할 수가 없었다. 그저 줄리앙에게 그 세 사람을 믿으라고 전할 뿐이었다.

줄리앙의 뒤에 엎드려 있던 보투르 후작이 은근히 눈을 찌푸렸다.

'끄응!'

4년 전까지만 해도 카롤 왕국을 지탱하는 삼각기둥은 루잉, 보투르, 기온, 이 세 사람이었다. 이 가운데 기온 백작은 근위기사단을 지휘하여 왕의 안전을 지켰다. 루잉 백작은 카롤 왕국의 수도를 방어하는 총사령관이었다. 마지막으로 보투르 후작은 국경을 지키는 군단장 역할을 맡았다.

그런데 4년 전 이 체제에 변화가 생겼다.

루잉 백작이 솔샤르의 침공에 맞서 싸우다가 실종된 것.

사자왕 메로베는 이 일로 인해 큰 충격을 받았다. 그렇지 않아도 몸이 아프던 메로베는 병세가 급속도로 나빠졌다. 그 결과 줄리앙이 왕을 대신하여 왕국을 다스리게 되었다.

카롤 왕궁에 닥친 이 변화의 물결에 많은 것이 바뀌었다. 그리고 그 변화를 타고 가장 큰 혜택을 본 사람이 바로 보투르 후작이었다.

보투르는 루잉의 지휘권을 모두 넘겨받아 카롤 왕국의 군권을 거의 한 손에 틀어쥐었다. 그다음 정계에 진출하여 줄리앙 왕세자의 오른팔 역할을 했다.

공교롭게도 비슷한 시기에 노먼 공작이 정계 은퇴를 선언했다.

루잉과 노먼이 사라지자 보투르 후작을 견제할 사람은 아무도 없었다. 근위기사단장인 기온 백작은 정치에 일절 관여하지 않고 메로베의 곁만 지킬 뿐이었다.

보투르는 노먼과 루잉을 따르던 자들을 하나씩 지방으로 좌천시켰다. 대신 그 빈자리를 자신의 심복들로 채웠다.

보투르의 행패를 보다 못한 몇몇 강직한 신하들이 줄리앙 왕세자를 찾아갔다. 그들은 왕세자에게 보투르 후작을 멀리하라고 간언을 올렸다.

하지만 이미 보투르의 세력이 너무 커 버린 상태였다. 카롤 왕국의 군권을 장악하고 그 힘으로 정치권력까지 잠식해 들어오는 보투르 후작을 줄리앙 왕세자도 막지 못했다. 오히려 줄리앙은 보투르에게 무슨 약점이라도 잡혔는지 눈치를 보기에 급급했다.

간언을 올린 신하들은 하나둘 제거되어 왕궁에서 사라졌다.

그렇게 4년이 지나자 이제 카롤 왕국의 권력은 보투르의 손에 완전히 들어왔다. 한데 메로베는 여전히 루잉, 노먼, 기온만 입에 담고 있었다. 보투르는 이 점이 마음에 들지 않았다.

'메로베, 이 노친네가 참으로 지독하구나. 그저 입만 열면 루잉! 루잉! 루잉! 그런데 이걸 어쩌나? 노친네가 그렇게 아끼는 루잉 백작은 이미 4년 전에 죽어 버렸는데. 게다가 노먼 공작은 이미 은퇴한 힘없는 늙은이에 불과하지. 머리는 없고 충성심만 가득한 기온 백작이야 내 적수가 되지 못하고. 그럼 마땅히 이 보투르에게 줄리앙 왕세자를 잘 보필해 달라고 부탁해야 하는 것 아냐? 그런데 이 노친네가 영 상황 판단을 못 하네.'

보투르는 메로베를 향해 속으로 이렇게 욕을 했다.

Chapter 6

메로베가 온몸에서 식은땀을 흘리며 한 번 더 유언을 강조했다.

"루……잉…… 노……먼…… 기……온…… 믿……어. 꺼억꺽!"

격한 숨소리를 끝으로 메로베의 몸이 딱딱하게 경직되었다.

"폐하! 폐하!"

줄리앙이 안타깝게 절규했다.

노먼도 무릎걸음으로 기어와 메로베의 축 늘어진 손을 잡았다.

"폐에—하! 안 됩니다. 이렇게 가시면 안 됩니다. 폐하께서는 아직도 할 일이 많으십니다. 으흐흑! 폐에에에하!"

줄리앙과 노먼이 흘리는 눈물이 메로베의 침대를 흠뻑 적셨다.

메로베의 머리맡에 시립해 있던 근위기사단장 기온도 무너지듯 무릎을 꿇었다.

"폐! 하!"

기온 백작의 각진 턱을 타고 눈물이 또르륵 굴러떨어졌다.

메로베의 발 쪽에 서 있던 여신관은 두 손을 모아 손끝에 키스를 한 다음 천장을 향해 손을 살짝 벌렸다.

"자비로우신 여신이시여, 폐하의 영혼을 평화로운 안식으로 인도하소서."

여신관은 여신의 자비를 빌었다.

"폐하!"

왕궁의 시녀들이 일제히 엎드려 눈물을 훔쳤다.

"폐하! 아니, 아버님! 안 됩니다. 이대로 그냥 가시지 마십시오, 제발! 제바알!"

줄리앙이 메로베의 시신을 끌어안고 몸부림쳤다. 하지만 숨이 멎은 메로베의 몸은 시간이 갈수록 점점 더 차갑게 식어갈 뿐이었다.

보투르 후작이 줄리앙에게 다가와 어깨를 가만히 잡았다.

"전하."

"흡!"

보투르의 차가운 손이 닿자 줄리앙이 부르르 몸서리를 쳤다.

보투르가 호칭을 고쳐서 다시 불렀다.

"아니, 줄리앙 폐하."

폐하라는 말에 노먼이 보투르를 노려보았다.

보투르는 '늙은이, 네가 나를 노려보면 어쩔 건데?' 라는 눈빛으로 노면을 마주 쏘아보고는 말을 이었다.

"줄리앙 폐하, 선왕께서는 이미 숨이 멎으셨습니다. 폐하의 슬픔이 얼마나 크고 깊을지 신은 능히 짐작하고 있나이다. 하오나 이제 폐하의 몸은 단순히 폐하의 것이 아닙니다. 이 카롤 왕국 온 백성의 것이오니 부디 마음을 굳게 다잡으시고 건강을 챙기소서."

"보투르 후작……."

줄리앙이 보투르의 이름을 불렀다.

보투르는 본인의 가슴을 탕탕 두드렸다.

"줄리앙 폐하, 이제부터 신만 믿으소서. 신이 앞장서서 선왕 폐하의 장례식을 장엄히 준비할 것이고, 줄리앙 폐하의 대관식도 성대히 준비하겠나이다. 또한 대관식과 더불어 이 나라 감옥에 갇혀 있는 죄수들을 대거 석방하여 백성들의 환심을 살 것이고, 공이 큰 귀족들의 작위도 올려 주어 신하들의 사기도 진작시킬 것입니다. 이 모두가 줄리앙 폐하를 위한 일이옵니다."

보투르는 노골적으로 욕심을 드러냈다. 말로는 줄리앙을 위한 일이라고 하지만 사실 선왕의 장례식을 주도하고 줄리앙의 대관식을 준비한다는 것은 보투르 후작이 카롤 왕국의 최고 실세임을 온 천하에 알리는 일이었다. 감옥의 죄수들을 풀어 주고 귀족들의 작위를 올려주는 행위 또한 그 칭송이 줄리앙에게 향하지 않고 보투르 후작에게 향할 가능성이 높았다.

노먼이 노여움을 표시했다.

"보투르 후작! 너무 앞서 나가지 말게. 지금은 우선 줄리앙 전하의 주도로 선왕 폐하의 장례식부터 준비하는 것이 중하지, 나머지는 그 후의 일일세. 그리고 줄리앙 전하의 대관식과 범죄자 사면, 작위 승급을 왜 벌써 그대가 입에 담나?"

보투르 후작이 빙그레 웃었다.

"후후후! 노먼 공작님, 제가 아니면 누가 나서서 이런 국가적인 큰일을 감당하겠습니까? 줄리앙 폐하께서도 이미 신에게 이런 일들을 부탁할 마음을 갖고 계십니다. 폐하, 제 말이 맞지요?"

보투르는 줄리앙에게 노골적인 눈빛을 던졌다.

"그, 그건!"

줄리앙은 딱 부러지게 아니라고 대답을 못 했다.

노먼이 황당한 얼굴로 줄리앙을 바라보았다.

"왕세자 전하!"

"노먼 공작, 그게 말이오……."

줄리앙이 진땀을 흘렸다. 그의 표정을 보면 노먼에게 무언가 하고 싶은 이야기가 있는 것 같은데, 쉽게 입을 열지 못했다.

"줄리앙 폐하."

보투르가 나직한 음성으로 줄리앙을 불렀다.

흠칫 놀란 줄리앙은 손을 휘휘 내저었다.

"그만! 그만! 모두 그만두시오. 지금 나는 크나큰 슬픔에 젖어 아무런 이야기도 하고 싶지 않으니 자세한 절차는 대신들끼리 의논하여 정하시구려."

줄리앙은 비겁하게도 결정권을 대신들에게 넘겨 버렸다.

보투르가 기다렸다는 듯이 그 말을 받았다.

"폐하의 성심을 받들겠나이다. 신이 당장 대신들을 소집하여 폐하의 뜻에 맞는 결정을 내릴 것입니다."

노먼 공작은 이미 은퇴한 퇴물.

궁중 회의에 참석할 자격도 권리도 없었다. 노먼이 빠진 그 자리에서 어떤 결정이 내려질 것인지는 보지 않아도 뻔했다. 결국 줄리앙은 노먼이 아니라 보투르의 손을 들어 준 셈이었다.

노먼은 짓무른 눈으로 메로베의 시신을 내려다보았다.

"폐하, 이 일을 어쩌면 좋습니까? 폐하께서 기틀을 다지신 이 카롤 왕국을 어쩌면 좋습니까? 허허허! 어허허허허!"

노먼의 입에서 허허로운 웃음이 흘러나왔다.

보투르가 눈을 번쩍 빛냈다.

"노먼 공작! 지금 감히 줄리앙 폐하의 능력을 비웃는 것이오? 그게 아니라면 선왕 폐하의 시신을 향해 왜 그런 망발을 한 거요?"

"어허허허!"

노먼이 계속 웃기만 하자 보투르 후작이 기온 백작을 돌아보았다.

"기온 백작! 당장 노먼 공작을 체포하시오. 그러곤 줄리앙 폐하 앞에 무릎을 꿇리란 말이오."

보투르의 갑작스러운 말에 기온이 눈을 동그랗게 떴다.

보투르가 혀에 기름을 칠한 듯 영활하게 웅변을 내뱉었다.

"기온 백작은 지금 이 순간부터 메로베 선왕 폐하를 대신하여 줄리앙 폐하를 최측근에서 모셔야 할 사람이오. 그런데 저 노망이 든 노먼 공작이 줄리앙 폐하의 면전에서 모욕적인 말을 내뱉었소. 줄리앙 폐하가 카롤 왕국을 다스리면 이 왕국의 미래가 걱정이 된다. 장차 이 카롤 왕국을 어쩌면 좋냐? 이런 투의 망발을 하는 것을 기온 백작도 똑똑히 들었을 거요. 그런데 근위기사단장인 그대는 무얼 하는 게요? 저런 망언을 내뱉는 노망난 늙은이를 당장 붙잡아 줄리앙 폐하 앞에 무릎을 꿇려야 하는 것 아니오?"

Chapter 7

노먼 공작이 감히 줄리앙 폐하의 무능함을 입에 담았으니 그는 역적이다. 그러니 근위기사단장인 기온 백작은 당장 노먼을 체포하여 줄리앙 폐하 앞에 무릎을 꿇려야 한다.

보투르 후작은 이렇게 주장했다.

듣기에 따라서는 그 말이 옳은 듯했다. 조금 전 노먼이 내뱉은 독백에는 줄리앙에 대한 불신이 분명히 담겨 있었다.

당황한 기온이 줄리앙을 돌아보았다.

'어찌하면 좋겠습니까?'

기온은 줄리앙에게 눈빛으로 이렇게 물었다.

줄리앙은 속이 답답했다.

'보투르 후작이 갈수록 선을 넘고 있어. 막 나가는 후작을 견제하려면 노련한 노먼 공작이 필요한데 왜 하필 말꼬투리를 잡혀서 이런 곤란한 상황을 만들었담? 하아아! 그나저나 기온 백작은 정말 답답하구나. 왕실에 대한 충성심은 지극하지만 보투르 후작을 견제할 재목이 아니야.'

기온이 움직이지 않자 보투르가 화를 버럭 내었다.

"기온 백작! 눈앞에서 역적을 보고도 검을 뽑지 않는다면 그대가 과연 우리 카롤의 근위기사단장이라고 할 수 있겠소?"

"그것이……."

기온은 어떻게 해야 할지 몰라서 주변만 두리번거렸다.

보투르가 결정타를 날렸다.

"좋소! 그대가 행동에 나서지 않는다면 나 보투르가 줄리앙 폐하를 대신하여 저 노망난 늙은이를 꿇어앉히겠소."

촤앙!

보투르의 검이 어느새 검집에서 뽑혀 나와 새하얀 빛을 토했다. 기온이 황급히 일어나 줄리앙의 앞을 가로막았다. 만일의 사태에 대비하기 위한 행동이었다.

그사이 보투르는 노먼에게 성큼 다가갔다. 보투르의 검에서 뿜어지는 날카로운 살기가 노먼의 주름진 목을 향해 넘실넘실 뻗었다.

노먼은 죽음을 두려워하지 않았다. '죽일 테면 죽여라.'라는 심정으로 보투르를 무섭게 노려보았다.

척!

보투르의 검날이 노먼의 목에 바짝 밀착되었다.

"꿇어라!"

노먼의 목에 닿은 검날보다 보투르의 음성이 더 차가웠다.

노먼은 무릎을 꿇지 않았다.

보투르가 한 번 더 경고했다.

"늙은이, 꿇어라. 네가 감히 줄리앙 폐하를 향해 '당신이 왕이 되었으니 이 나라 이 왕국이 장차 어떻게 되겠소?' 라는 의미의 망언을 내뱉고도 무사할 줄 알았더냐? 당장 무릎을 꿇고 줄리앙 폐하께 용서를 빌지 못할까!"

노먼 공작이 줄리앙에게 시선을 주었다.

"왕세자 전하, 전하께서도 제가 무릎을 꿇고 용서를 빌기 원하십니까?"

"큭!"

늙은 공작의 물음에 줄리앙이 곤혹스러운 표정을 지었다. 솔직히 줄리앙은 노먼이 다치는 것을 원치 않았다. 너무 커 버린 보투르를 견제하려면 노먼의 정치력이 필요하기 때문이다. 하지만 노먼에게 무릎을 꿇고 생명을 부지하라고 명령하는 것도 이상했다. 그건 노먼의 자존심을 짓뭉개 버리는 일이기 때문이다. 그렇게 철저하게 노먼을 무시하고 보투르의 편을 들어줄 경우, 노먼이 어떤 불측한 마음을 품을지 알 수 없었다.

'그런 치욕을 겪고도 노먼 공작이 내게 충성을 다할까?'

줄리앙은 이 점을 의심했다.

"하아아!"

왕세자가 우유부단하게 나오자 노먼이 한숨을 내쉬었다.

'메로베 폐하! 우리 카롤 왕국은 끝났습니다. 폐하께는 죄송스러운 말씀이나 줄리앙 왕세자는 왕의 재목이 아닙니다. 4년 전 줄리앙 왕세자가 루잉 백작을 전쟁터로 내보냈을 때, 그때 이미 우리 카롤 왕국의 운명은 기울기 시작했나 봅니다. 이 늙은이, 왕세자 전하를 잘못 보필한 죄를 죽음으로 갚겠나이다.'

죽음을 결심한 노먼이 보투르를 똑바로 노려보았다.

보투르가 코웃음을 쳤다.

"흥! 역적 늙은이가 그렇게 나를 노려보면 어쩔 건데?"

"보투르, 너는 장차 죽어서 메로베 폐하를 어찌 뵈려고 이런 무엄한 행동을 하느냐? 이노옴! 하늘이 두렵지 않으냐? 여신께서 네놈을 그냥 두지 않으실 게야."

노먼이 성난 사자처럼 보투르를 꾸짖었다.

보투르가 피식 웃었다.

"나더러 무엄하다고? 이 늙은이가 망령이 났구먼."

비웃음과 함께 보투르의 검이 둥근 궤적을 그렸다.

"아악!"

줄리앙이 지레 비명을 질렀다.

기온 백작도 황급히 검자루에 손을 가져다 대었다.

다행히 보투르는 노먼의 목을 베지 않았다. 대신 검의 옆면으로 노먼의 목덜미를 때려 기절시켰을 뿐이다.

"켁!"

노먼이 비명과 함께 쓰러졌다.

보투르는 축 늘어진 공작을 잠시 굽어보다가 부하들을 불렀다.

"거기 누구 없느냐? 이리 들어오너라."

"부르셨습니까?"

왕의 침실 문이 활짝 열렸다.

척척척 발을 맞춰 안으로 들어온 보투르의 부하들이 명을 기다렸다. 보투르의 심복들은 줄리앙에게는 눈길도 주지 않았다. 그 태도만 보아도 이 자리에서 누가 권력을 쥐고 있는지 드러났다.

보투르가 손가락을 까딱거렸다.

"이 늙은 역적을 끌고 가서 감옥에 가둬라. 폐하의 대관식과 맞춰서 늙은 역적의 죄를 판결하고 그 결과에 따라 벌을 내릴 것이다."

보투르는 줄리앙의 의견도 묻지 않고 제멋대로 명령을 내렸다.

"명을 받들겠습니다."

보투르의 부하들은 노먼의 겨드랑이를 양쪽에서 부축하여 밖으로 끌고 나갔다. 여신관도, 시녀들도, 심지어 기온 백작도 그 행동을 말리지 못했다.

보투르는 거 보라는 듯이 거만하게 서서 자신의 콧수염을 손가락으로 배배 꼬았다.

'으으윽! 보투르, 네 이놈!'

줄리앙이 속으로 이를 갈았다.

하지만 보투르 후작과 눈이 마주치자 줄리앙은 어색하게 웃어 줄 수밖에 없었다. 보투르가 진짜로 무서웠기 때문이다.

Chapter 8

뎅뎅뎅뎅뎅!

카롤 왕궁에서 종이 구슬프게 울렸다.

사자왕 메로베의 승하 소식은 곧 온 수도에 퍼져 나갔다.

"폐하! 엉엉엉!"

"페에—하! 흐흑!"

선왕을 존경하던 백성들은 생업을 멈추고 그 자리에 주저앉아 통곡했다. 하늘도 성군의 죽음을 애도했는지 세찬 빗줄기를 뿌려 댔다.

메로베의 장례는 번갯불에 콩 구워 먹는 것처럼 빠르게

진행되었다. 장례를 주도하는 보투르 후작은 "북부 악마들이 곧 준동할 기미가 보이니 국상을 오래 치를 수 없다. 선왕 폐하의 유해를 길게 모시지 못하는 점은 가슴 아프나, 장례를 단출하게 치러 국력을 낭비하지 말라는 것이 현명하신 선왕 폐하의 유언이시니 따를 수밖에 없노라."라고 공표했다.

귀족들 가운데 속사정을 아는 사람들은 보투르 후작의 발언에 코웃음을 쳤다. 하지만 대부분의 백성들은 그 말을 철석같이 믿었다.

왕궁을 떠난 메로베의 관은 폭우가 쏟아지는 가운데 시가지를 한 바퀴 돈 다음 선대 왕들의 무덤이 조성된 안식처로 향했다.

카롤 왕국의 신하들과 백성들은 비를 흠뻑 맞으며 메로베의 마지막 길을 배웅했다.

쏴아아아―

세차게 쏟아지는 빗속에서 검은 드레스를 입은 중년 여인이 왕의 관이 지나가는 것을 물끄러미 지켜보았다.

귀머거리 시녀가 중년 여인의 뒤에서 우산을 받쳐 주었다.

"메로베 폐하."

젊었을 적 미모가 여전히 남아 있는 중년 여인은 조그만

목소리로 메로베의 이름을 불렀다. 그러곤 조용히 두 눈을
감았다.

눈꺼풀로 시각을 차단하자 거짓말처럼 청각도 멈췄다.
여인의 귀에는 더 이상 빗소리가 들리지 않았다. 왕의 관을
향해 손을 뻗으며 애통해하는 백성들의 울음소리도 들리지
않았다. 그저 사방이 적막하게 느껴질 뿐이었다.

그 적막을 깨고 메로베의 굵은 음성이 중년 여인의 귓가
에 환청처럼 울렸다.

"미안하오. 정말 미안하오."

여인의 머릿속에 환상처럼 나타난 메로베는 미안하다는
말을 반복했다.

"폐하."

중년 여인의 능금빛 볼을 타고 투명한 눈물이 주르륵 흘
렀다. 여인은 붉은 입술을 달싹였다.

"제게 미안해하지 마세요. 남편이 있는 몸으로 폐하를
가슴에 담은 것도, 폐하를 지키기 위해 폐하의 가장 충성스
러운 신하를 독살한 것도 모두 제 선택이었답니다. 폐하께
서는 늘 제게 미안해하셨지요. 그리고 저와의 관계를 늘 후
회하셨지요. 저도 후회했습니다. 폐하를 알게 된 것, 폐하
를 연모하게 된 것, 폐하를 향한 제 마음을 자제하지 못하
고 남편에게 죄를 지은 것, 그리고 끝내 그 배덕한 비밀이

들통 나자 남편을 독살한 독부가 된 것! 이 모든 일들을 저도 후회했습니다. 시간이 지나고 보면 애절했던 사랑도 이렇게 부질없는 것이거늘, 그때 그 시절엔 왜 그렇게 애틋했을까요? 그때 그 시절엔 왜 그렇게 세상 모든 것을 포기하더라도 폐하를 향한 제 사랑을 놓지 못했을까요? 누구보다 강건하시던 폐하께서 중병에 걸리신 것도 모두 다 마음의 빚 때문이겠지요? 저와 저지른 불륜 때문에 죄책감이 들어서 마음의 병을 얻으셨고, 제 남편의 죽음에 대한 죄책감 때문에 그 병이 더욱 심해지셨고, 결국 제 남편이 분신처럼 여기던 루잉 백작마저 죽자 아예 삶을 포기하시고 병에 굴복하신 거겠지요? 폐하, 따지고 보면 폐하께서 이렇게 일찍 돌아가신 것은 모두 저 때문인 것 같습니다. 저 같은 나쁜 여자를 만나서 해서는 안 될 사랑에 빠진 탓에 폐하께서 이렇게 일찍 승하하신 거겠지요?"

중년 여인은 슬픔을 속으로 삭이며 담담하게 읊조렸다. 그러다 가만히 눈을 뜨고 하늘을 올려다보았다.

쏴아아아!

잠시 차단되었던 빗소리가 다시 여인의 귀를 때렸다.

여인이 다시 입술을 열었다.

"아니면 억울하게 죽은 제 남편이 폐하를 일찍 데려간 것일까요?"

장대비를 쏟아붓는 시커먼 구름 위로 죽은 남편의 얼굴이 환상처럼 떠올랐다. 여인은 죄책감이 가득한 표정으로, 그러면서도 일말의 당당함을 유지한 채 남편의 얼굴을 바라보았다. 구름 위에 그려진 남편은 살아생전처럼 무뚝뚝하고 무표정했다.

여인은 남편의 무뚝뚝함이 싫었다. 여자의 마음도 몰라주고 오로지 왕국과 왕실을 위해 전쟁터만 떠돌아다니는 남편이 너무나 저주스러웠다.

그래서 남편에게 복수하는 심정으로 메로베 왕과 바람을 피웠다.

그러다 진짜로 왕을 사랑하게 되었다.

남편에게 불륜 사실을 들켰을 때, 여인은 자신의 목숨이 아니라 메로베 왕을 지키기 위해 남편을 독살했다.

그 당시 여인의 눈에는 사랑하는 애인밖에 보이지 않았다.

하지만 남편이 죽은 후 여인은 알게 되었다. 여인이 목숨을 다해 메로베를 사랑한 것처럼, 남편도 본인의 목숨보다도 부인을 더 사랑했다. 그래서 부인이 독살을 시도한다는 사실을 알면서도 순순히 죽어 준 것이다.

그때 여인은 하늘이 무너지는 듯한 충격을 받았다.

'내가 미친년이야. 내가 죽일 년이야. 난 더러운 창녀야!

창녀라고!'

여인은 속으로 이렇게 절규하며 주먹으로 가슴을 후려쳤다. 그러곤 죽은 남편의 시체 앞에서 하염없이 눈물을 흘렸다.

미아 드뷔시.

카일 드뷔시의 부인이자 실비아 드뷔시 백작 부인의 어머니인 미아 드뷔시가 바로 중년 여인의 이름이었다.

멀어지는 왕의 관을 바라보면서 미아는 주먹을 꼭 쥐었다.

"내 더러운 행실 때문에 내 딸의 인생도 망쳤어. 어미의 그릇된 영향을 받아 그 아이도 잘못된 선택을 했어. 본디 인생이라는 것이 위태로운 외줄 타기와 같아서 한 번 잘못된 선택을 하면 점점 더 후회할 일을 벌이게 마련이지. 그러니 이제라도 내가 나서야 해. 내 딸 실비아가 더 이상 망가지지 않도록 내가 도와줘야 해."

미아는 지금 실비아의 주변에서 벌어지고 있는 일들이 얼마나 위험한지 잘 알았다.

"나중에 실비아도 가슴을 치며 후회하게 될 거야. 지금의 내가 그러하듯이 말이야."

아니, 실비아의 상황은 미아가 겪었던 것보다 훨씬 더 나빴다.

우선 실비아의 불륜 상대인 줄리앙은 메로베처럼 넉넉한 나무가 아니었다. 실비아에게 평생 안락한 그늘을 제공해 줄 거목이 되기에는 줄리앙의 마음이 너무 좁았다.

"그 아이는 불륜 상대를 잘못 선택했어. 줄리앙은 제대로 된 남자가 아니야."

미아는 '언젠가 실비아가 줄리앙에게 크게 실망할 것'이라고 확신했다.

둘째, 루잉은 카일 백작이 아니었다. 카일은 비록 무뚝뚝하고 재미없는 남자였지만 미아를 아끼는 마음은 한결같았다. 게다가 카일은 강자에게는 강하고 약자에게는 약한 전형적인 기사였다. 그래서 생전의 카일은 여자들에게 유독 약했다.

사위인 루잉은 카일과 유사한 점이 많으면서도 사뭇 달랐다. 루잉은 부하들을 끔찍이 위하고 왕에 대한 충성심도 강했지만, 일단 적이라고 판단한 사람에게는 무서울 정도로 냉혹했다. 그 상대가 여자라고 해도 결코 용서하거나 끌려다니는 법이 없었다.

"루잉은 실종된 것이지 죽은 게 아니야. 그럴 리는 없겠지만 만에 하나라도 루잉이 북부 어딘가에 아직도 살아 있다면, 그리고 루잉이 실비아의 배신을 눈치챘다면, 실비아는 루잉의 손에 죽게 될 거야."

미아는 이렇게 판단했다.

마지막 세 번째.

메로베와 미아 사이의 불륜은 남편인 카일 백작과 딸 실비아 외에는 아무도 알지 못했다. 입이 무거운 카일 백작은 이 엄청난 비밀을 가슴에 묻고 죽음을 택했다. 메로베 왕도 평생 입을 다물고 미아를 지켜 주었다. 딸 실비아도 입을 다물었다.

하지만 실비아의 경우는 달랐다.

"보투르 후작!"

미아의 눈에서 섬뜩한 빛이 뿜어져 나왔다.

사람들은 보투르 후작이 어떻게 그렇게 짧은 시간 안에 카롤 왕국의 군권을 장악했는지 궁금해하고 있었다.

그 답은 줄리앙과 실비아에게 있었다. 불륜을 들킨 줄리앙 왕세자는 보투르 후작의 요구를 하나둘 들어주다가 결국 권력까지 상당 부분 빼앗겼다.

실비아도 마찬가지.

보투르에게 약점이 잡힌 실비아는 아버지와 남편이 키워 낸 드뷔시 가문의 기사와 정예병들을 고스란히 내줄 수밖에 없었다. 보투르는 그 군사력을 바탕으로 힘을 키웠고, 오늘날 카롤 왕국의 실세 중의 실세로 떠올랐다.

"모든 게 다 내 잘못이야. 나 때문에 실비아가 비틀린 인생관을 갖게 되었고, 그 결과 승냥이 같은 보투르 후작에게 약점이 잡혀서 드뷔시 가문의 병력을 빼앗겼어. 나 때문에 가문이 흔들리고 내 딸이 늪에 빠졌다고. 그러니까 내가 다시 바로잡아야 해. 내 인생의 두 남자, 카일과 메로베를 모두 떠나보낸 지금 내게는 실비아밖에 없어. 더 이상 잃을 것도 없고 얻을 것도 없다고."

결심을 굳힌 미아 드뷔시가 등을 홱 돌렸다.

죽은 왕의 관은 빗속을 뚫고 점점 더 멀어졌다.

"아이고! 아이고!"

"페에에—하!"

멀리서 백성들의 곡소리가 유령의 울음처럼 메아리쳤다.

제6화
반격

Chapter 1

왕궁으로 복귀한 하라간은 규칙적인 삶을 살았다. 매일 새벽 3시에 일어나 검을 휘두르고, 동이 터 올 무렵에는 레다를 비롯한 친위대원들과 대련을 했다. 하라간은 엄격하면서도 좋은 스승이었다. 덕분에 친위대원들의 실력은 날이 갈수록 늘어갔다.

아침 식사를 마친 뒤 하라간은 웃전에 들어 군나르와 함께 독을 연구하고 마물을 공유했다. 점심은 늘 웃전에서 군나르와 함께 먹었다.

권력은 왕과의 거리에서 나온다는 속담이 있다. 요새 군나르와 가장 많은 시간을 함께 보내고 가장 가까이 지내는 사람은 다름 아닌 하라간이었다. 환관들은 물론이고 대신들도 그 사실을 잘 알았다. 자연히 하라간의 권력은 점점 더 강화될 수밖에 없었다.

실제로 군나르는 왕국의 중요한 업무들을 하나둘 하라간에게 넘겨주었다. 권한을 부여받은 하라간이 제 목소리를 내기 시작하자 군나르 왕국 전체에 은근한 변화가 찾아왔다. 변화는 숨겨진 곳에서부터 시작되었다.

하라간의 임시 거처.

허리가 썽둥 잘려 무너진 친전 건물을 대신하여 요새 하라간이 묵고 있는 임시 거처에 몇몇 사람들이 모여들었다.

"하라간 님, 부르셨습니까?"

대머리에 스모키 화장을 짙게 하고 귀에 메추리알 크기의 귀걸이를 착용한 환관이 하라간 앞에서 허리를 직각으로 꺾었다.

"어, 총관. 그쪽에 앉아."

하라간은 게브의 총관에게 손짓을 보냈다.

감찰 조직 게브의 일인자인 총관이 자리에 착석하자 뒤따라온 부총관도 그 옆에 앉았다.

총관의 맞은편에는 호위대장 무무가 앉아 있었다.

게브의 환관들과 호위대 무사들은 원래 라이벌 관계. 무무가 거만한 눈빛을 보내자 게브의 총관과 부총관은 코웃

256 하라간

음으로 답했다.

'저게 감히!'

무무가 굵은 눈썹을 꿈틀거렸다.

총관이 턱을 거만하게 들었다.

'네까짓 게 그렇게 노려보면 어쩔 건데? 눈 안 깔아?'

총관은 눈빛으로 이렇게 말했다.

'아가리 찢어 버리기 전에 너나 눈 깔아라.'

무무가 두 눈을 희번덕거렸다.

게브의 총관과 호위대장은 그렇게 인상을 팍팍 쓰며 기 싸움을 했다. 하지만 하라간이 스윽 쳐다보다 둘 다 찔끔 놀라 고개를 숙였다.

호위대장의 옆에는 수염이 덥수룩하게 자란 거구의 노인 이 자리했다. 자리에 앉아 있어 노인의 키를 정확히 알 수 는 없었지만 앉은키만 보아도 2미터는 거뜬히 넘을 듯했 다. 또한 노인의 얼굴과 몸에는 흉터가 가득했다. 구릿빛 근육 위에서 꿈틀거리는 이 흉터들이 노인이 살아온 세월 이 어떠했는지를 웅변해 주었다.

'북부 전선의 군단장 온바잖아!'

게브의 총관이 노인의 정체를 알아보았다. '북부의 학살 자', '살아 숨 쉬는 야수'라 불리는 온바의 흉포한 모습에 총관도 은근히 긴장했다.

군나르 왕국은 국경선을 방어하기 위해 4명의 군단장을 두었다.

북부의 온바!

동부의 뮬러러!

남부의 카우라!

서부 해상의 모올!

이 4명의 군단장 가운데 온바는 성격이 가장 포악하고 난폭했다. 게다가 무력만 따지면 온바가 군단장들 가운데 단연 최강이라는 소문이 돌았다.

'과연 그 소문이 사실이구나.'

총관은 침을 꿀꺽 삼켰다.

온바의 옆에는 왕궁 수비대장이자 하라간의 큰외삼촌인 메렌레가 자리했다. 온바와 달리 메렌레는 차분하고 귀족적인 기품이 넘쳤다.

메렌레의 옆으로 친위대원인 라티파의 모습이 보였다.

게브의 총관은 고개를 갸웃거렸다.

'게브, 호위대, 북부 전선의 군단장, 왕궁 수비대장, 친위대원까지. 이거 희한한 조합인데? 하라간 님께서 왜 이런 조합으로 회의를 소집하셨지?'

인원이 다 모이자 하라간이 손짓을 했다.

"거기 문 좀 닫아라."

"네이."

하라간의 시중을 드는 대머리 환관들이 대나무 발을 내리고 중문과 덧문을 모두 닫았다. 물론 환관들도 자리를 비켜 주었다.

밀폐된 방 안에 잠시 정적이 감돌았다.

"내가 차 한 잔씩 대접하지."

하라간은 자리에서 일어나 손수 대접에 차를 따랐다.

"하라간 님! 그만두십시오."

"그런 허드렛일은 저희가 하겠습니다."

라티파와 메렌레가 벌떡 일어났다. 게브의 총관과 부총관, 호위대장도 송구해서 어쩔 줄을 몰랐다. 오직 온바만이 팔짱을 끼고 묵묵히 자리를 지켰다.

"아아, 괜찮으니까 앉아들 있어."

하라간은 사람들을 자리에 앉힌 다음 대접을 하나씩 돌렸다. 사람들은 맑은 홍차가 찰랑거리는 대접을 두 손으로 공손히 받아 테이블 위에 올려놓았다.

하라간이 다시 자리에 착석했다.

"자, 우선 차부터 한 모금씩 하라고."

차갑게 보관한 홍차는 은은한 향과 함께 청량감을 주었다. 사람들은 홍차를 한 모금 입에 머금고 다시 대접을 자리에 내려놓았다.

'응?'

총관이 대접을 내려놓다 말고 눈을 동그랗게 떴다. 홍차
가 줄어들면서 대접 바닥에 글씨가 드러났기 때문이다.

게브 8호

총관의 대접 밑바닥에 적힌 글씨는 다름 아닌 '게브 8
호'였다. 총관이 놀라 부총관을 바라보았다. 때마침 부총
관도 토끼 눈을 뜨고 총관을 바라보던 참이었다.

[총관님, 대접에 적힌 이름을 보셨습니까?]

부총관이 뇌파로 물었다.

총관이 고개를 끄덕였다.

[봤네. 자네 대접에는 뭐라고 적혀 있던가?]

[게브 8호라고 적혀 있습니다.]

[나도 마찬가질세. 내 대접에도 게브 8호가 적혀 있어.]

Chapter 2

게브의 총관과 부총관이 뇌파로 대화를 나누는 사이, 호
위대장 무무도 심각한 표정으로 대접을 내려다보았다.

그라낙

호위대장의 대접에 적힌 글씨는 바로 이거였다.

'하라간 님께서 그라낙을 어찌 아시고?'

그라낙은 호위대 소속 젊은 무사의 이름이었다. 그는 아직 젊지만 재능이 뛰어났다. 그래서 호위대장인 무무가 직접 무술을 지도하는 중이었다. 무무는 장차 그라낙이 자신의 뒤를 이어 호위대장이 될 거라는 기대를 품고 있었다. 그라낙은 그만큼 훌륭한 인재였다.

온바도 팔짱을 풀고 대접을 내려다보았다.

뭄파르

온바의 대접 밑바닥 적힌 이름은 뭄파르.

'으으음!'

온바는 지그시 눈을 찌푸렸다.

뭄파르는 온바의 막내아들이었다. 하지만 모종의 이유 때문에 그 존재를 세상에 드러내지 못하고 몰래 숨어서 키웠다.

'하라간 님께서 뭄파르를 어찌 아셨지? 그 아이를 빌미

로 삼아 이 온바를 쳐 내실 생각이신가? 끄으으음!'

온바는 탁자 밑에서 슬그머니 주먹을 말아 쥐었다.

한편 메렌레도 대접에서 이름을 발견했다.

페피

부친인 카팁이 하라간의 강요에 의해 은퇴한 이후 카팁
의 가문을 대표하는 사람은 메렌레였다. 그리고 페피는 메
렌레의 친동생이자 리안 강의 치수관이었다.

'페피의 이름이 왜 대접에 적혀 있을까?'

메렌레는 가슴이 두근두근 뛰었다. 얼마 전 부친인 카팁
이 반강제로 은퇴한 뒤 메렌레는 하라간을 두려워하게 되
었다.

'설마 대접에 적힌 사람을 숙청하라는 뜻일까?'

메렌레의 눈동자가 불안하게 흔들렸다.

마지막으로 라티파도 대접에 적힌 이름을 확인했다.

우세르

라티파의 대접에는 친위대원들 가운데 한 명이자 왕궁
대사제 아바의 손자인 우세르가 적혀 있었다.

‘우세르가 하라간 님께 혹시 무슨 죄를 지었나?’

라티파는 문득 이런 생각을 했다.

하라간이 침묵을 깼다.

"홍차가 그렇게 맛있었나? 다들 대접만 바라보느라 정신이 없네?"

"아, 네에……."

사람들은 뭐라고 대답해야 할지 몰라 말을 얼버무렸다.

하라간이 슬쩍 지나가는 듯한 말투로 뇌까렸다.

"홍차를 마시다 보니 다들 생각나는 사람이 있지?"

생각나는 사람이 당연히 있을 수밖에.

게브의 총관과 부총관은 동시에 게브 8호를 떠올렸다. 호위대장은 제자인 그라낙을 연상했다. 온바는 막내아들 뭄파르를 머릿속에 그렸다. 메렌레는 동생 페피를 생각했다. 라티파의 뇌에는 우세르가 떠올랐다.

하라간이 손가락으로 탁자를 톡톡 쳤다.

"떠오르는 사람이 있거든 그 사람들을 내게 보내. 외부에 티 나지 않게 몰래."

"하라간 님, 송구하오나 그 이유를 여쭤 보아도 되겠습니까?"

온바가 걸걸한 음성으로 물었다.

하라간이 빙그레 웃었다.

"아니."

"네?"

"이유는 묻지 마. 그냥 그들을 몰래 빼내서 내게 보내."

강압적인 명령에 온바가 눈썹을 찌푸렸다.

"그래도 이유는 알아야 할 것 아닙니까? 으험!"

온바는 이글거리는 눈으로 하라간을 쏘아보았다. 아니,
쏘아보려고 눈을 마주쳤다가 온몸에 북해의 얼음물을 쫙
끼얹은 듯한 느낌에 부르르 몸서리를 쳤다.

온바를 향한 하라간의 눈은 싸늘한 눈 폭풍보다 더 차갑
고 심해저보다 더 깊고 어두웠다. 평생을 전쟁터에서 보내
며 시체를 베개 삼아 잠을 청하던 배짱 두둑한 온바도 감히
하라간의 눈을 마주 보지는 못했다.

싸늘한 빙굴에 홀로 갇힌 듯, 깊고 깊은 심해저에 홀로
내동댕이쳐진 듯, 온바는 무한한 공포를 느꼈다. 온바의 체
세포 하나하나가 모두 다 공포에 질려 바짝 얼어붙었다.

'이게 대체 무슨!'

온바는 침을 꿀꺽 삼켰다.

침이 목에 걸려 잘 넘어가지 않았다.

하라간이 온바에게서 시선을 떼었다.

'휴우우우!'

온바는 그제야 겨우 숨을 몰아쉬었다. 그의 등은 어느새

땀으로 흥건했다.

"누구 또 불만이 있는 사람이 있나?"

하라간이 조용히 물었다.

"없습니다."

게브의 총관과 부총관이 한목소리로 대답했다.

"호위대도 없습니다."

호위대장 무무가 재빨리 그 뒤를 이었다.

메렌레도 힘차게 고개를 끄덕였다.

"언제나 그래 왔듯이 카팁 가문은 충심으로 하라간 님의 명을 받들 것입니다."

라티파도 동의했다.

"저희 친위대원들의 목숨은 하라간 님의 것이옵니다."

하라간이 다시 온바에게 시선을 돌렸다.

여인보다 더 아름다운 하라간과, 야수처럼 흉포하게 생긴 온바의 시선이 허공에서 맞부딪쳤다.

온바는 벼락이라도 맞은 듯 바르르 떨다가 겨우 입술을 열었다.

"하, 하라간 님의 뜻을 따르겠습니다."

"좋아."

하라간은 그제야 흡족한 표정을 지었다.

"지금부터 열흘 안에 내게 보내. 그리고 잊어버려."

"잊어버리라고 하심은……?"

라티파가 아주 조심스럽게 여쭀다.

하라간은 홍차 향을 흠뻑 들이킨 다음 대답했다.

"그런 사람이 세상이 있었다는 사실조차 잊어버리라고. 내가 돌려보낼 때까지 당분간."

"흡!"

"으음!"

하라간의 말이 떨어지기 무섭게 사방에서 신음이 터졌다.

'우세르야, 너 어떻게 하나?'

라티파는 우세르의 앞날을 걱정했다.

메렌레는 페피를 머릿속에 그렸다.

'내 동생 페피! 설마 페피가 잘못되지는 않겠지? 그래도 그 아이는 하라간 님의 외삼촌인데, 설마!'

메렌레는 초조한 표정으로 주먹을 쥐락펴락했다. 그의 손바닥엔 어느새 땀이 흥건했다.

게브의 총관과 부총관은 아무런 생각도 하지 않았다. 그저 하라간 님의 명이니 무조건 따른다는 표정이었다.

호위대장 무무도 게브의 총관과 경쟁이라도 하듯 기쁜 표정을 지었다.

'어차피 그라낙의 주인은 하라간 님이 되실 게야. 그러니 지금 미리 목숨을 바친다고 해도 아까울 것 없지. 그라

낙, 이것도 네 복이다.'

무무는 애써 이렇게 생각했다.

마지막으로 온바는 두 눈을 질끈 감았다. 막내아들 뭄파르가 걱정되어 속이 뒤집어질 것 같았지만 감히 하라간의 명을 거부할 엄두는 나지 않았다. 테이블 밑에서 온바의 커다란 손이 주체할 수 없이 떨렸다.

'떨어? 천하의 이 온바가 떨고 있다고? 크으윽!'

아무리 진정하려고 애써도 뜻대로 되지 않았다. 온바는 자신이 왜 이렇게 겁을 먹는지 그 까닭을 이해할 수 없었다.

Chapter 3

하라간은 석판에 적힌 신상명세서를 곰곰이 뜯어보았다.

1. 페피
— 나이: 49세
— 결합 마물: 다즈케토 [해구 2층 레벨]
— 특기: 물을 다루는 능력이 뛰어남
— 성격: 침착하고 계산에 능함

— 가족 관계: 카림의 둘째 아들, 메렌레의 동생,
네페르의 아버지

— 현재 소속: 리안 강의 치수관

2. 게브 8호

— 나이: 49세

— 결합 마물: 특이종 막레르 [해구 1층 레벨]

— 특기: 추적의 달인, 박쥐와 새, 곤충을 부림

— 성격: 집요함

— 가족 관계: 없음

— 현재 소속: 게브

3. 그라낙

— 나이: 32세

— 결합 마물: 센츄로포스 [해구 1층 레벨]

— 특기: 궁술에 능함

— 성격: 꼼꼼함

— 가족 관계: 없음,

— 현재 소속: 호위대 (호위대장 무무의 제자)

4. 뭄파르

— 나이: 20세

— 결합 마물: 에비스 [연해 3층 레벨]

— 특기: 힘이 세고 체력이 우수

— 성격: 온순하고 내성적임

— 가족 관계: 북부 전선 군단장 온바와 토브욘 왕국의 첩자 사이에서 태어난 서자

— 현재 소속: 없음

5. 우세르

— 나이: 18세

— 결합 마물: 아이쉐아 [연해 3층 레벨]

— 특기: 파충류와 소통이 가능

— 성격: 느긋하면서 식탐이 큼

— 가족 관계: 왕궁 대사제 아바의 손자

— 현재 소속: 친위대

석판을 들여다보던 하라간이 입꼬리를 살짝 치켜들었다.

"페피, 게브 8호, 그라낙, 뭄파르, 우세르…… 이만하면 나름 짜임새가 있군. 우선은 이 정도로 시작을 해 봐야지."

사흘 뒤.

하라간의 명에 의해 5명의 솔샤르들이 입궐했다. 라티파가 그들을 이끌고 하라간에게 안내했다. 다섯 솔샤르들이 한쪽 무릎을 꿇고 예를 올리자 하라간이 의자에서 몸을 일으켰다.

"반갑다."

하라간은 짧고 단호한 말로 솔샤르들을 반겼다.

"치수관 페피가 하라간 님을 뵙습니다."

페피가 우렁차게 선수를 쳤다.

"게브 8호가 하라간 님을 뵙습니다."

"호위대 무사 그라낙이 하라간 님을 뵙습니다."

"친위대원 우세르가 하라간 님을 뵙습니다."

게브 8호와 그라낙, 우세르도 서둘러 고개를 숙였다.

온바를 연상시키는 커다란 덩치에 순해 보이는 인상을 가진 뭄파르만이 넋을 놓고 하라간의 얼굴을 훔쳐보다가 당황하여 고개를 푹 숙였다.

"무, 뭄파르라고 하옵니다. 감히 하라간 님을 뵙습니다."

한쪽 무릎을 꿇고, 가슴에 주먹을 대고, 고개를 푹 숙인 다섯 솔샤르들을 굽어보면서 하라간은 미세하게 고개를 주억거렸다.

"좋아, 좋아."

딱!

하라간이 손가락을 튕기자 라티파가 둘둘 말린 양피지를 가져와 바닥에 쭉 펼쳐 놓았다. 다섯 솔샤르들의 눈이 양피지로 향했다.

"이건…… 북부의 지도가 아니옵니까?"

페피가 조심스레 물었다.

하라간이 고개를 끄덕였다.

"맞아. 우리 군나르 왕국의 북쪽 지방, 그리고 토브욘 왕국 전체가 포함된 지도다."

페피는 하라간의 외삼촌이라 사석에서는 하라간도 페피에게 반 존대를 해 주지만, 지금은 공석이었다. 그래서 군주가 신하를 대하는 태도를 취했다.

페피가 다시 물었다.

"하라간 님, 혹시 저희 5명을 모으신 이유가 토브욘 왕국과 관련이 있습니까?"

역시 페피는 머리가 잘 돌아갔다.

하라간은 순순히 대답을 해 주었다.

"그렇다. 여기 모인 5명 모두 알고 있겠지? 얼마 전 토브욘의 마력함이 우리 군나르 왕국 수도까지 난입하여 치열한 전투를 벌였던 사실을 말이야."

"알고 있습니다."

다섯 솔샤르들이 한목소리로 대답했다. 북방 지역에 머

물던 뭄파르도 그 사건에 대해서 들어서 알고 있었다.

하라간이 물었다.

"그 사건으로 인해 우리 군나르 왕국은 큰 피해를 입었다. 단순히 병력만 피해를 본 것이 아니라 마이림 님께서 납치를 당하는 수모도 겪었지."

군나르 왕국의 영토 내에서 군나르의 핵심 왕족인 마이림이 납치를 당했다는 것은 실로 엄청난 치욕이었다. 하라간이 그 이야기를 거론하자 다섯 솔샤르들의 얼굴이 딱딱하게 굳었다.

Chapter 4

호위대는 왕족에 대한 호위를 책임지는 기관이었다. 호위대원인 그라낙이 잔뜩 흥분했다.

"크윽! 하라간 님의 말씀이 옳습니다. 마이림 님의 납치를 막지 못한 것은 정말 치욕적인 일입니다."

"맞습니다."

"모두 다 저희의 불찰입니다."

게브 8호와 우세르도 주먹을 꽉 움켜쥐었다.

이들 3명에 비해 나머지 2명의 반응은 사뭇 달랐다.

'아뿔사! 하라간 님께서 우리에게 바라시는 것이 있구나!'

무언가를 짐작했는지 페피는 딱딱하게 얼굴을 굳혔다. 토브욘 왕국 이야기가 나오자 뭄파르도 살짝 긴장한 듯 보였다.

하라간은 다섯 솔샤르들의 안색을 세심하게 훑어본 다음 말을 이었다.

"그대들도 알다시피 토브욘 왕국은 우리 군나르 왕국에 지속적으로 첩자를 침투시키고 있다."

하라간은 대놓고 토브욘의 첩자를 화두로 삼았다.

'큭!'

그 말에 뭄파르의 얼굴이 하얗게 질렸다. 뭄파르의 어머니가 바로 토브욘의 첩자 출신인 까닭이다. 뭄파르는 가슴이 두근두근 뛰고 숨이 턱 막혔다.

하라간은 그 사실을 알면서도 모르는 척 넘어갔다.

"우리 군나르 왕국이 어쩌다 이 지경이 되었나? 우리는 언제까지 토브욘 놈들에게 당해야 하나? 토브욘 녀석들은 우리에게 첩자를 보내는데, 왜 우리는 그들의 땅에 첩자를 파견하지 못하나? 한 방 얻어맞았으면 두 방, 세 방으로 갚아 주어야 하는 것 아닌가? 그럴 용기조차 없다면 우리는 천하의 바보, 천치, 겁쟁이라고 욕을 먹어도 싸다. 내 말이 틀렸나?"

하라간의 웅변은 힘이 넘쳤다. 다섯 솔샤르들의 가슴에 뜨거운 불덩이가 치밀었다.

"크윽! 아닙니다. 하라간 님의 말씀이 옳습니다."

게브 8호가 먼저 울분을 토했다.

"그렇습니다. 적에게 한 방 얻어맞았으면 마땅히 두 방, 세 방으로 갚아 주어야 합니다."

뚱보 소년 우세르가 그 뒤를 이었다.

"하라간 님, 저희에게 명을 내려 주십시오. 저희가 목숨을 바쳐 이 치욕을 갚겠습니다."

그라낙은 당장에라도 적진에 쳐들어갈 것처럼 목청을 높였다.

"오호라! 이 충신들을 보라!"

하라간이 연극을 하듯 두 팔을 활짝 벌렸다.

"충성심으로 가득한 이 인재들을 보라! 그래서 내가 그대들을 모은 것이다. 토브욘 왕국에 빚을 갚아 주기 위하여! 우리 군나르 왕국의 명예를 드높이기 위하여!"

"오오오! 하라간 님!"

"저희는 충심으로 하라간 님의 명을 따를 것이옵니다."

4명의 솔샤르들이 일제히 바닥에 머리를 조아렸다. 가장 나이가 많은 페피도 황급히 머리를 숙여 동조했다.

그렇게 군나르 왕국의 반격이 시작되었다.

군나르 왕국은 결코 허약하지 않았다. 하지만 왕의 혈통을 이어받은 후손이 귀해 알아서 몸을 사렸을 뿐이다. 만에 하나 타국과 심각한 마찰을 빚었다가 왕의 후손이 암살당하기라도 한다면? 이 점을 우려한 군나르는 늘 방어적인 입장을 취할 수밖에 없었다.

그런데 지금은 그런 우려가 해소되었다. 군나르의 후계자 하라간이 군나르보다 더 강하기 때문이다.

자신감을 얻은 군나르는 스벤센 왕국과 마찰이 생기자 곧장 병력을 동원해 남부를 압박했다. 그것도 하나밖에 없는 후계자를 직접 전쟁터로 내보내는 강수를 두었다.

비록 하라간이 전공을 세우지는 못했지만, 군나르 왕국에서 이건 큰 변화였다.

"그러니 이제 그 변화의 바람을 북쪽으로도 전파시켜야지."

하라간은 이렇게 뇌까렸다.

종종 첩자를 내려보내 군나르 왕국의 신경을 건드리는 북부의 토브욘 왕국!

"이제 그놈들에게 쓴맛을 보여 줘야 해."

하라간은 토브욘 녀석들에게 받은 것 이상으로 갚아 줄

생각이었다. 하여 기존의 조직에서 벗어나 대외 업무를 전담할 새로운 조직을 만들기로 결심했다.

물론 군나르로부터 이미 허락은 받아 놓았다.

"처음부터 크게 일을 벌일 필요는 없어. 일단은 정예병으로 시작하는 거야. 페피, 게브 8호, 그라낙, 뭄파르, 우세르. 이 5명을 주축으로 삼고, 여기에 라티파의 머리를 더하면 꽤 괜찮은 그림이 그려질 거야."

조직의 이름도 이미 정해 놓았다.

"풀문(Full Moon: 보름달). 비록 태양을 섬기는 우리 군나르 왕국이지만, 어두운 그늘 속에서 활동하는 숨겨진 조직이 하나쯤은 있는 것도 괜찮아."

풀문의 총수는 하라간.

풀문의 두뇌는 라티파.

풀문의 손과 발은 페피, 게브 8호, 그라낙, 뭄파르, 우세르.

하라간은 일단 여기까지 조직도를 그려 놓았다.

"일단 이렇게 스타트를 한 다음, 나중에 차차 조직원을 보강하면 돼."

하라간은 신생 조직 풀문의 첫 임무지로 토브욘 왕국을 지목했다.

"목표는 두 가지다. 첫째, 토브욘 왕국 내에 우리 군나르 왕국의 첩보 조직을 구축하는 것. 둘째, 토브욘의 왕족, 혹은 왕족급의 고위 인사 한 명을 납치하는 것."

"첫 번째 목표는 어렵지 않게 달성할 수 있습니다. 비록 처음부터 고위직에 접근하지는 못하겠지만, 서민층에 첩자를 침투시키는 것은 그다지 어려운 일이 아니니까요. 문제는 두 번째입니다. 과연 누구를 납치하는 것이 좋을지 모르겠습니다. 혹시 하라간 님께서 염두에 둔 상대가 있으십니까?"

라티파가 하라간의 의견을 물었다.

"있지."

하라간은 라티파에게 양피지 한 장을 건네주었다.

"여기 이자를 잡고 싶어. 첫 번째 목표는 장기적인 목표지만, 이자는 지금 당장 납치하고 싶다고."

양피지에는 사내답게 생긴 미남자의 몽타주가 그려져 있었다. 눈빛이 형형하고 코는 우뚝 솟았으며, 턱수염이 덥수룩한 사내! 긴 머리카락을 둘둘 말아 그 위에 30센티미터 길이의 황금 막대를 끼워서 고정한 사내! 바로 토브욘의 열두 번째 적자 데인이었다.

머리가 좋은 라티파는 데인의 얼굴을 곧 알아보았다.

"데인. 북해의 군주 토브욘의 열두 번째 적자군요. 하라간 님, 이자를 납치하란 말씀이십니까?"

북해의 군주 토브욘은 여러 암컷을 독식하는 수사자 같은 인물이었다. 그는 4명의 정식 부인들을 통해 13명의 적자를 두었고, 다른 후궁들을 통해 66명의 왕자를 생산했다. 여기에 딸들까지 더하면 토브욘의 자식은 거의 200명에 육박했다.

데인은 13명의 적자 가운데 한 명이었다. 하지만 토브욘의 후계자 경쟁에 뛰어들기엔 실력이 모자랐다. 현재 토브욘 왕국에서 후계자 자리를 두고 다투는 사람은 둘째 적자 요나스, 다섯째 적자 그룬드, 여덟 번째 적자 륀로트, 그리고 열세 번째 적자 베르였다.

이들 4명을 제외한 나머지 9명의 적자들은 그저 권력의 언저리에서 떨어지는 부스러기나 주워 먹는 처지였다.

하라간이 양피지에 그려진 데인의 얼굴을 손가락으로 톡톡 쳤다.

"솔직한 마음으로 나는 이자가 성에 차지 않아. 최소한 토브욘의 왕후나 4명의 후계자들 가운데 하나를 납치하고 싶다고. 하지만 지금 풀문의 조직원들만으로는 그런 최고위 인사들을 납치하는 것이 불가능하겠지?"

"하라간 님, 데인도 어쨌거나 적자 가운데 하나입니다. 일반 왕자들과 달리 데인도 쉬운 상대는 아니란 말씀입니다."

라티파가 난감한 표정을 지었다.

하지만 하라간은 고집을 꺾지 않았다.

"그래도 적자들 가운데는 데인이 가장 접근하기 쉬울걸? 일단 그는 토브욘의 수도에서 멀리 떨어진 영지에 처박혀 있고, 술과 여자, 도박과 사냥을 밝히는 성격이잖아. 이만 하면 작업을 들어가기에 괜찮은 조건 아냐?"

"그렇습니까? 저도 미처 몰랐던 정보인데, 하라간 님께선 어떻게 그런 중요한 정보들을 알고 계셨습니까?"

라티파가 고개를 갸웃거렸다.

하라간은 엄지로 등 뒤를 가리켰다.

"기밀 열람실."

"네?"

"저기 저쪽 방향에 있는 기밀 열람실 말이야. 그곳에 다 적혀 있던데?"

"네에?"

라티파의 눈이 휘둥그레졌다.

기밀 열람실에 정보가 많은 것은 사실이었다. 하지만 라티파는 하라간이 그 세세한 내용까지 꿰뚫고 있을 줄은 몰랐다. 정보의 분량이 엄청나게 많았기 때문이다.

'라티파, 이 바보. 하라간 님께서 저렇게 애를 쓰실 동안 너는 대체 뭘 한 거냐? 그러고도 네가 하라간 님의 참모라

고 할 수 있어?'

라티파는 자책하는 심정으로 자신의 머리를 콩 쥐어박았
다. 하라간에게 민망해서 얼굴을 들 수 없었다.

Chapter 5

한 달 뒤.

토브욘 왕국 남동쪽의 중규모 영지 데인.

이곳 영지는 토브욘 왕국과 헤닝 왕국 사이의 물물 교역
이 이루어지는 지역이었다. 따라서 상업이 발달하고 유동
인구가 많았다.

대신 외지인들이 수시로 드나드는 통에 치안이 다소 불
안했고, 범죄자들도 다수 모여들었다.

원래 이 영지의 이름은 데인이 아니었는데, 8년 전 토브
욘 왕국 군주의 적자인 데인이 영주로 부임하면서 그 이름
을 따서 데인 영지로 명칭이 바뀌었다.

후계자 싸움에서 일찌감치 밀려난 데인은 수도에서 멀리
떨어진 영지 하나를 얻어 낸 다음 이곳에서 인생을 즐기며
살아가는 중이었다.

데인이 이 지역을 선택한 데는 이유가 있었다.

첫째, 이 지역은 상업이 발달해 자금이 풍부했다. 평소 사치품을 즐기는 데인에게는 이 점이 매력적으로 다가왔다.

둘째, 이 지역은 상단이 많이 오가다 보니 자연스럽게 유흥가가 발달했다. 여자와 도박을 좋아하는 데인에게 이보다 더 좋은 곳도 드물었다.

셋째, 영지 주변에 자작나무 숲이 우거지고 계곡이 깊어 사냥감들이 많았다. 데인의 취미가 술과 여자, 도박과 사냥인데, 이 영지는 사냥을 다니기에 아주 적합했다.

권력에서 밀려난 데인에게 이 영지는 큰 위로가 되었다. 오늘도 데인은 늦은 아침과 곁들여 술을 벌컥벌컥 들이마신 다음, 부하들에게 사냥 준비를 명했다.

"눈 폭풍이 모두 끝났다지? 그럼 굶주린 짐승들이 모두 눈 위로 올라오겠구나. 으하하하하! 오늘 오후부터 일주일간 서쪽 숲으로 사냥을 나갈 것이니라. 당장 가서 몰이꾼들을 대기시켜라."

"네, 영주님."

마침 눈보라가 지나간 뒤라 사냥을 하기에 딱 좋았다. 데인의 부하들은 이런 명령이 떨어질 줄 알고 미리 몰이꾼들을 모아 놓았다.

부하들이 사냥을 준비하는 동안 데인은 술을 한 잔 더 마시고, 옆자리에 앉은 젊은 여자의 엉덩이를 툭툭 두드렸다.

"으하하하하! 고무처럼 탱탱하구나! 좋다. 좋아."

"아잉! 영주님."

젊은 여자가 콧소리를 내며 데인의 품에 안겼다. 데인은 부하들이 보건 말건 신경 쓰지 않고 여인의 입술에 키스를 하고 손을 가슴으로 넣어 주물럭거렸다.

데인의 부하들도 이런 일이 익숙한지라 아무렇지도 않게 여겼다.

영주의 성 앞에는 노예들이 우르르 몰려나와 지난밤 눈폭풍이 쏟아 놓은 하얀 눈덩이들을 치우느라 진땀을 흘렸다.

그 옆에서 털옷을 입은 데인의 부하가 나무 몽둥이를 하나 들고 사람들의 배를 쿡쿡 찔러 보았다.

쿡!

"끄억!"

몽둥이에 명치가 찔린 50대 남자가 비명을 지르며 고꾸라졌다.

데인의 부하는 냉정하게 고개를 가로저었다.

"탈락!"

땅에 쓰러진 50대 남자가 고개를 번쩍 들었다.

"아이고, 나으리. 탈락이라니요? 소인은 벌써 일곱 번이 넘게 영주님을 모시고 사냥을 다녔습니다. 소인만큼 사냥감을 잘 몰아오는 몰이꾼도 없는데 탈락이라니요?"

"흥! 네 얼굴은 나도 익숙하다만, 그래도 안 돼. 명치 한번 찔렸다고 그렇게 쉽게 호흡이 흐트러지면서 무슨 몰이꾼을 하겠다는 게냐? 자고로 좋은 몰이꾼은 사냥감보다 더 빨리 뛰고 말보다 더 오래 달려야 하느니라. 그러니 넌 탈락이다."

"아이고, 나으리! 제게는 딸린 식구가 있습니다. 몰이꾼을 못 하면 제 식구들이 다 굶어 죽습니다. 제발 한 번만 봐주십시오."

50대 남자가 필사적으로 매달렸다.

그 행동이 데인 부하의 화를 돋웠다.

"이 미천한 것이 어디서 감히 내 다리를 붙잡아? 너 죽고 싶냐?"

퍼억! 퍽! 퍽! 퍽!

데인의 부하는 늙은 몰이꾼을 개 패듯이 잡았다.

"으악! 으아악! 아이고! 나으리! 으아악!"

나이 든 몰이꾼은 몸을 새우처럼 웅크렸다. 하지만 매질이 계속되자 결국 입에 거품을 물고 기절했다.

"킥킥킥!"

"오늘도 사람 하나 잡네. 으흐흐."

데인의 또 다른 부하들이 그 모습을 보면서 실실 웃었다.

일렬로 줄을 선 몰이꾼 후보자들은 바짝 긴장하여 침을 꿀꺽 삼켰다.

"다음! 너 이리 와."

한참 동안 매질을 하던 데인의 부하가 다음 몰이꾼을 불렀다.

"넵!"

체격이 다부진 30대 사내가 후다닥 달려와 데인의 부하 앞에 섰다. 데인의 부하는 상대를 위아래로 훑어보았다.

"어라? 못 보던 얼굴인데?"

"이곳에 일감이 있다는 소리를 듣고 옆 마을에서 왔습니다. 제가 사는 마을에선 제가 제일 뛰어난 몰이꾼입니다."

30대 사내는 다부지게 대답했다.

"그래?"

말이 떨어지기 무섭게 데인의 부하가 몽둥이로 청년의 명치를 찔렀다.

30대 청년은 비명 한 번 지르지 않고 꾹 참아 내었다. 얼굴이 시뻘겋게 변하긴 했지만 그래도 이 정도면 쓸 만했다.

"너, 제법인데? 그런데 그 어깨에 멘 활은 뭐냐?"

"제가 활을 제법 쏩니다. 이 활로 멀리 떨어진 사냥감도 몰아올 수 있습니다."

"호오?"

데인의 부하는 손가락으로 턱을 긁은 다음, 30미터 떨어진 나무를 가리켰다.

"저기 저 나무 보이지?"

"네, 보입니다."

"위에서 다섯 번째 나뭇가지를 맞춰 봐라."

"네."

30대 청년은 자신 있게 대답한 다음 활시위를 힘차게 당겼다. 활을 잡는 폼이 제법 그럴듯했다.

피융!

힘차게 날아간 화살이 30미터 밖 나뭇가지를 20센티미터 차이로 비껴갔다.

명중 실패!

사내의 얼굴이 딱딱하게 굳었다.

"나으리, 이건 실수입니다. 더 잘 쏠 수 있습니다. 제게 한 번만 더 기회를 주십시오."

"그래? 그럼 한 번 더 쏴봐."

청년은 이마에 송골송골 맺힌 땀을 훔치고 다시 한 번 활시위를 당겼다. 잔뜩 긴장을 했는지 이번엔 쉽게 시위를 놓지 못했다.

피융!

마침내 쏘아 낸 화살이 나뭇가지로부터 15 센티미터 위쪽을 스쳐 지나갔다.

"아아아!"

청년은 크게 실망한 듯 머리를 감쌌다.

"합격!"

그런데 의외로 데인의 부하는 합격 판정을 내렸다. 그는 만약 청년이 나뭇가지를 맞췄으면 불합격을 줄 생각이었다. 실력이 너무 뛰어난 몰이꾼은 의심스럽기 때문.

그 사실을 아는지 모르는지 청년은 확 밝아진 얼굴로 연신 꾸벅거렸다.

"정말이십니까? 감사합니다, 나으리. 감사합니다."

다른 몰이꾼들이 청년을 부럽다는 눈으로 쳐다보았다.

Chapter 6

일렬로 줄을 선 몰이꾼 후보자들이 빠르게 줄어들었다. 데인의 부하는 조금이라도 미흡하면 가차 없이 탈락시켰다.

영지에 눈 폭풍이 몰아친 뒤라 먹을 것이 다 떨어진 상태.

굶주린 백성들에게는 영주의 사냥 소식이 가뭄에 내린 단비와 같았다. 만약 영주의 몰이꾼으로 선발되면 후한 보수를 받기 때문이다.

하지만 몰이꾼이 되는 것도 쉬운 일이 아니었다. 데인의 부하가 합격을 외치면 그 몰이꾼은 만세를 불렀고, 탈락을 외치면 그 대상자는 울음을 터뜨렸다.

줄이 거의 줄어들 즈음, 쿵쿵 소리를 내면서 거구의 젊은 이가 다가왔다.

"뭐야? 덩치가 왜 이렇게 커?"

데인의 부하가 움찔 놀랐다. 하지만 덩치 청년의 순박한 얼굴을 보자 웃음이 나왔다.

"넌 또 뭐냐? 그 덩치에 몰이꾼 역할을 제대로 할 수 있겠어?"

"네에? 네. 할 수 있습니다."

"보아하니 몸도 날래지 않은 것 같은데 어떻게 몰이꾼을 해?"

"저기 저, 나으리. 제가 사는 마을에선 곰이 나타나면 제가 나섭니다."

"뭐? 곰?"

"네. 제가 곰과 맞서서 힘겨루기를 하는 동안 동네 어른들이 몽둥이로 곰을 때려잡곤 하지요. 동네 어른들 말씀이,

저만큼 뛰어난 몰이꾼도 없다고 하셨습니다."

"호오!"

딴은 그럴듯했다. 다른 사냥감이라면 몸이 날랜 몰이꾼이 좋지만, 곰을 잡으려면 이렇게 힘이 장사인 몰이꾼도 필요할 것 같았다.

옆에서 동료가 거들었다.

"난 괜찮을 것 같은데? 곰을 잡으면 데인 님께서 정말 즐거워하실 게야."

그 말이 데인 부하의 마음을 움직였다.

"좋아. 합격!"

데인의 부하는 덩치 큰 청년의 명치도 한번 찔러 보지 않고 합격 판정을 내렸다.

몰이꾼들 사이에서 부러워하는 소리가 퍼졌다.

무려 40명이나 되는 몰이꾼을 선발한 뒤, 데인의 부하는 그들에게 나무패를 하나씩 나눠 주었다.

"이 패를 가지고 성안 밥집에 가면 먹을 것을 줄 것이다. 그리고 그 옆 대장간에 들리면 몰이꾼에게 필요한 도구를 내줄 게야. 다들 밥을 충분히 먹고, 식량 보따리를 등에 짊어져라. 그다음 도구를 들고 성문 앞으로 다시 모여. 영주 님께서 나오시는 즉시 사냥터로 출발할 것이니라."

"넷, 나으리."

몰이꾼으로 선발된 사람들이 우렁차게 대답했다.

데인의 부하는 몽둥이로 손바닥을 탁탁 치며 외쳤다.

"자, 실시!"

"실시!"

40명의 몰이꾼들이 우르르 성안으로 뛰어 들어갔다.

그 가운데는 활을 어깨에 멘 30대 사내와 덩치가 산처럼 큰 20대 청년도 섞여 있었다. 그들의 이름은 각각 그라낙과 뭄파르.

하라간의 명을 받고 토브욘 왕국에 침투한 풀문 조직원들이었다. 하라간이 창설한 대외 첩보 조직 풀문이 드디어 본격적인 작전에 돌입했다.

따그닥, 따그닥.

성안에서 말발굽 소리가 울렸다. 성격이 급한 데인은 정오도 되기 전에 사냥에 나섰다.

눈처럼 하얀 백마 등에 앉아 하얀 백곰 가죽을 걸친 잘생긴 호남자가 바로 데인이었다. 긴 머리를 둘둘 말아 30 센티미터 길이의 황금 막대기로 고정한 모습을 보자 그라낙과 뭄파르가 동시에 고개를 끄덕였다.

'찾았다.'

'이자가 데인이 맞아.'

이곳 토브욘 왕국에서 머리에 황금 막대기를 꽂을 수 있는 사람은 딱 13명뿐! 오직 토브욘의 적자들에게만 이 머리 장식이 허용되었다.

황금 막대기라는 징표가 있는 한 납치 대상을 착각할 가능성은 없었다. 그라낙이 입술을 굳게 다물었다. 뭄파르도 주먹을 꽉 말아 쥐었다.

데인의 뒤에는 흑마를 탄 부하들이 줄지어 나왔다. 다들 가죽옷을 입고 허리에 기다란 지팡이를 착용한 차림이었다.

그라낙과 뭄파르는 데인의 부하들을 살펴보았다.

'28, 29, 30. 총 30명이구나! 여기에 길잡이가 10명. 그리고 데인까지 합치면 41명이야.'

그라낙은 적의 수를 먼저 헤아렸다.

반면 뭄파르는 다른 점을 살폈다.

'30명 모두 긴 지팡이를 지참했어.'

지팡이를 들고 다닌다는 것은 다시 말해서 이들이 모두 마법사라는 뜻이었다. 토브욘 왕국은 원래 마법에 강했다. 마법사의 수도 많아서, 길에서 돌을 던지면 5개 중 하나는 마법사에게 맞는다는 농담이 있을 정도였다.

하지만 사냥터에 마법사 30명을 데려가는 것은 참으로 과한 일이었다.

'마법사 30명은 상대하기 쉽지 않은데, 끄으응! 이거 일이 꼬이네.'

뭄파르는 지그시 입술을 깨물었다.

그라낙과 뭄파르가 걱정을 하고 있는 가운데 데인이 손을 번쩍 들었다.

"자, 이제 출발하자. 하하하!"

데인의 말이 떨어지기 무섭게 길잡이 10명이 앞장서서 말을 달렸다. 이어서 데인의 백마가 출발하고, 나머지 마법사 30명은 데인의 뒤를 바짝 쫓았다.

"우리도 가자."

몰이꾼들도 서둘러 뜀박질을 시작했다. 말을 쫓아가려면 입에서 단내가 나도록 뛰어야 했다. 그라낙과 뭄파르도 몰이꾼 사이에 끼어서 사냥터로 질주했다.

'어찌 되었건 이번 사냥에서 데인을 납치해야만 한다. 마법사들을 어떻게 따돌릴지 걱정이 되지만 일단 해볼 수밖에.'

뭄파르는 우멍한 눈을 빠르게 굴렸다.

그라낙도 말발굽이 만들어 낸 흙먼지를 뚫고 데인의 백마를 뚫어져라 노려보았다.

데인이 출발하자 성문 옆 으슥한 곳에서 새 한 마리가 날아올랐다. 지난밤 눈 폭풍에도 휩쓸리지 않고 살아남은 새는 뾰로롱 지저귀며 데인 일행의 머리 위를 지나갔다.

게브 8호가 부리는 새였다.

영주의 성에서 멀리 떨어진 곳.

새 소리를 들은 게브 8호가 고개를 끄덕였다.

"사냥감이 둥지에서 나왔다는 전갈입니다."

게브 8호의 말에 페피가 자리를 털고 일어섰다.

"작전 지역에 준비는 끝내 놓았겠지?"

"눈 폭풍이 그칠 때를 맞춰 덫을 준비해 놓았습니다."

게브 8호는 자신 있다는 듯이 가슴을 탕탕 두드렸다.

페피가 지휘봉으로 서쪽 방향을 가리켰다.

"좋아. 그럼 우리도 움직이자."

"네, 페피 님."

두 사람은 데인 일행보다 한발 앞서 사냥터로 향했다.

제7화
사냥

Chapter 1

최근 십 몇 년간 토브욘 왕국은 타국으로부터 공격을 받아 본 적이 없었다. 남쪽의 군나르 왕국은 20년 전 후계자들이 이만이라는 미녀를 사이에 두고 비극적인 혈육 상잔을 벌인 이후로 늘 수성에만 치중했을 뿐 밖으로 눈을 돌릴 경황이 없었다. 동쪽의 헤닝 왕국도 주술계와 마법계 사이에 내분이 발생하면서 토브욘 왕국을 견제하지 못했다.

이런 기간이 길어지다 보니 자연스럽게 토브욘의 귀족들과 왕족들의 머릿속엔 '수비는 필요 없다. 오로지 공격을 통해 공을 세워야 해.' 라는 인식이 자리 잡게 되었다.

데인도 그런 인식을 가진 사람들 중 하나였다.

'내 비록 시골 영지에 처박혀 한량 노릇을 하고 있지만, 사람 인생이란 알 수 없지. 나중에 위대하시고 또 위대하신 분께서 헤닝 왕국을 공략하실 때 내가 선봉에 서서 큰 공훈을 세우면 내게도 다시 기회가 주어질 수 있어.'

이렇게 생각한 데인은 거금을 들여 워메이지(War Mage: 전쟁터에서 활약하는 공격 마법에 특화된 마법사)들을 후원했다.

오늘 데인과 함께 사냥을 나가는 마법사들도 모두 공격 마법을 익힌 워메이지들이었다.

데인은 이 마법사들을 호위용으로 데려간 것이 아니었다. 눈 폭풍이 영지를 휩쓸 동안 마법사들이 바깥 외출도 못 하고 좀이 쑤셔했다. 그래서 데인은 그들에게 모처럼 사냥 기회를 주어 기분을 풀어 줄 요량이었다.

그 탓에 지금 데인 일행의 전력은 불균형이 심했다. 원래 마법사들이 제 능력을 100 퍼센트 발휘하려면 앞에서 시간을 벌어 줄 기사나 무사들이 필요한 법인데, 오늘 데인은 사냥터에 무사들을 거의 데려오지 않았다. 그저 길잡이로 10명만 동행시켰을 뿐이다. 적의 기습이 있을 것이라고는 꿈에도 생각하지 않았기 때문이다.

마법사들도 방심하기는 마찬가지였다.

대부분의 워메이지들은 전쟁터에 출전하기 전 마법 물약

을 충분히 챙기고 스크롤(마법을 미리 캐스팅해 놓은 종이)
도 만들어 놓는 것이 일반적이었다. 하지만 오늘은 가벼운
마음으로 사냥을 나간 것이라 대부분 이런 준비를 소홀히
했다.

"워워워!"

길잡이들이 눈 덮인 언덕 입구에서 말을 세웠다. 데인
영지에서 서쪽으로 9킬로미터쯤 떨어진 후미진 곳이었다.

뒤따라온 데인도 말고삐를 잡아챘다.

히이이이힝—

데인의 백마가 앞발을 높이 들고 울음을 토했다.

"가만. 가만."

데인은 백마의 갈기를 쓰다듬어 진정시킨 다음, 이마에
손을 대고 전방을 훑어보았다.

사방이 하얀색으로 채색된 가운데 저 멀리 노루 무리가
산등성을 타고 지나가는 모습이 보였다. 눈 폭풍을 피해
숨어 있던 녀석들이 굶주림을 참지 못하고 기어 나온 모양
이었다. 하얀 설경 곳곳에서 바스락바스락 소리도 들렸다.
주로 토끼들 같았다.

"하하하! 이거 사방에 사냥감 천지구먼."

데인은 입이 귀에 걸렸다.

길잡이 몇 명이 얼른 데인의 비위를 맞춰 주었다.

"정말 사냥감이 많습니다. 아마도 신인께서 데인 님을 위해 이렇게 많은 사냥감들을 풀어 놓아 주신 것 아닌가 싶습니다."

"데인 님, 소인의 생각에 이것은 분명한 길조입니다."

"길조?"

좋은 징조라는 말에 데인의 눈이 반짝 빛났다.

길잡이는 냉큼 고개를 주억거렸다.

"그렇습니다. 분명 길조입니다. 오늘 데인 님께서 짐승들을 듬뿍 잡아 그중 가장 큰 놈으로 신인께 제사를 올리면 분명 데인 님의 앞날에 더더욱 좋은 일이 풍성해질 것입니다. 하하핫!"

"하하! 소인의 생각도 이 친구와 동일합니다. 이런 것들이 모두 다 데인 님께서 평소에 공덕을 쌓으신 덕분이 아니겠습니까? 하하핫!"

부하들의 낯간지러운 아부에 데인의 입이 헤벌쭉 벌어졌다.

"하하! 거 사람들 하고는. 어쨌거나 그 말을 들으니까 기분이 좋아지는군. 자! 몰이꾼들의 준비는 끝났겠지?"

"네, 데인 님. 사냥감을 능숙하게 몰아올 자들로 골라 뽑았습니다. 기대하셔도 좋습니다."

길잡이들이 자신 있게 말했다.

"그래? 그럼 여기서 시간 낭비할 필요가 뭐 있나? 곧바로 사냥을 시작하지."

몸이 후끈 달아오른 데인이 재촉을 했다.

길잡이들 가운데 한 명이 말을 몰아 몰이꾼들에게 다가왔다.

데인 일행을 쫓아오느라 숨을 헐떡이던 몰이꾼들이 바짝 긴장해서 자세를 바로잡았다.

길잡이는 가죽을 둘둘 감은 몽둥이로 자신의 손바닥을 탁탁 치며 말했다.

"이제 사냥을 시작할 것이다. 너희는 저 북쪽 계곡부터 시작하여 남쪽 능선으로 사냥감을 몰고 올라와라. 특히 중앙의 데인 님을 위해 사냥감을 잔뜩 몰아드려야 한다. 오늘 제 역할을 다하는 몰이꾼에게는 큰 상금을 내릴 것이나, 게으름을 피우거나 사냥에 방해가 되는 놈들에게는 이 몽둥이가 얼마나 따끔한지 맛을 보여 줄 것이야. 다들 내 말 알아들었나?"

"넷! 알아들었습니다."

몰이꾼들이 한목소리로 대답했다.

길잡이가 손을 둥글게 말아 귀에 대었다.

"목소리가 작아서 안 들린다. 뭐라고?"

몰이꾼들은 목에 핏대를 세우고 얼굴을 시뻘겋게 물들였

다.

"네엣! 알아들었습니다아아—!"

"뭐라고?"

"네에엣! 알아아— 들어었— 습니다아아—!"

성대를 쥐어짠 우렁찬 함성에 나뭇가지에 쌓인 눈이 우수수 떨어졌다. 눈밭에 숨어 있던 토끼들도 놀라서 후다닥 도망쳤다.

"으하하하!"

그 모습에 데인이 호탕하게 웃었다.

몰이꾼들은 눈에 발이 빠지지 않도록 폭이 넓은 특수 신발로 갈아 신었다. 그다음 길잡이가 지시한 북쪽 계곡으로 움직였다.

길잡이들이 데인에게 몰려와 사냥 준비가 끝났음을 알렸다.

"데인 님, 몰이꾼들이 남쪽 능선 위로 사냥감을 몰아올 것입니다."

"마법사들과 함께 능선 위에 미리 매복을 하고 계시지요. 옆으로 새는 짐승들은 저희가 막아 데인 님께 몰아드리겠습니다."

"오냐."

능선 위까지 말을 타고 갈 수는 없었다. 데인은 백마의 고삐를 나무에 비끄러맨 다음 북슬북슬한 털옷을 툭툭 털고 남쪽 능선으로 향했다.

30명의 마법사들도 말을 두고 산을 탔다.

Chapter 2

사사삭.

눈 덮인 자작나무에 몸이 하얀 도마뱀이 기어 올라갔다. 데인과 마법사들이 접근하자 도마뱀은 동작을 딱 멈추고 눈알만 데구루루 굴렸다.

대부분의 파충류들은 추운 지방에서 맥을 못 추게 마련.

하지만 길이가 10 센티미터도 되지 않는 이 조그만 스노우 도마뱀은 추운 북해에서도 거뜬히 활동하는 특별한 종이었다.

데인과 마법사들이 나무를 스쳐 지나가자 스노우 도마뱀이 사사삭 모습을 감추었다. 대신 다른 나무에서 또 다른 스노우 도마뱀이 나타나 데인을 관찰했다.

"허어! 눈 풍경이 아주 장관이로구나!"

남쪽 능선에 도착한 데인이 눈 아래 펼쳐진 새하얀 세상을 보며 감탄했다. 마법사들도 기다란 지팡이를 눈에 꽂고 대자연이 빚어낸 아름다운 풍경을 감상했다.

사삭, 사사삭.

능선 위 바위틈에서 조그만 스노우 도마뱀이 고개를 쏙 내밀었다. 녀석은 데인과 마법사들을 쭉 훑어본 다음 다시 바위틈으로 숨었다.

능선으로부터 200미터가량 떨어진 곳.

하라간의 친위대원인 우세르가 땅을 파고 그 속에 몸을 웅크리고 있었다.

"어, 춥다. 어허허, 추워."

따뜻한 군나르 왕국 기후에 익숙한 우세르는 덜덜 떨면서 밀떡을 뜯어 먹었다. 그러면서도 스노우 도마뱀들을 통해 데인의 이동 경로를 놓치지 않았다. 우세르의 주특기인 파충류 부리기가 이번에도 역할을 톡톡히 했다.

"그라낙과 뭄파르 아저씨들은 몰이꾼 사이에 끼었고, 페피 님과 게브 8호 아저씨는 준비가 끝났나 모르겠네? 우걱, 우걱, 우걱."

우세르는 차갑게 식은 밀떡을 입에 넣어 씹으면서 조그맣게 중얼거렸다.

잠시 후.

"우와아아아아—!"

산을 무너뜨릴 듯한 고함과 함께 몰이꾼들이 전력을 다

해 내달렸다. 일부 몰이꾼은 징을 두드려 큰 소리를 내었다.

깜짝 놀란 짐승들이 눈밭 곳곳에서 튀어나왔다. 토끼 떼가 우르르 나와 몰이꾼들의 모는 방향으로 정신없이 치달렸다. 먹이를 찾아 나선 노루 가족도 겅중겅중 뛰어 남쪽 능선으로 올라왔다.

꾸웨에엑—

멧돼지 무리도 어딘가에서 튀어나와 꽁지 빠지게 달렸다.

몰이꾼들은 둥근 포위망을 만들며 짐승들을 능선 중앙으로 몰았다. 그러다 왼쪽의 몰이꾼 몇 명이 눈 속에 가슴까지 푹 파묻혔다.

"으악!"

"살려 줘!"

눈에 파묻힌 몰이꾼들이 비명을 질렀다.

그 모습을 본 동료들이 멈칫거렸다.

그 바람에 오른쪽 날개에 비해 왼쪽 날개가 상대적으로 뒤처지게 되었다.

우두두두—

중앙으로 몰리던 짐승들이 방향을 비스듬히 틀어 왼쪽으로 빠지기 시작했다.

"저 멍청한 것들!"

길잡이들이 얼굴이 시뻘게지도록 화를 냈다. 길잡이 가운데 한 명이 활시위를 크게 당겨 화살을 쏘았다.

퍽!

눈에 파묻힌 몰이꾼 가운데 한 명이 머리에 화살이 꽂혀 절명했다.

길잡이가 버럭 고함을 쳤다.

"죽고 싶은 놈들은 나서라. 몰이꾼 역할을 제대로 해내지 못하면 너희들은 다 죽은 목숨이닷!"

서슬 퍼런 호통에 몰이꾼들이 찬물을 뒤집어쓴 듯 부르르 떨었다. 왼쪽 날개의 몰이꾼들은 눈에 파묻힌 동료를 내팽개치고 다시 징을 울리며 내달렸다.

왼쪽으로 빠지려고 했던 짐승들이 다시 중앙으로 방향을 틀었다.

하지만 가장 큰 사냥감인 멧돼지 떼는 이미 왼쪽으로 완전히 빠져나간 상태였다.

"이런! 이런! 멧돼지들을 잡아야 손맛을 제대로 볼 수 있는데."

데인이 안타깝게 발을 굴렀다.

그때 그라낙이 나섰다. 왼쪽 날개에 자리를 잡은 그라낙은 계곡 갈래를 타고 도망치는 멧돼지를 향해 화살을 날렸다.

바람을 가르며 날아간 화살이 멧돼지의 바로 옆을 스치고 지나가며 나무에 쾅 틀어박혔다. 나무 위에 쌓인 눈이 와르르 함몰되자 멧돼지들이 꾸엑! 비명을 지르며 다시 중앙으로 방향을 틀었다.

"옳거니!"

데인이 쾌재를 불렀다.

"허어! 천한 몰이꾼 중에 명궁이 숨어 있었네?"

마법사들도 그라낙의 활 솜씨에 감탄했다.

짐승들이 가까이 접근하자 데인이 참지 못하고 능선에서 뛰쳐나갔다.

"이이야호!"

데인은 신이 나서 검을 휘둘렀다.

정신없이 도망치던 거구의 멧돼지가 갑자기 나타난 데인에게 놀라 곧장 달려들었다. 데인은 무자비하게 돌격해 온 멧돼지를 피하지 않고 검을 위에서 아래로 강하게 내리그었다.

검날이 멧돼지의 정수리로 파고들고, 이어서 뼈를 끊는 감촉이 데인의 손에 전달되었다.

'그래! 이 맛이야!'

데인은 짜릿한 쾌감을 느꼈다.

커다란 멧돼지가 핏물을 뿜으며 데인을 덮쳤다.

데인은 빙글 몸을 돌려 멧돼지와의 충돌을 피한 다음, 검을 수평으로 휘둘러 멧돼지의 배를 갈랐다.

츄화악—

피와 함께 내장이 와르르 쏟아졌다. 멧돼지는 꾸르륵 피 거품을 게워 내며 눈에 머리를 처박았다.

데인이 다시 앞으로 달렸다.

우두머리를 뒤따라오던 또 다른 멧돼지가 데인의 검에 비스듬히 베여 고꾸라졌다. 데인은 쓰러진 멧돼지의 몸을 밟고 도약하며 검을 하늘 높이 들었다.

거의 60도 각도로 깎아지른 급경사에서 부웅 날아오른 데인이 산기슭에 착지하며 양손으로 검을 휘둘렀다.

써걱!

강렬한 소리와 함께 세 번째 멧돼지가 피를 뿜었다.

데인이 흠뻑 손맛을 즐기는 사이 마법사들도 마음껏 스트레스를 풀었다. 오동나무 지팡이를 머리 위로 들어 빙글 휘두른 마법사가 캐스팅과 함께 지팡이를 앞으로 뻗었다.

퍼퍼펑!

세 갈래로 갈라져 튀어 나간 시뻘건 불덩이가 자작나무 잡목 사이를 누비며 날아가 노루 세 마리를 동시에 덮쳤다.

구슬픈 소리와 함께 노루 가족이 몰살을 당했다. 불덩이에 정면으로 가격을 당한 수놈은 몸이 지글지글 타들어 갔다. 살짝 비껴 맞은 암놈 두 마리도 눈에 쓰러져 고통스러운 신음을 토했다.

"으하하하!"

마법사는 허리에 손을 얹고 크게 웃었다.

"여기도 있다."

동료 마법사가 그에 뒤질세라 앞으로 뛰쳐나와 양손을 휘저었다.

쩌적! 쩌저저저적!

마법사의 손에서 뿜어진 시퍼런 전기가 그물망처럼 넓게 퍼지며 토끼들을 대량으로 잡았다. 강한 전기에 감전된 토끼들은 털과 가죽에서 하얀 연기를 뿜으며 픽픽 쓰러졌다.

"이야! 자네 실력이 더 발전했는데?"

주변의 마법사들이 엄지를 치켜들었다.

"그렇지?"

으쓱해진 전격계 마법사가 더욱 신이 나서 전기를 난사했다. 전투를 즐기는 워메이지다운 행동이었다.

몰이꾼들이 몰아온 짐승들은 대부분 다 잡혔다. 한참 검을 휘둘러 멧돼지 다섯 마리와 노루 네 마리를 잡은 데인은 손등으로 이마에 흐르는 땀을 닦았다.

"후와! 시원하다. 아아! 답답했던 속이 뻥 뚫린 기분이
네."

"데인 님, 저희도 마찬가지입니다. 눈 폭풍에 갇혀 밖에
나다니지도 못하고 갑갑했는데, 저희 마법사들에게 이렇게
스트레스를 풀 기회를 주셔서 고맙습니다."

워메이지 가운데 한 명이 대표로 나서서 데인에게 감사
인사를 전했다.

데인은 호탕하게 웃었다.

"하하하! 이건 맛보기에 불과하오. 오늘 나와 함께 마음
껏 짐승들을 잡으며 기분을 내 봅시다. 으하하하하!"

"와하하하!"

데인과 마법사들은 널브러진 짐승들의 시체 사이에서 웃
음꽃을 피웠다.

Chapter 3

"어이, 너 이리 와 봐라."

데인이 그라낙에게 손짓을 했다.

그라낙이 활을 풀어 땅에다 내려놓고 조심스럽게 데인에
게 다가섰다.

데인이 흡족하게 웃었다.

"너, 활 솜씨가 제법이던데?"

"아닙니다요. 그저 멧돼지들이 경로에서 이탈을 하기에 급한 마음에 화살을 쏘았는데, 운이 좋았습니다요."

그라낙은 허리를 굽실거렸다.

데인이 껄껄 웃더니 그라낙에게 술을 한 잔 따라 주었다.

"자! 이건 내가 내리는 상이니라. 속이 뜨끈해지도록 한 잔 마셔라."

"어이쿠! 영주님! 황송하옵니다."

그라낙은 냉큼 자리에 무릎을 꿇고 데인의 잔을 받았다. 고개를 돌려 술잔을 비운 그라낙이 다시 잔을 돌려주자 데인은 그라낙의 어깨를 툭툭 쳤다.

"자! 다음 사냥에서도 네 활약을 기대하마."

"영주님! 소인을 이리도 믿어 주시니 고맙습니다. 정말 최선을 다하겠습니다."

그라낙이 눈에 이마를 처박고 연신 절을 했다.

데인이 그라낙에게 물었다.

"듣자 하니 네가 사냥꾼 출신이라던데, 네 의견은 어떠냐? 다음 사냥터로 저쪽 계곡을 가 볼까 하는데."

데인이 가리킨 곳은 지금 사냥을 한 바로 옆 계곡이었

다.

그라낙이 말은 못 하고 고개만 갸웃거렸다.

데인이 이유를 물었다.

"왜 그러느냐? 저 계곡을 가면 안 될 이유라도 있느냐?"

"그건 아니옵고, 방금 이곳에서 큰 소리를 내며 사냥을 했으니 저곳의 짐승들은 이미 몸을 피했을 것 같습니다."

"허! 그도 그렇겠구나. 그럼 너 같으면 어느 곳을 사냥터로 삼겠느냐?"

그라낙은 덫을 파 놓은 계곡을 잠시 곁눈질했다가 다른 곳으로 눈을 돌렸다.

"소인이라면 저쪽을 한번 노려 보겠습니다."

"저쪽? 왜?"

"영주님께서 저곳에 도착할 즈음이면 큰 소리에 놀랐던 짐승들도 다시 제집으로 돌아올 것 같기 때문입니다. 또한 바람이 저쪽에서 이곳으로 불고 있지 않사옵니까? 아마 저곳 사냥터의 짐승들은 여기서 풍기는 피 냄새를 맡지 못했을 겁니다."

그라낙은 제법 사냥 전문가다운 냄새가 풍겼다.

그의 의견이 그럴듯했는지 데인이 고개를 끄덕였다.

"좋다. 그럼 네가 지목한 곳으로 한번 가 보자. 만약 그곳에서 사냥이 잘 풀리면 내가 너에게 푸짐한 상을 내리마."

"어이쿠! 영주님. 감사합니다. 감사합니다."

그라낙은 연신 허리를 굽실거렸다.

그라낙이 지목한 사냥터는 아주 훌륭했다.

크허어어엉!

몰이꾼들이 징을 울리며 소란을 떨자 겨울잠을 자던 불
곰들이 굴에서 뛰쳐나온 것이다. 보통 번식기를 제외하면
곰은 홀로 행동하는 경우가 많은데, 이 계곡에서는 놀랍게
도 커다란 곰이 세 마리나 나타났다.

"곰이다! 곰이다!"

데인은 어린아이처럼 펄쩍펄쩍 뛰며 기뻐했다.

"허어어, 크네. 커!"

"저거 아주 제대로인데?"

일어선 키가 거의 3미터에 달하는 대형 곰을 보면서 마
법사들도 감탄했다.

"다른 잡것들은 놓쳐도 좋다. 저 곰을 몰아와라."

데인이 팔을 크게 휘두르며 재촉했다.

몰이꾼들이 징을 꽝꽝 두드리며 곰을 언덕 위로 몰려고
애썼다. 하지만 가장 덩치가 큰 불곰은 이 정도 소리에 놀
라서 도망칠 만큼 나약하지 않았다.

크헝!

오히려 포효와 함께 몰이꾼들을 덮쳤다.

"크악!"

벼락처럼 날아온 곰의 앞발에 맞아 몰이꾼 한 명이 비명을 지르며 나가떨어졌다. 사람이 1미터나 붕 떠서 날아가는 모습을 보자 몰이꾼들이 바짝 얼어붙었다. 가슴에 움푹 뜯겨나간 몰이꾼은 거친 숨을 몰아쉬다가 결국 숨이 멎었다.

그 장면에 몰이꾼들은 더더욱 벌벌 떨었다.

멀리서 길잡이들이 창과 검을 뽑아 들고 달려왔다.

"도망치지 말고 그놈을 붙잡아."

"도망치는 놈들은 다 죽여 버린다!"

길잡이들은 몰이꾼들을 협박하며 빠르게 날아들었다.

하지만 곰의 포효에 정신이 쏙 빠진 몰이꾼들이 정신 줄을 놓고 엉덩방아를 찧었다. 영악한 불곰은 포위망이 뚫리자 재빨리 그곳으로 빠져나갔다.

그때 그라낙이 화살을 날렸다.

곰의 귓가를 스치며 지나간 화살이 나무에 쾅! 박혔다.

크헝!

화가 난 불곰이 다시 그라낙을 향해 등을 돌렸다. 그때를 기다렸다는 듯이 뭄파르가 나섰다. 키가 2미터가 넘는 뭄파르는 우두두두 황소처럼 달려가 곰을 머리로 들이받았다.

그 힘이 어찌나 셌던지 불곰이 뒤로 벌렁 나자빠졌다.

"저, 저, 저!"

몰이꾼들이 놀라서 입을 쩍 벌렸다.

그사이 뭄파르가 얼른 몸을 피했다.

크허헝!

벌떡 일어난 불곰이 뭄파르를 향해 눈에 불을 켜고 쫓아왔다.

"으힉!"

뭄파르는 기겁을 하며 땅바닥을 기는 시늉을 했다.

"잘했다."

"여기서부터는 우리가 맡으마."

때마침 달려온 길잡이들이 창과 검으로 능숙하게 불곰을 상대했다. 길잡이들은 토브욘 왕궁에서부터 데인을 섬기던 정식 부하들이었다. 그들은 혼자서도 능히 불곰을 잡을 만한 실력자들이었지만, 데인을 위해 불곰의 가죽에 상처 하나 입히지 않았다. 그저 창으로 위협하고 검의 옆면으로 불곰을 때려 점점 능선 위로 몰아갈 뿐이었다.

견디다 못한 불곰이 등을 돌려 데인이 매복한 방향으로 달렸다.

"옳거니!"

언덕 위에서 데인이 만세를 불렀다.

Chapter 4

공교롭게도 세 마리 불곰이 동시에 데인을 향해 달려왔다.

"아무도 나서지 마시오."

욕심이 많은 데인은 이 귀중한 사냥감을 마법사들에게 양보하지 않았다. 곧장 앞으로 달려 나간 데인이 검으로 우아한 원을 그렸다.

데인을 향해 앞발을 휘두르던 불곰이 비명을 지르며 발을 뺐다. 곰의 발에서 피가 철철 흘렀다.

두 번째 불곰이 상체를 크게 세워 데인을 공격했다. 데인은 뒤로 풀쩍 물러났다가 다시 스텝을 밟아 앞으로 달려들었다.

데인의 검이 만들어 낸 궤적에 곰의 배가 갈렸다.

크헝!

복부에 상처를 입은 두 번째 곰이 비명을 지르며 후퇴했다.

그 즉시 가장 덩치가 큰 세 번째 불곰이 데인을 덮쳤다. 이 곰의 공격이 가장 빠르고 위협적이었다.

"흥! 어딜!"

하지만 데인은 검을 세 차례 연속해서 휘둘러 불곰의 공격을 막아 낸 다음, 왼쪽에서 오른쪽으로 뿌리듯이 검을 휘둘러 곰의 허리 어림을 베었다.

크앙!

커다란 불곰이 울음을 토했다.

데인의 검이 이번엔 오른쪽에서 왼쪽으로 빠르게 날았다. 순간 불곰은 갑자기 온몸을 웅크려 검을 등 뒤로 흘려 버렸다. 그다음 낮은 자세로 파고들어 데인의 허벅지를 물었다.

쫘악—!

데인의 바지가 크게 찢어졌다. 약간이긴 하지만 핏물도 튀었다.

"데인 님!"

"괜찮으십니까?"

마법사들이 깜짝 놀랐다. 길잡이들도 화들짝 놀라 달려들려고 했다.

데인이 거부했다.

"오지 마! 나는 괜찮다."

이를 악문 데인이 검을 폭풍처럼 휘저었다. 이번엔 마물의 힘도 살짝 섞은 듯, 데인의 검에서 하얀 냉기가 뿜어져 불곰을 얼렸다.

갑자기 강추위가 몰아치자 불곰의 움직임이 둔해졌다. 데인의 검은 불곰의 얼어붙은 피부를 베어 계속해서 상처를 입혔다.

처음에 달려들었던 두 마리 불곰도 힘을 합쳐 데인을 공격했다. 데인은 냉기를 좀 더 강하게 내뿜으며 불곰 세 마리를 혼자서 상대했다.

시간이 갈수록 불곰들의 몸에는 상처가 늘었다.

반면 데인은 호흡이 거칠어지지도 않았다. 초반에 방심을 해서 허벅지에 살짝 찰과상을 입은 것 외에는 조그만 상처 하나 없었다.

크앙!

피투성이가 된 불곰이 발악하듯 달려들었다.

"어딜 감히!"

데인은 마주 몸을 날렸다. 양손으로 움켜쥔 데인의 검이 앞으로 쭉 뻗어 불곰의 목을 관통했다. 불곰이 전력을 다해 휘두른 앞발은 빈 허공만 훑고 지나갔다.

섬뜩한 냉기를 뿜는 데인의 검은 불곰의 머리와 가슴을 꽝꽝 얼렸다. 데인은 검자루에서 손을 뗀 채 2미터 밖으로 몸을 뺐다.

쿠우웅! 휘청거리던 불곰이 육중한 소리를 내며 옆으로 쓰러졌다.

남은 두 마리 불곰이 등을 돌려 도망치기 시작했다.

"어딜 가려고?"

데인의 차가운 미소와 함께 손을 양쪽으로 뻗었다. 데인의 손끝에서 방출된 냉기가 주변의 눈과 수증기를 빨아들여 꽝꽝 얼렸다. 그렇게 즉석에서 만들어진 얼음의 창날이 데인의 손에서 벼락처럼 뻗어 나가 두 불곰의 사타구니를 동시에 찔렀다.

크왁!

크아앙!

약점을 찔린 불곰들이 펄쩍 뛰어 나뒹굴었다. 데인은 죽은 불곰의 시체에서 검을 뽑아 나머지 두 마리 불곰을 향해 다가섰다.

눈에 검을 대고 질질 끌면서 다가오는 데인의 모습이 불곰들에게는 죽음의 사신이 다가오는 것처럼 느껴졌다.

퍼억! 퍽!

데인은 장작을 패듯 불곰을 검으로 때려잡았다.

"후아! 속 시원타!"

사냥을 마친 데인이 털옷을 와락 열고 맨가슴을 드러내

며 포효했다.

"데인 님, 만세!"

"역시 데인 님이십니다."

사냥을 지켜보던 마법사와 길잡이들이 데인을 향해 박수를 보냈다. 데인은 곰의 피가 묻은 주먹을 번쩍 들어 박수에 화답했다.

'그래! 이 맛이지!'

오랜만에 피를 보자 데인의 가슴이 벌렁벌렁 뛰었다. 이렇게 진하게 피를 볼 때면 데인은 자신이 죽지 않고 살아있음을 느꼈다. 그리고 언젠가는 자신을 밀어낸 형제들을 사냥하고 다시 권력의 중심부로 복귀할 거라는 자신감이 생겼다.

'역시 난 사냥이 체질이야! 노루나 멧돼지로는 성이 차지 않아. 곰을 더 잡고 싶다. 커다란 불곰을 더 사냥하고 싶어.'

후끈 달아오른 데인이 그라낙에게 손짓을 했다.

"너, 이리 오너라."

"넷, 영주님."

그라낙이 활을 내려놓고 후다닥 달려왔다.

데인은 피 묻은 손으로 그라낙의 얼굴을 꽉 움켜쥐었다.

"잘했다."

"네엣? 가, 감사합니다."

"자! 네게 또 한 번의 기회를 주겠다. 네 사냥 지식으로 한 번 더 사냥터를 골라 보아라. 만약 이번에도 불곰을 사냥하게 된다면, 더 큰 상을 내리마."

이곳 사냥터를 고른 사람이 바로 그라낙이었다. 데인은 그라낙의 눈을 한 번 더 믿어 보기로 했다.

"알겠습니다. 잠시만 기다려 주십시오."

그라낙은 주변 지형도를 바닥에 놓고 이리저리 살피고, 높은 바위 위에 올라가 두리번거렸다. 그다음 바위에서 날렵하게 뛰어내리며 서남쪽으로 손가락을 뻗었다.

"저쪽 계곡입니다."

"응?"

"소인의 눈에는 눈발이 아직 살짝 휘날리는 저 계곡이 좋아 보입니다. 골이 깊고 험해 큰 짐승들이 저 안에 웅크리고 있을 것 같습니다."

그라낙이 지목한 곳은 봉우리를 2개 넘어야 갈 수 있는 곳이었다. 몰이꾼들을 데리고 저곳에 도착하면 해가 뉘엿뉘엿 질 것 같기도 했다.

마법사 한 명이 그 점을 지적했다.

"데인 님, 저기 도착하면 날이 어두워질 것 같습니다."

"그래요?"

데인이 마뜩잖은 표정으로 되물었다. 데인은 지금 이 기분을 계속 살리고 싶었다. 여기서 사냥을 중단하기엔 뭔가 아쉬웠다.

그라낙이 기다렸다는 듯이 중얼거렸다.

"어둑한 밤에 사냥은 더 잘되는데! 주변에 조그만 불빛이라도 있으면 좋을 텐데, 아쉽네요."

그라낙의 혼잣말을 데인이 들었다.

"어둑한 밤에 사냥이 더 잘된다고?"

"헙! 영주님, 들으셨습니까?"

"다시 말해 봐라. 밤에 사냥이 더 잘된다고 했지?"

"네에. 그건 그렇습니다. 원래 짐승들이 낮에는 자고 밤에 주로 활동하지 않습니까?"

"그야 그렇지."

데인의 귀에는 그라낙의 설명이 그럴듯하게 들렸다.

그라낙이 매끄럽게 혀를 놀렸다.

"그래서 원래 사냥은 밤에 더 잘됩니다. 활동하는 짐승이 많기 때문이죠. 그런데 밤에 사냥을 하면 좀 위험할 수도 있지 않겠습니까? 그게 무서워서 저희 같은 무지렁이 사냥꾼들은 밤 사냥을 피하는 것일 뿐, 원래는 밤 사냥이 최고입니다. 크으!"

그라낙은 엄지까지 척 세웠다.

데인의 눈이 반짝 빛났다.

"호오! 그래? 자아! 우리 마법사들의 생각은 어떠시오?"

Chapter 5

그라낙이 마법사들의 의견을 물었다.

마법사들은 원래 자부심이 강한 족속들이었다. 조금 전 그라낙은 "저희 같은 무지렁이 사냥꾼들은 위험하기 때문에 무서워서 밤 사냥을 피합니다."라고 말했다. 따라서 마법사들이 밤 사냥을 회피한다면, 그건 무지렁이 사냥꾼들과 동급이라는 소리였다.

마법사 한 명이 콧방귀를 뀌었다.

"데인 님. 저희는 무지렁이 사냥꾼과는 다릅니다. 저희 마법사들이 마법을 발휘하면 밤도 낮처럼 밝힐 수 있거늘, 무얼 두려워하겠습니까?"

물론 몇몇 마법사들은 우려 섞인 눈빛을 던졌지만, 그들도 대놓고 위험하다는 소리는 하지 못했다. 겁쟁이로 여겨지는 것이 싫어서였다.

데인이 손뼉을 쳤다.

"오호라! 역시 그대들이 내 곁에 있어 든든하오. 하긴,

전쟁은 밤낮을 가리지 않지. 그 전쟁터에서 야간 전투를 하는 워메이지들이 한낱 짐승을 두려워할 리 없지."

데인이 이렇게까지 말하자 그 어떤 마법사도 반론을 제기하지 못했다. 그랬다가는 야간 전투를 못 하는 반쪽짜리 워메이지로 낙인찍힐 분위기였다.

데인이 마법사들의 어깨를 탁탁 두드렸다.

"좋소. 다들 뜻을 모았으니 어서 저 계곡으로 갑시다. 저기서 사냥을 마음껏 한 다음, 텐트를 치고 야영을 하며 고기를 구워 먹읍시다. 하하하하!"

데인이 앞장섰다.

길잡이들이 주변을 호위했고, 마법사들이 그 뒤를 따랐다.

몰이꾼들은 어깨에 짐을 메고 산을 넘기 시작했다. 몰이꾼들 가운데 일부가 그라낙을 향해 침을 뱉었다.

"퉤엣! 잘난 척하기는!"

"그러게 말이야. 여기서 오늘 사냥을 끝내고 쉬어야 우리도 살 텐데, 봉우리를 2개나 넘고 밤 사냥까지 하게 생겼으니! 쯧쯧쯧!"

몰이꾼들이 욕을 하건 말건 그라낙의 귀에는 들리지 않았다. 그라낙은 데인의 등을 날카롭게 노려보았다.

'드디어 덫으로 몰아넣었다.'

조금 전 그라낙이 지목한 계곡은, 풀문에서 덫을 설치한 바로 그 장소였다.

봉우리 2개를 넘는 것은 보통 고된 일이 아니었다. 데인과 길잡이들은 땀도 거의 흘리지 않고 산을 탔으나, 마법사들 가운데는 벌써부터 체력이 고갈된 자들이 나오기 시작했다. 하지만 다들 자존심이 강해 쉬어 가자는 소리도 못 하고 속만 끙끙 앓았다.

몰이꾼들도 죽을 지경이었다. 몰이꾼들은 야영을 위한 짐까지 잔뜩 짊어져야 했기에 길잡이나 마법사보다 몇 배는 더 힘들었다.

그렇게 입에서 단내가 날 정도로 강행군을 하자 다들 녹초가 되었다.

하지만 데인은 그런 주변 분위기를 살피지 못했다. 불곰 세 마리를 잡은 그 짜릿한 손맛을 얼른 또 느끼고 싶어 마음이 조급할 뿐이었다.

"뭘 꾸물거리는 게야? 어서 가자."

몰이꾼들이 자꾸 처지자 데인이 호통을 쳤다.

길잡이 몇 명이 뒤로 빠져나와 행동이 굼뜬 몰이꾼들의 등에 몽둥이질을 했다.

"어이쿠!"

"아이고, 나으리!"

몇 대를 얻어맞고 나자 몰이꾼들도 정신이 번쩍 들었다. 그들은 죽을힘을 다해 발걸음을 옮겼다.

마침내 목표 지점에 도착했다. 데인이 주변을 쓱 훑어보았다.

"아아!"

눈보라와 안개가 살짝 낀 깊은 계곡을 보자 느낌이 확 왔다. 뭔가 커다란 놈이 웅크리고 있을 것 같다는 느낌! 오늘 크게 한 건 하겠구나 싶은 그 느낌!

데인이 껄껄 웃었다.

"하하하! 과연 제대로구나! 이런 계곡이라면 분명 큰 사냥감이 있을 거야."

마법사들도 고개를 주억거렸다. 안개에 섞여 누린내도 살짝 나는 것이, 대단한 육식 동물이 있을 것 같았다.

길잡이들이 가까운 주변을 살펴보았다.

"데인 님, 주변에 별 이상은 없는 것 같습니다."

"이곳에서 사냥을 하시지요."

"오냐. 날이 어두워지기는 했다만 그건 마법사들이 해결을 해 줄 것이고, 몰이꾼들이 고생을 하거나 다칠 수는 있겠다만, 그것은 내가 두둑한 포상을 내려 보답할 것이다."

데인의 말에 마법사들과 몰이꾼들은 힘들다는 내색도 하

지 못했다.

데인이 성큼 산등성이로 올랐다.

마법사들 몇몇이 그 뒤를 따랐으나, 일부 마법사들은 손사래를 쳤다. 벌써 산을 몇 개나 넘어왔는데 또 등산을 하기는 힘들어서였다.

"왜 그러시오?"

데인이 고개를 돌려 눈을 부라렸다.

마법사들은 차마 데인 앞에서 체력이 떨어졌다는 말을 할 수 없었다. 대신 머리 회전이 빠른 마법사 한 명이 꾀를 내었다.

"데인 님, 밤 사냥을 제대로 하려면 이곳 계곡을 넓게 밝혀야 하지 않겠습니까? 그래야 몰이꾼들이 제대로 짐승들을 몰지, 어둠 때문에 짐승들이 다 새 버리면 어떻게 하겠습니까? 그러니까 저희 마법사들 가운데 일부는 몰이꾼들 사이에 섞여 올라가면서 빛을 밝히겠습니다."

그 말이 참으로 그럴듯했다.

"오호라!"

데인이 무릎을 쳤다.

뒤에 남은 마법사들이 속으로 만세를 불렀다. 이렇게라도 좀 쉬고 싶었기 때문이다.

하지만 무턱대고 데인을 따라나섰던 마법사들은 얼굴을

일그러뜨렸다.

'이런 젠장! 내가 저 생각을 했어야 하는데!'

'크윽! 선수를 빼앗겼다.'

결국 마법사들은 세 패로 나뉘었다. 10명은 데인과 함께 위에서 매복을 하기로 했고, 또 10명은 길잡이들과 함께 옆으로 새는 짐승들을 막기로 했으며, 나머지 10명은 몰이꾼들과 함께 밑에서부터 올라가는 것으로 결정되었다.

"왜 인원을 나누지? 그냥 마법의 불을 소환해서 그 불덩이로 하여금 계곡 밑부터 산등성이까지 쭉 훑으면서 지나가도록 유도하면 되는데."

데인이 자리를 뜬 뒤, 뒤에 남은 마법사 한 명이 이렇게 중얼거렸다.

동료 마법사가 서둘러 그 입을 막았다.

"아가리 닥쳐!"

"응?"

"누가 그걸 몰라? 우린 어차피 산을 올라가지 않고 여기서 쉴 거야. 몰이꾼들이 짐승을 몰아서 땀범벅이 되어 뜀박질하는 동안, 우린 밑에 남아서 여유롭게 불덩이만 올려보낼 거라고. 우리가 미쳤다고 저 산을 직접 뜀박질해서 올라가겠어? 우린 마법사야. 뇌가 없이 근육만 있는 기사 나부랭이가 아니라고. 그런데 자네가 영주님 앞에서 이 사실을 밝혀 보게. 우리 모두 꼼짝없이 저 산등성이로 올라가야 하는 거야. 그곳에 가서 마법의 불만 아래로 내려보내도 되니까 말이야."

"아!"

두뇌 회전이 느린 마법사는 그제야 동료들의 속셈을 이해했다.

"미안하네. 하마터면 내가 산통을 깰 뻔했구먼."

"알았으면 되었네. 다신 그런 소리 하지 말게. 어구구! 내 다리야!"

마법사들은 주먹으로 무릎을 두드리며 휴식을 취했다.

그라낙과 뭄파르가 그 모습을 유심히 지켜보았다.

'되었다. 마법사들이 셋으로 나뉘었으니 이제 데인의 곁에는 마법사 10명만 있다.'

'10명이면 한번 해볼 만하지.'

그라낙과 뭄파르는 서로 시선을 마주치고는 미세하게 고개를 끄덕였다.

Chapter 6

화악!

어둠을 뚫고 밝은 구체 5개가 동시에 떠올랐다. 마법사들이 만들어 낸 빛의 구체는 밤하늘을 밝히며 10미터 높이로 날아오르더니 그 위치에 가만히 고정되었다.

슬금슬금 밤 사냥을 나온 짐승들이 깜짝 놀라 몸이 굳었다.

동시에 거센 함성이 터졌다.

"와아아아아—!"

꽝꽝꽝꽝꽝!

몰이꾼들은 징을 울리고 함성을 지르며 내달렸다. 그와 보조를 맞춰 하늘에 뜬 빛의 구체도 앞으로 전진하며 주변을 밝혔다.

놀라서 몸이 굳었던 짐승들이 서둘러 산 위로 도망쳤다.

몰이꾼들의 역할은 빠른 속도로 짐승들을 몰아 데인 앞으로 데려가는 것. 하지만 연속된 사냥에 다들 몸이 천근만근이었다.

몰이꾼들의 발걸음이 늦어지자 짐승들이 위로 도망치다 말고 자꾸 옆으로 샜다.

"야 이 자식들아, 똑바로 못 해?"

"다들 죽고 싶어?"

양옆을 지키던 길잡이들이 욕을 퍼부었다.

그래도 몰이꾼들의 무거워진 발걸음은 쉬이 개선되지 않

았다.

"이러다 데인 님께서 크게 화를 내시겠다."

"안 되겠다. 우리라도 나서야지."

마음이 다급해진 길잡이들은 직접 달려 나와 짐승들을 산 위로 몰았다. 계곡 양쪽에 포진해 있던 마법사들이 빛의 구체를 추가로 5개 더 만들어 하늘에 띄웠다. 10개나 되는 빛의 구체가 계곡을 밝히자 대부분의 지역이 모두 낮처럼 변했다.

산등성이에서 매복 중이던 데인이 발을 굴렀다.

"이런! 이런! 사냥감들이 저렇게 많은데 다 옆으로 새잖아! 몰이꾼들은 대체 뭐하는 거야?"

계곡에서 튀어나온 짐승 가운데는 털이 은색으로 빛나는 은빛 늑대도 있었다. 은빛 늑대 가죽은 희귀한 물건이라 참으로 탐이 났다.

"저 은빛 찬란한 가죽으로 양탄자를 짜서 위대하시고 또 위대하신 분께 진상을 올리면 좋을 텐데!"

데인의 마음은 점점 더 조급해졌다.

발이 빠른 은빛 늑대들은 느려 터진 몰이꾼들이 몰기엔 역부족이었다. 길잡이 몇 명이 은빛 늑대를 향해 창을 던졌지만, 그것만으론 늑대들의 경로를 바꾸지 못했다.

그라낙이 입에 문 화살을 재빨리 시위에 걸어 활을 쏘았

다. 빠르게 날아간 화살이 늑대 한 마리의 뒷다리를 스쳤
다.

깨갱!

비명과 함께 늑대 무리가 방향을 바꿨다.

"옳지! 잘한다!"

데인이 쾌재를 불렀다.

그때 우묵한 바위 그늘에서 거대한 늑대 한 마리가 튀어
나왔다. 은빛 털을 갈기처럼 휘날리는 커다란 늑대는 갑자
기 계곡 옆구리 쪽으로 달리며 긴 울음을 울었다.

워우우우우우—

산 위로 도망 중이던 은빛 늑대들이 그 울음에 홀린 듯
모두 옆으로 방향을 틀었다.

"어헉! 안 돼!"

"저렇게 큰 늑대를 놓치게 생기다니! 크흑!"

마법사들이 안타깝게 손을 뻗었다.

데인의 눈에서 불똥이 튀었다.

'대박이다! 저렇게 큰 은빛 늑대는 내 평생 처음 봐. 저
정도면 진짜로 위대하시고 또 위대하신 분께 진상품으로
올려도 손색이 없겠어. 아마 그분께서도 저 늑대 가죽을
선물로 받으시면 기뻐하실 거야.'

부친인 토브욘의 눈에 들어 다시 수도로 복귀하는 것은

데인의 오랜 꿈이었다. 그런데 어마어마하게 큰 저 늑대만 잡으면 그 꿈을 이룰 수 있을 것 같았다.

"도저히 못 참겠다. 다른 짐승들은 다 놓쳐도 저놈은 꼭 잡아야 해."

데인이 매복지에서 벗어나 아래로 풀쩍 뛰어내렸다.

"데인 님!"

마법사들이 데인을 불렀다.

"다들 내 뒤를 쫓으라!"

데인은 마법사들에게 따르라고 명령한 다음, 뒤도 돌아보지 않고 은빛 늑대를 향해 달렸다. 10명의 마법사들은 서로 눈치만 살폈다.

다들 다리가 쑤시고 몸이 으스러질 것 같았다.

'데인 님을 쫓아 은빛 늑대를 추적했다가는 반도 못 가서 쓰러질 게야.'

이렇게 판단한 마법사들은 데인의 명령을 듣지 못한 척했다.

"데인 님, 저희는 이곳을 지키며 나머지 사냥감들을 잡아 놓겠습니다."

마법사 가운데 한 명이 용기를 내어 이렇게 소리쳤다.

데인의 귀에는 그 소리가 들리지 않았다.

몇 명의 마법사들이 이때가 기회다 싶어 자리에 눌러앉

앉다. 마법사이자 솔샤르인 4명만 데인을 따라 산 아래로 내려갔다. 솔샤르들은 일반 마법사보다 체력이 월등한 덕분이었다.

커다란 은빛 늑대가 계곡 옆구리를 돌파해 건너편 계곡으로 넘어갔다. 다른 은빛 늑대들도 그 뒤를 바짝 쫓아 계곡을 넘었다.

"이놈, 게 섰거라."

데인이 전력을 다해 추격에 나섰다.

솔샤르 겸 마법사인 4명이 데인을 뒤쫓았다. 얍삽하게 자리를 지키던 마법사들도 제 할 도리는 다했다. 그들은 빛의 구체를 움직여 은빛 늑대가 향하는 곳 주변을 환하게 밝혀 주었다. 덕분에 데인은 목표를 놓치지 않고 따라붙을 수 있었다.

마침내 데인이 사람들의 시야에서 사라졌다. 계곡에 남은 몰이꾼들과 길잡이들, 마법사들은 저 멀리 둥실 떠가는 빛의 구체만 물끄러미 바라볼 뿐이었다.

"데인 님께서 사냥에 성공하시겠지?"

"암! 그분이 뉘신가. 위대하시고 또 위대하신 분, 얼음과 빙하의 제왕이신 그분의 적자가 아니신가! 분명 그 은빛 늑대를 잡아 오실 게야."

마법사들은 아픈 다리를 주무르며 이렇게 수다를 떨었

다.

그 사이 그라낙과 뭄파르가 계곡을 넘어 데인을 뒤쫓았
다. 거리를 두고 데인을 추적 중이던 우세르도 그라낙과
합류했다.

[데인에게 4명이 따라붙었어요.]

우세르가 뇌파로 말을 걸었다.

그라낙이 고개를 끄덕였다.

[나도 보았다. 그 4명은 마법사인 동시에 솔샤르일 거
다. 그렇지 않으면 게브 8호님을 따라잡을 수 없지.]

우세르가 물었다.

[커다란 은빛 늑대로 위장을 한 사람이 누구죠? 게브 8
호님인가요?]

[그래.]

[그럼 페피 님께선 저 앞에서 매복 중이시겠네요?]

[그렇지. 각오 단단히 해라. 이제 곧 토브욘의 솔샤르들
과 싸움이 붙을 거다.]

그라낙이 우세르에게 경고를 해 주었다.

우세르가 주먹을 쥐어 파이팅을 외쳤다.

[파이팅! 5대 5의 싸움인데 당연히 우리가 이겨야죠.]

풀문의 솔샤르들이 5명.

데인을 포함한 토브욘 왕국의 솔샤르들이 5명.

이건 결코 질 수 없는 싸움이었다.

[그래. 5대 5로 싸워서 데인을 잡지 못한다면 우린 다 같이 접시 물에 코를 박고 죽어야 한다.]

그라낙이 결의를 다졌다.

데인을 납치하다

Chapter 1

커다란 은빛 늑대가 3 미터 높이의 바위를 단숨에 타 넘었다.

다른 늑대들은 그런 놀라운 도약력을 보여 주지 못했다. 늑대들은 어쩔 줄 몰라 당황해하다가 바위를 빙 돌아 도망쳤다.

데인은 빠르게 머리를 굴렸다.

'바위를 우회하는 조무래기들은 쉽게 잡을 수 있어. 하지만 지금 조무래기에 신경을 쓰다간 큰 놈을 놓치고 말 거야.'

토브욘의 눈에 들기 위해선 조무래기 은빛 늑대가 아니

라 덩치 큰 녀석을 잡아야 한다고 데인은 생각했다. 그래서 망설임 없이 바위로 뛰어올랐다.

'이건 더 이상 사냥이 아니다.'

데인은 속으로 이렇게 다짐했다. 지금까지 데인은 사냥을 할 때 가급적 마물의 힘을 사용하지 않았다. 대부분 육신의 힘만 가지고 사상을 해 왔다. 제대로 된 손맛을 즐기기 위해서였다.

'하지만 지금은 손맛을 즐기기보다는 커다란 은빛 늑대를 잡는 것이 우선이야.'

이렇게 판단한 데인은 심장 부위 마정석에 담긴 에너지를 방출했다. 곧 마물과 결합이 시작되었다. 데인의 종아리 근육이 울룩불룩 부풀어 강인한 마물의 다리로 변했다. 잔뜩 압축되었던 그 종아리가 데인에게 엄청난 도약력을 선물해 주었다.

3미터 높이의 바위를 단숨에 뛰어넘은 데인은 목표물을 찾아 시선을 빠르게 훑었다. 먼 곳부터 시작해서 가까운 곳까지 쫘악!

데인이 그렇게 허공에서 주변을 훑고 있을 때 바위틈에서 전기뱀장어들이 우르르 기어 나왔다. 무려 열두 마리나 되는 뱀장어들은 강한 전하를 동시에 발산해 그 위상을 하나로 일치시켰다. 그렇게 강화 배열된 전하가 하나의 전기

빔이 되어 일직선으로 뻗었다.

쭈웅!

빠지지직! 파카카카캉!

"끄억!"

가슴을 불벼락으로 지지는 듯한 고통에 데인이 입을 쩍 벌렸다. 기습적으로 한 방 얻어맞은 데인은 그대로 뒤로 날아가 바위 아래에 처박혔다.

"데인 님!"

"뭐얏?"

갑작스러운 데인의 추락에 마법사들이 깜짝 놀라 다가왔다.

그때 바위를 타 넘어 사라졌던 커다란 은빛 늑대가 갑자기 옆에서 튀어나오며 마법사 한 명의 옆구리를 물어뜯었다.

크왕!

"끄악!"

마법사가 비명을 지르며 지팡이를 휘둘렀다. 기다란 지팡이 끝에서 불길이 치솟아 띠를 만들었다. 그 불의 띠가 은빛 늑대의 목을 휘감으려 들었다. 영물이라고 부를 정도로 커다란 은빛 늑대는 뒤로 풀쩍 물러나더니 스르륵 형체를 바꾸었다.

검게 번들거리는 피부!

몸 주변에 떠올라 위성처럼 빙글빙글 회전하는 12개의 방패!

그리고 온몸에 뾰족하게 돋아난 마물 투창!

투창 머리에서 이빨을 드러낸 마물의 아가리들!

마법사들이 깜짝 놀랐다.

"막레르닷!"

"솔샤르! 놈은 늑대가 아니다. 솔샤르였어."

그 외침이 채 끝나기도 전에 막레르의 몸에서 32개의 투창이 발사되었다.

휘류류류류류—

무섭게 회전하면서 날아든 투창은 마법사 한 명을 고슴도치처럼 꿰뚫었다.

투창에 당한 마법사는 막 신체 변형을 하던 참이었다. 하지만 그보다 막레르, 즉 게브 8호의 공격이 한발 빨랐다.

"꾸륵! 크허헉!"

투창에 복부가 관통을 당하고, 창대에 돋아난 마물의 아가리가 폐를 와그작와그작 씹어 먹는 가운데 마법사는 거친 숨을 몰아쉬었다. 그러다 결국 고개를 푹 떨궜다.

"기습이닷!"

"수상한 자들이 데인 님을 노린다아—!"

"비상! 비상!"

나머지 3명의 마법사는 각자 고함을 질러 이 위급한 상황을 동료들에게 알리려고 시도했다.

하지만 주변 수증기가 풍선처럼 부우욱 부풀어 오르며 소리를 차단했다. 주변의 눈을 녹여 물을 만들고, 그 물을 움직여 한 겹의 음파 차단막을 형성한 사람은 다름 아닌 리안 강의 치수관 페피였다. 바위 뒤에 매복해 있다가 다즈케토—12개의 머리를 가진 전기뱀장어형 마물—을 소환해 데인의 가슴에 치명타를 날린 사람도 바로 페피였다.

"이이익!"

마법사 가운데 한 명이 하늘을 향해 기습적으로 불덩이를 쏘았다. 이곳의 위기 상황을 알리는 불빛이었다.

하늘로 솟구치는 불덩어리를 얼음 화살이 날아와 떨어뜨렸다.

멀리서 쫓아오던 그라낙이 뛰어난 활 솜씨를 뽐낸 것이다. 뒤이어 날린 화살은 마법사의 입천장을 뚫고 뒤통수로 튀어나왔다.

"켁!"

마법사는 외마디 비명과 함께 뒤로 넘어갔다.

이제 토브욘의 마법사는 단둘만 남았다.

[흩어지자.]

[일단 여길 빠져나가야 해.]

마법사들이 뇌파로 의사를 주고받았다. 그다음 두 사람은 양쪽으로 갈라지며 동시에 몸을 빼냈다. 어떻게든 한 명이라도 탈출해서 이곳의 상황을 동료들에게 알리려는 것.

"어딜 도망치려고?"

게브 8호가 바람처럼 몸을 날렸다. 단숨에 마법사 한 명의 뒤를 따라잡은 게브 8호는 마물 투창을 집중적으로 쏘아 마법사의 등판을 꿰뚫었다.

"큭!"

마법사가 등에 창을 꽂은 채 고꾸라졌다. 그 상태에서 마법사는 발악을 하듯 협박을 해 댔다.

"네 이놈들! 감히 저분이 뉘신 줄 알고 이딴 짓을 벌이는 게냐? 저분은 네놈들의 머리로는 상상도 하지 못할 만큼 귀하신 분이니라. 당장 우리를 풀어 주고 물러나라. 그래야 네놈들의 목숨을 건질 수 있을 게야."

"후훗!"

게브 8호가 빙그레 웃었다.

"저분이 뉘신데? 혹시 토브욘 왕국의 적자라도 되나?"

"그렇다. 저분이 바로 얼음과 빙하의 제왕이시자 위대하시고 또 위대하신 분의 적자 가운데 한 분이시다. 그런

데 너희들이 감히 저분에게 해를 끼치고도 목숨이 남아
날…… 가만! 네놈들 혹시 저분의 신분을 알고서도……?"

"물론 데인 나으리가 어떤 분이신지 잘 알고 있지."

가까이 다가온 게브 8호가 마법사의 등을 발로 밟았다.

"설마 네놈들!"

마법사가 두 눈을 부릅떴다.

그 순간 게브 8호가 내리찍은 투창이 마법사의 목을 뚫
고 들어가 땅속 깊숙이 박혔다. 빙글빙글 회전하면서 목덜
미로 파고든 마물 투창은 마법사의 머리와 몸통을 둘로 분
리해 놓았다. 마법사는 두 눈을 부릅뜬 상태로 죽었다.

한편 반대편으로 도망친 마법사도 무사하지 못했다.

그라낙의 몸에서 무려 100개나 되는 다리가 스르르륵
자라나 마법사의 앞을 가로막았다. 빨판이 촘촘하게 박혀
서 문어 다리를 연상시키는 그라낙의 마물은 마법사의 얼
음 공격을 거뜬히 막아 낸 다음 상대의 발목을 칭칭 휘감았
다.

"으아아악!"

마법사의 몸뚱어리가 문어 다리에 감겨 허공 높이 들렸
다. 마법사의 지팡이는 이미 또 다른 문어 다리에 휘감겨
빼앗긴 상태였다.

Chapter 2

"으악! 살려 줘! 아아악! 아압! 업! 억! 으어업!"

문어 다리에 매달려 허공에 솟구친 마법사는 숨이 턱 막혔다. 뭉글뭉글 다가온 또 다른 문어 다리들이 마법사의 입과 코, 귀를 칭칭 휘감더니 꽈악 조여 버린 탓이었다.

'이익!'

마법사는 재빨리 마물로 신체 변형을 하려고 했다. 하지만 그보다 한발 앞서 100개의 문어 다리가 마법사의 목을 뚝 분질러 버렸다.

마법사는 비명 한마디 남기지 못하고 즉사했다.

100개의 문어 다리를 가진 마물!

해구 1층 레벨의 센츄로포스가 바로 그라낙이 결합한 마물이었다.

4명의 마법사가 차례로 죽고, 이제 데인만 남았다. 강한 전기 충격에 기절했던 데인이 끔뻑끔뻑 눈꺼풀을 움직였다.

"이야! 역시 토브욘의 적자라 다르네. 다즈케토의 공격을 정통으로 맞고도 벌써 깨어나려고 해?"

게브 8호가 감탄했다.

페피는 데인의 옆에 무릎을 꿇고 앉아 데인의 가슴에 두 손을 대었다. 페피의 손이 스르륵 열두 갈래로 갈려 커다란 전기뱀장어의 머리처럼 변했다.

"으어억! 너흰…… 누구냐?"

데인이 어지러운 머리를 흔들며 물었다.

페피가 조용히 속삭였다.

"데인 님, 조금만 더 쉬시지요."

빠캉!

강렬한 전기 충격이 데인의 가슴을 지졌다.

데인의 털옷 가슴 부위가 단숨에 타 버렸다. 데인의 맨살은 벼락을 맞은 듯 흉측하게 일그러졌다. 치이익! 소리와 함께 살점 타는 냄새가 진동을 했다.

"컥!"

겨우 깨어나려던 데인은 다시 기절했다.

페피가 손을 툭툭 털고 일어났다.

게브 8호가 주변을 휙 둘러보았다. 아직 적들은 보이지 않았다.

"토브욘의 마법사들은 지금쯤 다리를 주무르며 데인이 돌아오기만을 기다리고 있겠죠?"

페피가 게브 8호의 말을 받았다.

"맞아. 하지만 조금 더 시간이 흐르면 결국 데인을 찾아

나설 테지.”

“그 전에 이곳을 빠져나가야죠.”

몸이 가장 날랜 게브 8호가 데인을 등에 업었다. 그다음 떨어지지 않도록 질긴 끈으로 칭칭 감았다.

어느새 다가온 그라낙이 길을 잡았다.

“이쪽으로 가시죠.”

“눈이 쌓여 있어 흔적이 남을 텐데?”

페피가 적의 추격을 걱정했다.

이번엔 뭄파르가 해답을 내어놓았다.

“제가 결합한 마물이 에비스입니다.”

에비스는 연해 3층 레벨의 마물로, 얼음 바람과 얼음 소용돌이를 만들어 내는 특징을 지녔다. 뭄파르는 자랑스럽다는 듯 가슴을 쫙 폈다.

“먼저 출발하시죠. 제가 후미에서 쫓아가면서 얼음 바람으로 발자국 흔적을 지우겠습니다.”

“잘되었군. 그럼 뒤를 부탁함세.”

게브 8호가 뭄파르의 등을 툭 친 다음 먼저 출발했다. 페피가 바로 옆에 따라붙었다. 데인을 군나르 왕국까지 무사히 데려가려면 가장 강한 두 사람이 데인에게 달라붙을 수밖에 없었다.

뚱보 소년 우세르가 세 번째로 움직였다.

행동이 다소 느린 우세르를 위해 그라낙이 옆에서 보조를 맞춰 주었다.

　　덩치가 산만 한 뭄파르는 최후방을 맡았다. 뭄파르는 최대한 빠르게 동료들의 뒤를 따르면서 얼음 바람을 일으켰다.

　　휘이이이잉─

　　계곡에 쌓인 눈이 후르르 일어나 온 사방에 눈보라를 만들었다.

　　마법사들의 시체 네 구가 눈에 깔려 자취를 감추었다. 전투의 흔적도, 여기저기 어지럽게 찍힌 발자국들도 모두 사라졌다.

　　하라간이 파견한 5명의 풀문은 그렇게 계곡을 떠나 산봉우리를 타 넘었다.

　　약 30분 뒤.

　　길잡이들이 눈을 찌푸렸다.

　　"왜 이렇게 늦으시지?"

　　"은빛 늑대가 너무 빨라서 그런 것 아냐?"

　　"그래도 그렇지. 이러다 사고라도 생기면 어떻게 해?"

　　"우리가 쫓아가 보자."

　　데인을 찾아 나서기로 결정한 길잡이들은 마법사들에게

도움을 청했다. 깜깜한 밤에 산을 수색하려면 마법사들의 협조가 필수였다.

그런데 생각 외로 마법사들의 엉덩이가 무거웠다.

"아까 그놈 보지 않았소? 그 커다란 덩치로 바위를 훌훌 타 넘던 은빛 늑대! 그런 영물을 사냥하려면 원래 시간이 걸리는 법이오."

"내 말이 바로 그 말이오. 지금쯤이면 데인 님께서 그 은빛 늑대를 거의 따라잡으셨을 거고, 아마 신나게 사냥 중이실 게요."

"그렇지. 데인 님께서 실력을 발휘하시면 은빛 늑대쯤이야 금세 잡으시겠지. 하지만 귀한 털가죽이 상하지 않게 조심스레 잡으시느라 시간이 걸리는 거겠지."

마법사들은 이런 논리를 뚝딱 만들어 내었다. 사실 그들은 발이 아파 수색에 나서기 귀찮았던 것이지만, 그래도 속마음을 그대로 까발릴 수는 없어 말로 잘 포장을 했다.

마법사들에 비해 머리도 딸리고 말솜씨도 부족한 길잡이들은 대꾸할 말이 없었다.

그렇게 실랑이를 하느라 20분이 더 지났다. 보다 못한 길잡이 한 명이 강하게 윽박질렀다.

"데인 님께서 은빛 늑대를 추적하신 지 벌써 50분이오. 이러다 데인 님께 무슨 일이라도 생기면 마법사들이 다 책임을 질 거요?"

"책임을? 우리가 왜?"

마법사들이 어이없다는 표정을 지었다. 특히 꾀가 많고 게으른 마법사가 앞장서서 경우를 따졌다.

"아니! 입은 삐뚤어졌어도 말은 바로 하랬다고, 왜 우리가 책임을 져? 데인 님의 호위는 어디까지나 그쪽 책임이지. 우리는 데인 님의 손님들이라고. 오늘도 데인 님의 초청을 받아 사냥에 함께 나온 것뿐이지, 우리가 왜 책임을 져?"

딴은 그러했다. 길잡이들은 데인의 정식 부하지만, 마법사들은 손님이었다.

"끄응!"

길잡이들이 인상을 썼다.

마법사들은 두 눈만 부라릴 뿐 꿈쩍도 안 했다.

결국 길잡이들끼리 나설 수밖에 없었다.

"안 되겠다. 우리라도 데인 님을 찾아 나서자."

"그래. 횃불을 들고 찾으면 그만이지."

Chapter 3

그러다 길잡이 가운데 한 명이 좋은 아이디어를 내었다.

"혹시 모르니까 산길에 밝은 몰이꾼들을 몇 명 데려가자."

"몰이꾼을?"

"그래. 아까 그 활 잘 쏘는 놈 있잖아. 그놈이라면 산길도 척척 찾을 것 같은데."

"맞다! 그놈이 있었지."

길잡이들은 반가운 마음으로 몰이꾼들에게 달려갔다.

"어이! 그놈 어디 있어? 사냥터에 빠삭하고, 활 잘 쏘는 놈."

갑자기 질문을 받은 몰이꾼들이 주변을 두리번거렸다. 다들 그라낙을 찾았지만 어디에서도 그 모습이 보이지 않았다.

"나으리, 그자가 없는뎁쇼?"

나이가 가장 많은 몰이꾼이 조심스레 아뢰었다.

"뭣? 없어?"

"저리 비켜!"

길잡이들은 늙은 몰이꾼을 와락 쓰러뜨리며 주변을 훑었다.

과연 몰이꾼의 말이 사실이었다. 그라낙은 유령처럼 자취를 감추었다.

길잡이 한 명이 고개를 갸웃했다.

"엉? 그러고 보니 그놈도 안 보인다."

"누구?"

"곰과 맞서 싸우던 덩치 큰 놈 있잖아. 개도 보이지 않아."

몰이꾼 둘이 감쪽같이 사라졌다.

밤에 짐승을 몰다가 눈구덩이에 빠졌을 가능성도 물론 있었다. 하지만 길잡이들의 가슴속에선 불길한 예감이 피어올랐다.

"비상! 비상!"

길잡이들이 야단법석을 떨었다.

"데인 님께 무슨 일이 생겼을지 모른다. 다들 나를 따르라!"

10명의 길잡이들은 검자루를 고쳐 잡고 옆 계곡으로 달려갔다. 10개의 횃불이 뱀처럼 일렁거리며 계곡을 타 넘었다.

"데인 님! 데인 님!"

"어디 계십니까? 데인 님!"

"대답을 해 주십시오, 데인 님!"

길잡이들은 목이 터져라 데인을 찾았다.

하지만 캄캄한 어둠 저편에서 본인들의 목소리만 메아리

쳐서 돌아올 뿐, 데인의 음성은 들리지 않았다. 그나마 단서가 되던 발자국도 어느 순간 뚝 끊겼다. 지독한 바람이 훑고 지나간 듯, 땅에는 뽀얀 눈만 소복이 쌓였다.

길잡이들은 애가 탔다.

"데인 님! 데인 님!"

"어디 계십니까? 데인 님!"

계곡을 따라 높이 올라가 보았지만 여전히 데인의 행적은 찾을 수 없었다.

"안 되겠다. 흩어져서 찾자."

"그래. 최대한 흩어져서 찾아봐야지."

"그리고 한 명은 되돌아가서 마법사들을 끌고 와."

"그 게으름뱅이들이 움직일까?"

"멱살을 잡아서라도 끌고 와야지. 이거 아무래도 예감이 이상해."

논의를 마친 길잡이들은 열 갈래로 갈라졌다. 그중 아홉은 사방으로 길을 나눠 데인의 행방을 찾았다. 나머지 한 명은 마법사들에게 달려가 도움을 요청했다.

결국 마법사들까지 나섰다. 만약 진짜로 데인에게 무슨 일이 생겼다면 마법사들도 무사하지 못했다.

옆 계곡으로 달려온 마법사들이 빛의 구체를 사방에 띄웠다. 주변이 확 밝아지자 조금씩 단서가 포착되었다.

"여기, 붉게 물든 눈이 있다!"

길잡이 한 명이 목청을 높였다.

사람들이 우르르 모여들었다. 길잡이 한 명이 붉은 눈을 찍어 맛을 보았다.

"피다! 이건 피 맛이야."

마법사가 퉁명을 떨었다.

"붉으니까 피는 맞겠지. 하지만 그게 데인 님의 피일지, 늑대의 피일지 어떻게 알까?"

분명 늑대가 흘린 피일 가능성도 있었다. 아니, 솔직히 말해서 그럴 확률이 더 높았다. 데인은 무려 해구 2층 레벨의 마물과 결합한 강력한 솔샤르였다. 그런 데인이 한낱 늑대와 싸워서 피를 흘릴 까닭은 없었다.

길잡이는 입술을 꾹 깨문 다음 주변의 눈을 마구 파헤쳤다.

아무것도 나오는 것이 없었다.

마법사가 빈정거렸다.

"눈만 파헤친다고 뭐가 나오나? 저리 비켜 보게."

"뭐요?"

길잡이가 발끈했다.

하지만 마법사와 말싸움을 해서 이기는 것은 불가능했다. 마법사는 엄한 표정으로 경고했다.

"내가 분명히 경고하는데, 데인 님을 찾고 싶으면 빨리 비키게. 자네가 방해를 하면 우리가 도울 수가 없어. 나중에 이 일이 보고가 되면 자네 목이 무사할 것 같은가?"

"끄으응!"

길잡이는 분노를 꾹 참으며 옆으로 비켰다.

마법사들이 히죽 웃으며 일렬로 섰다. 그다음 일제히 지팡이를 들고 땅에 내리찍었다.

후아아앙!

강한 마법의 힘이 바람을 불러왔다. 그 바람이 계곡에 덮인 눈을 하늘로 띄워 올렸다. 눈이 밤하늘을 새하얗게 수놓는 동안, 지상엔 맨땅이 드러났다.

"빨리 훑어보게. 마법이 지속되는 시간엔 한계가 있다네."

마법사가 인상을 썼다.

길잡이들은 부랴부랴 주변을 살폈다.

"억! 저기!"

저 위쪽 큰 바위 아래 사람이 엎어진 모습이 보였다. 길잡이들이 날렵하게 달려가 상대를 확인했다.

"마법사다!"

"데인 님과 함께 움직이던 마법사가 죽었어."

동료 마법사가 죽었다는 말에 마법사들도 깜짝 놀랐다.

"뭣?"

"누가 죽어?"

마법사들이 후다닥 달려왔다. 그 바람에 마법이 풀려 하늘로 말려 올라갔던 눈이 와르르 쏟아졌다. 마법사들은 눈폭탄을 맞으며 계곡을 뛰어 올라가 시체를 확인했다. 동료 마법사의 시체가 분명했다.

"여기! 여기도 또 시체가 있습니다."

길잡이 한 명이 또 다른 시체를 찾았다.

이번에도 마법사의 시체였다.

길잡이들은 일단 이 시체가 데인의 것이 아니라 안도의 한숨을 내쉬었다. 하지만 마법사들은 속이 부글부글 끓었다.

"대체 어떤 놈들이얏?"

"누가 감히 우리 워메이지들을 건드려?"

"다 죽여 버린다!"

분노한 마법사들이 다시 지팡이를 높이 들었다가 쿵 내리찍었다. 바람이 크게 일어나 눈을 하늘로 빨아올렸다.

그 덕분에 시체 두 구가 더 드러났다.

"이 마법사는 목이 꺾여 죽었구나!"

"이 마법사는 뾰족한 무기에 온몸이 난도질당했어."

길잡이들이 죽음의 원인을 밝혀낼수록 마법사들의 얼굴

은 흙빛이 되었다.

"당장 추적하세."

"어떤 놈들의 짓인지, 내 가만두지 않을 게야."

이번엔 마법사들이 바짝 몸이 달았다.

Chapter 4

마법사들의 추적은 곧 난관에 봉착했다. 눈보라가 훑고 지나간 자리엔 그 어떤 흔적도 남아 있지 않았다.

길잡이들도 곤혹스럽긴 마찬가지였다. 아무리 눈을 씻고 찾아봐도 데인은 나타나지 않았다.

그나마 데인의 시체가 없는 것이 다행이라면 다행이었다. 만약 데인이 죽었다면? 그럼 데인의 호위를 맡은 길잡이들도 모두 목이 잘려 거리에 내걸릴 판이었다.

"하아! 난 더 이상 못 가."

땀에 범벅이 된 마법사 한 명이 눈 바닥에 철퍽 주저앉았다.

마법사 몇 명이 비틀거리다가 자리에 엎드렸다. 그러곤 "우웩! 우웨엑!" 토악질을 했다. 마법사들의 허약한 체력으로 산봉우리를 연속해서 몇 개나 넘었으니 당연한 일이었다.

한 명이 구토를 시작하자 여기저기서 먹은 것을 게워 내는 소리가 들렸다.

"젠장!"

길잡이들은 눈을 질끈 감았다.

사방이 깜깜해 아무것도 보이지 않았다. 이 어둠을 물리치려면 마법사들이 필요한데, 그들의 체력은 진짜로 한계에 도달했다.

"아, 젠장! 제길! 씨발!"

길잡이 한 명이 애꿎은 나무를 발로 퍽퍽 걷어차 부러뜨렸다.

부엉! 부엉!

나무에 앉아 있던 새하얀 수리부엉이가 멀리 날아가 시끄럽게 울었다.

마법사들이 중재안을 냈다.

"어차피 방향도 모르고 체력도 고갈되었소. 이러지 말고 내일 날이 밝는 대로 다시 훑읍시다. 인원도 더 보강해서 제대로 훑는 것이 낫지, 여기서 이런다고 데인 님을 찾을 수 있을 것 같소?"

논리적으로는 마법사들의 의견이 옳았다.

하지만 길잡이들은 그 말을 따를 수 없었다. 그들은 데인에 대한 충성심으로 똘똘 뭉친 심복들이었다.

길잡이들이 일제히 고개를 가로저었다.

"우린 횃불을 들고 수색을 계속하겠소."

"마법사들은 일단 체력을 보강한 다음, 내일 새벽부터 수색 작업에 협조해 주시오. 영지에 연락해서 인력 보강도 부탁하오."

꾀를 부리던 마법사들도 길잡이들의 결의에 감탄했다. 마법사 대표가 고개를 끄덕였다.

"알겠소. 우리도 체력을 회복하는 대로 최선을 다할 것이니 그쪽도 애를 써 주시오."

이 말을 끝으로 마법사들은 베이스캠프로 돌아갔다.

길잡이들은 횃불을 들고 다시 수색에 나섰다.

"데인 님! 어디 계십니까?"

"데인 님! 데인 님!"

대답 없는 메아리가 깊은 산 속에서 밤새도록 계속되었다.

풀문 조직원들은 산을 타고 얼음 강을 건너 빠르게 서쪽으로 이동했다.

철저하게 인적이 없는 산길만 이용한 덕분에 아무도 그들의 움직임을 알아채지 못했다. 게다가 뭄파르가 계속해서 얼음 바람을 일으켜 행적을 지웠다.

밤을 꼴딱 새우고 새벽 동이 터 올 무렵, 풀문 조직원들은 군나르 왕국에 맞닿은 지역에 도착할 수 있었다.

눈 덮인 산 아래 세 갈래 길이 보였다.

이 가운데 왼쪽 길은 아르네 왕국으로 향하는 길이었다.

북쪽 길은 토브욘으로 되돌아가는 길이었다.

마지막 오른쪽 길이 군나르 왕국을 향해 곧게 뻗어 있었다.

페피가 사람들에게 경각심을 심어 주었다.

"아직 안심해선 안 돼. 국경선 일대에 토브욘 녀석들의 초소가 있어. 그 가운데 눈에 보이지 않는 잠복 초소에 걸리면 골치가 아파져."

게브 8호가 물었다.

"우리가 넘어왔던 그 길을 다시 이용하면 안 됩니까? 그 일대의 적군 초소들은 이미 파악해 놓았지 않습니까."

"거기까지 가려면 서쪽으로 하루를 더 가야 해. 그사이 국경 지대에 비상 경계령이 내려질 수도 있어."

시간을 끌면 끌수록 풀문 조직원들은 국경선을 넘기 힘들어질 수밖에 없었다. 토브욘의 피를 직접 이어받은 적자에게 일이 발생했으니 곧 전군에 비상 경계령이 떨어질 것이다.

이번엔 우세르가 나섰다.

"제가 해 볼게요."

"네가?"

페피가 우세르를 바라보았다.

"네. 저는 파충류와 소통할 수 있거든요. 제 친구들을
풀어서 적군 초소의 위치를 파악해 볼게요."

우세르가 우물우물 대답했다.

페피는 우세르의 어깨를 두드려 주었다.

"오호! 그거 좋은 생각이구나. 그럼 부탁한다."

페피의 칭찬을 받자 우세르는 어깨가 으쓱했다. 씨익 웃
은 우세르가 파충류 친구들을 불렀다.

잠시 후, 파충류들이 우르르 모여들어 우세르의 손에 올
라오고 어깨에 앉았다.

우세르는 파충류들과 눈을 마주치며 희한한 소리를 냈
다.

조그만 도마뱀이나 뱀 등이 고개를 끄덕이며 사방으로
흩어졌다.

풀문 조직원들이 지켜보는 가운데 파충류들은 토브욘의
초소 탐색에 나섰다. 우세르는 파충류들과 뇌파로 의사를
주고받으며 초소의 위치를 땅바닥에 그렸다.

"하아! 대충 이 정도예요."

우세르가 파악한 초소는 11개.

페피가 고개를 끄덕였다.

"이 정도면 되었다. 내가 앞장설 테니, 다들 내 뒤를 바짝 따라와."

"넷, 페피 님."

사삭! 사사삭!

이른 새벽, 5명의 풀문 조직원들은 데인을 등에 업고 토브욘의 국경 초소를 돌파하는 데 성공했다. 국경선을 넘자마자 라티파가 그들을 반겼다.

"성공했군요! 데인을 납치하는 데 성공했어요! 야호!"

이 날, 군나르 왕국의 역사가 다시 쓰였다.

지난 십수 년간 수비에만 치중했던 군나르 왕국이 처음으로 토브욘 왕국에 첩자를 침투시켜 적국의 왕족을 납치해 온 날이었다. 수비와 공격이 뒤바뀌는 공수 전환의 첫날이기도 했다.

"그렇지!"

소형 포탈을 통해 라티파의 보고를 받은 하라간은 레다와 대련을 중단하고 크게 웃었다.

"하라간 님, 무슨 좋은 일이 있으십니까?"

이번 작전에 대해서 알지 못하는 레다가 고개를 갸웃거렸다.

네페르와 융, 테티도 눈만 껌뻑거렸다.

친위대원들은 라티파와 우세르가 하라간의 허락을 받아 잠시 휴가를 간 것으로 알고 있었다.

"아웅! 나도 휴가 가고 싶당!"

철부지 네페르가 기지개를 켜며 조그맣게 중얼거렸다.

〈다음 권에 계속〉